CLAUDIA ANDUJAR

Retratos de Clarice Lispector, 1961
Acervo da artista/Cortesia Galeria Vermelho, São Paulo

CONSTELAÇÃO CLARICE

PUBLICADO POR
OCASIÃO DA EXPOSIÇÃO
CONSTELAÇÃO CLARICE,
NO INSTITUTO MOREIRA
SALLES DE SÃO PAULO,
DE 23 DE OUTUBRO DE 2021
A 27 DE FEVEREIRO DE 2022

CURADORIA
EUCANAÃ FERRAZ
VERONICA STIGGER

CONSTELAÇÃO CLARICE

CLARICE LISPECTOR NO INSTITUTO MOREIRA SALLES

Clarice Lispector (1920-1977) é hoje a escritora brasileira mais conhecida no Brasil e em todo o mundo. Multiplicam-se as edições e reedições da sua obra, o aparecimento de estudos e de ensaios críticos, de biografias e de fotobiografias, de filmes, músicas e peças de teatro que utilizam os seus textos. Inúmeros acontecimentos assinalaram seu centenário de nascimento. Entre eles, contava-se esta exposição, que as circunstâncias da pandemia obrigaram a adiar até este momento.

Constelação Clarice não é uma exposição convencional sobre a vida e a obra de uma escritora. Por um lado, ela apresenta uma das facetas menos conhecidas da autora: as pinturas por ela realizadas, datadas quase todas de 1975. Por outro lado, revela um particular modelo de complexificação da percepção e da reflexão do mundo que encontramos presente não só na obra da escritora como também no contexto de obras visuais de artistas mulheres contemporâneas de Clarice. Não se trata de desvendar referências ou influências, mas sim de constatar cruzamentos, propor intersecções, suscitar releituras entre os universos de uma escritora e os universos de tantas artistas visuais que inventaram suas obras no tempo de Clarice, próximas ou distantes dela. A exposição propicia releituras das obras apresentadas, entre as quais se contam numerosos textos da escritora, a partir dos quais diversas constelações se organizam. Nela se formulam cumplicidades que nenhuma história da arte ou da literatura reconheceriam: a contiguidade de obras originárias das linguagens concreta e neoconcreta na arte brasileira, ambas geometrizantes, com obras provenientes de linguagens abstratas, informais, expressionistas ou gestuais, não é uma das menores surpresas que esta exposição suscita.

Com esta mostra, o IMS assinala e prossegue a sua relação de grande proximidade com a obra de Clarice Lispector, da qual preserva e guarda preciosas evidências, como um conjunto de vários manuscritos, edições, objetos pessoais e fotografias, cuidados pelas suas áreas de Literatura e Fotografia. A celebração anual d'A Hora de Clarice, assim como o *site* de internet especificamente dedicado pelo IMS à vida e obra da escritora, são hoje parte do calendário obrigatório de todas e todos que se interessam pelo universo clariciano.

Essa proximidade – registrada na presente exposição – só é possível devido à extraordinária generosidade, entusiasmo e cumplicidade de Paulo Gurgel Valente, filho da escritora, ao qual manifestamos uma vez mais a nossa profunda gratidão. Endereçamos igualmente uma palavra de particular reconhecimento à Fundação Casa de Rui Barbosa, e às suas devotadas equipes, que guardam e preservam com desvelo e competência preciosíssimos manuscritos, datiloscritos e pinturas de Clarice. Esta mostra tampouco seria possível sem o apoio e a colaboração de numerosas instituições, colecionadores e artistas, que possibilitaram a reunião das obras e dos documentos nela apresentados. A todos, manifestamos o nosso reconhecimento. Endereçamos também uma palavra particular de agradecimento a todas e todos que no IMS fazem das suas horas de trabalho "horas de Clarice", particularmente aos curadores Veronica Stigger e Eucanaã Ferraz, possibilitando a realização de projetos como esta exposição e o seu catálogo. Que estas horas de Clarice abram caminhos para chegar à "coisa mais difícil do mundo", o "núcleo íntimo da pessoa" – objetivo enunciado pela escritora ao expressar o seu desejo de pintura –, que é também nosso desejo.

MARCELO ARAUJO
Diretor-geral

JOÃO FERNANDES
Diretor artístico

Instituto Moreira Salles

CLARICE E SUAS CONSTELAÇÕES

JOÃO FERNANDES

Existe uma fotografia famosa que testemunha um encontro de Clarice Lispector com Carolina Maria de Jesus, na circunstância de uma sessão de lançamento e autógrafos do primeiro livro desta última. O instante registrado não documenta infelizmente o que terá sido o mais relevante desse encontro: o momento em que as duas mulheres escritoras tão conhecidas se terão olhado com frontalidade, olhos nos olhos, numa mistura de sentimentos – curiosidade, admiração, cumplicidade talvez... Nem sempre o instante fotográfico traduz o mais importante dos momentos que registra. Paulo Mendes Campos, em matéria publicada na revista *Manchete*, adiciona à imagem parte do diálogo então acontecido:

> Tiraram juntas uma fotografia. Carolina:
> – Tive olhando o seu livro: Como você escreve elegante!
> – E como você escreve verdadeiro, Carolina![1]

De Carolina Maria de Jesus e de Clarice Lispector, existem preciosos documentos nos acervos do IMS: manuscritos, edições de seus livros, registros fotográficos, fílmicos e fonográficos, sob a guarda de diferentes departamentos – Literatura, Fotografia, Música. Clarice e Carolina viveram em dois Brasis diferentes, se bem que, apesar disso, soubessem que viviam também num mesmo país, caracterizado pelas suas contradições, injustiças e desigualdades, sendo as discriminações raciais e sociais feridas abertas que muito doíam.

Fotógrafo não identificado, Clarice com Carolina Maria de Jesus, São Paulo, 1960 Coleção Paulo Gurgel Valente, Rio de Janeiro

Sessenta anos depois desse encontro, essas feridas continuam abertas, e doendo mais do que o insuportável. Propiciar o reencontro entre as duas escritoras no IMS, através de duas exposições independentes nos seus temas, materiais e processos de realização, posiciona uma instituição cultural no Brasil contemporâneo,

1 CAMPOS, Paulo Mendes. "A autora mais cara do ano". *Manchete*, Rio de Janeiro, n. 485, ago. 1961, p. 43. O diálogo é confirmado por duas das suas testemunhas: Nélida Piñon, escritora amiga de Clarice, e Vera Eunice de Jesus, filha de Carolina.

interrogando a memória que os seus acervos preservam, propiciando pesquisas específicas e autônomas que realçam a contemporaneidade das duas autoras, assim como a sua intemporalidade, manifestada de forma tão diversa nas suas escritas e nas relações que as suas obras tão distintas suscitam. Este momento em que as duas exposições coincidem concretiza aspectos de uma programação a prosseguir, pesquisando autoras e autores presentes nos acervos da instituição – escritoras e escritores, compositoras e compositores, intérpretes musicais, fotógrafas e fotógrafos, artistas visuais, cartunistas, ilustradoras e ilustradores, cineastas etc. – enquanto intérpretes relevantes do Brasil, cruzando um olhar sobre os momentos históricos em que viveram, com um olhar sobre o país e o mundo nos tempos em que vivemos.

Constelação Clarice, exposição idealizada e construída através da visão e da curadoria de dois escritores, Eucanaã Ferraz e Veronica Stigger, parte do fato de Clarice se ter dedicado à pintura ao longo de um ano (1975), num momento em que a sua vida e obra aprofundavam não só a experimentação dos limites da interioridade labiríntica e caleidoscópica do seu universo e da sua relação com o mundo como também se abriam à experiência de uma outra forma de expressão como a pintura, da qual interrogavam igualmente as suas possibilidade e os seus limites, no contexto da singularidade irredutível que caracterizava Clarice.

A pintura de Clarice é um projeto conceitual, se bem que nada tenha a ver com as experiências suas contemporâneas de uma arte que então se autoproclamava desse modo. A escritora construiu todo um programa para se dedicar à descoberta e exploração do seu desejo de pintar. Clarice teria encomendado o corte de placas de madeira e de compensado, todas elas aproximadamente com a mesma dimensão. A singularidade da pintora também se revela na escolha dos materiais, da técnica e da apresentação: Clarice quase não pinta sobre tela, não emoldura seus quadros, enfrenta a dificuldade, multiplica as possibilidades do seu fazer pictórico cruzando materiais e técnicas de pintura, como a acrílica, o guache, a colagem ou a pintura a óleo (se bem que raramente recorra a estas últimas), com uma diversificação de usos de materiais e utensílios encontráveis na vida cotidiana, como, por exemplo, a caneta hidrográfica, o esmalte de unha ou o lápis dermatográfico. A pintura de Clarice manifesta também uma característica fundamental da produtividade linguística e textual: partindo de um conjunto de regras finito e determinado, a autora demonstra a infinitude das possibilidades pictóricas do seu fazer. Por vezes, a materialidade do próprio suporte da madeira é utilizada como princípio de composição e de figuração. Como a escrita o terá sido, a pintura se revela igualmente uma "técnica de liberdade", como encontramos enunciado por uma personagem clariciana (um *alter ego* seu heterônimo?) num dos seus livros mais confessionais: "Ângela – Meu ideal seria pintar um quadro de um quadro. [...] Nunca ouvi falar desse modo de pintar: consiste em pegar uma tela de madeira – pinho-de-riga é a melhor – e prestar atenção às suas nervuras. De súbito, então vem do subconsciente uma onda de criatividade e a gente se joga nas nervuras acompanhando-as um pouco – mas mantendo a liberdade. [...] E, inclusive, não se precisa saber pintar: qualquer pessoa, contanto que não seja inibida demais, pode seguir essa técnica de liberdade." (SV, pp. 55-56) Como tantas e tantos artistas no seu tempo, nomeadamente Beuys, Filliou, Cage, todas e todos os artistas Fluxus, por exemplo, Clarice sabe que a arte é um dom que pode ser explorado no interior de cada pessoa. Pratica-a, seja na escrita, seja na pintura, de uma forma que lhe é única e singular. Experimentando sempre, como acontece nesses quadros em que abstração gestual e figuração se misturam e complementam, onde o texto se inscreve por vezes na pintura, onde a cor ora explode, ora escorre e se dilui no momento em que se projeta na superfície do quadro.

A pintura não é para Clarice um "violino de Ingres";[2] ela se configura na sua vida e no seu trabalho de criadora como um exercício dessa liberdade pela qual a criação é inseparável da vida e do cotidiano, introspecção tão reveladora quanto complexificadora da própria dimensão insurgente e sensível da criação. Contextualizar a obra pictórica de Clarice no conjunto das práticas artísticas do seu tempo, no Brasil, seria uma tentação compreensível. No entanto, os curadores foram mais longe na exposição que agora se apresenta: partindo da obra literária de Clarice, das suas palavras, identificaram um particular modelo de complexidade presente nas obras de

2 Jean-Auguste Dominique Ingres (1780-1867) foi um famoso pintor francês que se dedicou igualmente à música, nomeadamente ao violino, arte na qual não foi tão reconhecido como na sua pintura. Daí a expressão "violino de Ingres" ter começado a ser utilizada para designar uma atividade à qual uma pessoa se dedica fora da sua profissão, ou fora da atividade pela qual essa pessoa é mais conhecida.

artistas mulheres contemporâneas da escritora. À liberdade de viver e de criar protagonizadas por Clarice se juntam agora as evidências da sua inerente complexidade, adicionando novas realidades à realidade, novas formas de fazer às técnicas e às linguagens artísticas existentes, detectando ecos e correspondências recíprocas, mas nunca intencionais ou tradutíveis sob a forma da referência ou da influência. Surgem assim cumplicidades inusitadas, interseções inesperadas, ressonâncias surpreendentes na multiplicidade da constelação em que esta exposição se aventura. O texto clariciano costura obras e linguagens artísticas plurais, permitindo apresentar conjuntamente o que pareceria impossível coexistir na pintura, na escultura, no uso da fotografia ou do vídeo, na contiguidade de obras abstratas com obras figurativas e informais, na vizinhança de exemplos de expressionismo ou surrealismo com exemplos de uma arte conceitual. Todas as mulheres cujas obras se apresentam nesta exposição foram livres e complexas nas suas formas de fazer arte e de adicionar a arte à vida da qual ela será evidência e/ou comentário. Nas suas investigações e práticas artísticas, tampouco essas mulheres iludiram o fato de serem mulheres, expressando suas identidades em "exercícios experimentais" de suas complexidades. O fato de todas elas terem vivido e trabalhado nesse Brasil que era também o país em que Clarice escrevia propiciará ilações e leituras que esta exposição também permite convocar. Também todas elas não terão deixado de ser intérpretes desse Brasil que impregna a escrita de Clarice, não lhe diminuindo a universalidade.

É significativo que, entre as leituras de Clarice Lispector e de Carolina Maria de Jesus que a vizinhança das duas exposições no IMS possa suscitar, encontremos um tema comum abordado pelas duas escritoras: Brasília, capital de tanta utopia, ilusão e decepção. Se Carolina se refere nos seus diários ao fato de ter ouvido dizer que "na Brasília não vae entrar negro", para a partir daí denunciar um "passado de inculturas brancas",[3] Clarice vai dedicar a Brasília dois textos que se completam e complementam, reunidos na edição de *Todos os contos*, os quais serão as expressões mais veementes

3 JESUS, Carolina Maria de. *Meu estranho diário*. Organizado por José Carlos Sebe Meihy e Robert Levine. São Paulo: Xamã, 1996, pp. 78-79.

desse "espanto inexplicado" (CO, p. 591) que o Brasil sempre originou nela, quando confrontada com as suas realidades, injustiças e desigualdades. É nessa cidade que ela constata que "a criação não é uma compreensão, é um novo mistério". (CO, p. 591) É essa a cidade que, no seu planejamento, teria sido "construída sem lugar para ratos", (CO, p. 592) mas que "os ratos, todos muito grandes, estão invadindo". (CO, p. 592) É nessa cidade nova que a atrai e repele, da qual se impregna e ao mesmo tempo se sente excluída, que Clarice se confrontará com muitas das contradições que reconhece, seja na cidade que visita, seja no país em que vive, onde utopia, atopia e heterotopia se encontram na violência de seus confrontos históricos e criminosos, na fascinação e na complexidade cruéis das suas misturas e interseções.

Clarice Lispector revela no fim do seu primeiro texto sobre Brasília que "esta peça é acompanhada pela valsa *Sangue vienense*, de Strauss". (CO, p. 595) Carolina Maria de Jesus confessava nos seus diários que "à noite tranquilamente no meu barracão, ouço valsas vienenses".[4]

Sonhar a valsa imaginável entre essas duas mulheres escritoras e as suas obras será também um mote para o convite que, das constelações de Clarice às constelações de Carolina, as exposições consagradas a cada uma das autoras e seus respectivos catálogos possibilitam na programação de uma instituição cultural como o IMS.

4 *Idem*. "18 de julho de 1955". *In: Quarto de despejo: diário de uma favelada* (1960). Edição comemorativa. São Paulo: Ática, 2020, p. 23.

CONSTELAÇÃO CLARICE

EUCANAÃ FERRAZ
VERONICA STIGGER

Clarice Lispector chegou aos 100 anos consagrada nacional e internacionalmente pela excelência de sua obra literária. Porém, em sua escrita, invenção e pensamento são indiscerníveis: não há, nos seus livros, fabulação sem reflexão. Escreve G.H., uma de suas grandes personagens: "A realidade, antes de minha linguagem, existe como um pensamento que não se pensa, mas por fatalidade fui e sou impelida a precisar saber o que o pensamento pensa". (GH, p. 177) E esse pensamento que se pensa — e que disso toma consciência no próprio ato — por meio da ficção é um pensamento eminentemente plástico, que se volta para a matéria e a forma, para a imanência e a metamorfose. Não deve surpreender, portanto, que as artes plásticas desempenhem um papel tão importante nos seus livros.

As narradoras de *A paixão segundo G.H.* (1964) e *Água viva* (1973) são, respectivamente, uma escultora e uma pintora. Ambos os livros trazem epígrafes extraídas do universo das artes visuais: do historiador da arte Bernard Berenson, no primeiro caso, e do pintor e crítico belga, entusiasta da arte abstrata, Michel Seuphor, no segundo. Virgínia, protagonista de *O lustre*, "amava acima de tudo" (LU, p. 46) criar bonecos de barro. A própria Clarice se dedicou à pintura na década de 1970. No período em que suas experimentações pictóricas se intensificaram, entre 1975 e 1976, estava também fazendo anotações para dois livros, *A hora da estrela* e *Um sopro de vida*. No primeiro, Olímpico, namorado de Macabéa, esculpia figuras de santos em suas horas de folga. Em *Um sopro de vida*, que Clarice deixou inacabado, a protagonista, Ângela Pralini, também é pintora, e, tal qual a narradora de *Água viva*, discorre frequentemente sobre seu processo criativo, além de descrever algumas de suas pinturas.

Esse destaque dado às artes plásticas nos levou a propor aproximações entre a produção literária de Clarice Lispector, que abrange as décadas de 1940 a 1970, e obras realizadas por outras artistas no mesmo intervalo de tempo. Para tal, a exposição se organiza a partir de nove núcleos, suscitados por linhas de força da escrita clariciana, que aqui se mostram e se consolidam em diálogo com as obras reunidas: "Tudo no mundo começou com um sim"; "Eu não cabia"; "Perdi minha formação humana"; "Adoração pelo que existe"; "Quero o plasma"; "Mais um grafismo que uma escrita"; "A vida é sobrenatural"; "É paixão minha ser o outro" e "Não posso acabar". A esses núcleos, somam-se dois conjuntos: "Antes de mais nada, pinto pintura", que mostra um número expressivo de quadros de Clarice; e "O apartamento me reflete", que agrupa objetos e documentos pertencentes à escritora.

Ao colocar os trabalhos dessas artistas sob o signo de Clarice, arma-se uma constelação talvez imprevista, na qual julgamos ser possível, em alguns momentos, ver reunidas obras de orientações estéticas muito diferentes, por vezes até antitéticas, raramente, ou nunca, apresentadas lado a lado. Por meio da aproximação propiciada por Clarice, ganha lugar uma compreensão renovada e mais complexa daquele momento da arte brasileira. Por outro lado, a partir dessa constelação entre os trabalhos plásticos e a escrita, também a literatura de Clarice aparece sob nova óptica.

As citações de obras de Clarice Lispector nos textos deste catálogo foram retiradas das edições mais recentes disponíveis, todas editadas pela Rocco e Rocco Pequenos Leitores. Foram utilizadas as siglas seguintes, acompanhadas do número de página em que se encontra o trecho:

AP *Uma aprendizagem ou O livro dos prazeres*, 2020.
AV *Água viva*, 2020.
CA *Todas as cartas*, 2020.
CO *Todos os contos*, 2016.
CR *Todas as crônicas*, 2018.
CS *A cidade sitiada*, 2019.
DO *Doze lendas brasileiras: como nasceram as estrelas*, 2014.
GH *A paixão segundo G.H.*, 2020.
HE *A hora da estrela*, 2020.
LU *O lustre*, 2019.
ME *A maçã no escuro*, 2020.
MU *A mulher que matou os peixes*, 2017.
OE *Outros escritos*, 2020.
PC *Perto do coração selvagem*, 2020.
QV *Quase de verdade*, 2014.
SV *Um sopro de vida*, 2020.
VI *A vida íntima de Laura*, 2012.

MARIA MARTINS

Calendário da eternidade, 1953
Bronze
42,2 × 44,6 × 12,9 cm
Acervo Museu de Arte Contemporânea da Universidade de São Paulo

Viver é sempre questão de vida e morte, daí a solenidade.

A PAIXÃO SEGUNDO G.H.

LYGIA CLARK

Relógio de sol, 1960
Alumínio anodizado,
50 cm (diâmetro)
Acervo da Fundação José
e Paulina Nemirovsky,
em comodato com a
Pinacoteca do Estado
de São Paulo

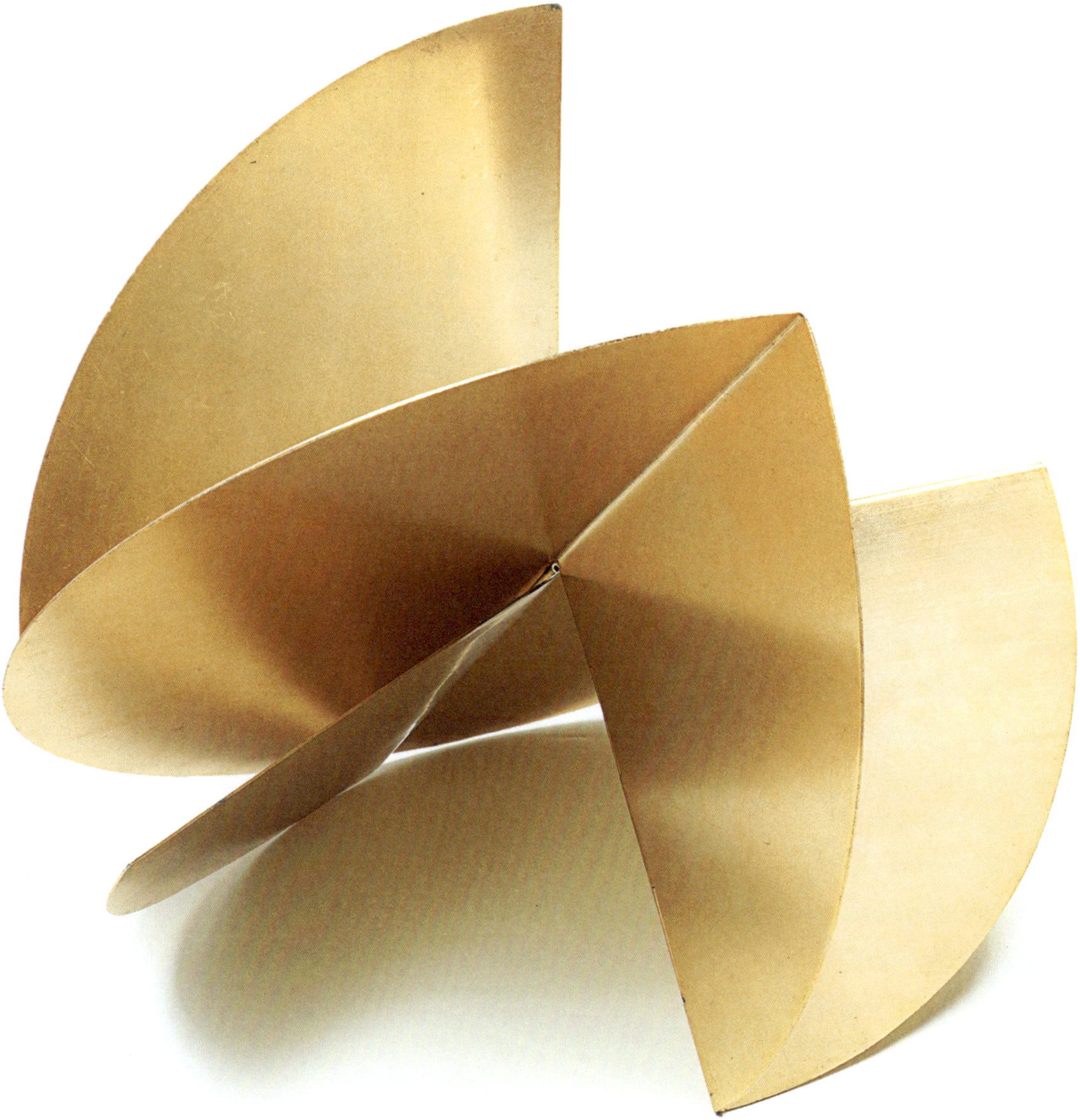

Entre 1975 e 1976, Clarice Lispector dedicou-se à pintura, sem nenhuma ambição profissional. Talvez por isso, nunca tenha exposto o que produziu. Em seus quadros, pode-se ver algumas recorrências, como o tratamento gestual, o apego à matéria, o colorido intenso e a recusa de contornos definidos. Assim, a flagrante predileção pela circularidade não raro toma o aspecto de uma ameba, mas tal configuração rejeita as demarcações e a ideia mesma de forma: antes, apresenta-se como a iminência dela, a pré-história de uma forma. Em *Explosão*, *Escuridão e luz: centro da vida* e *Medo*, a figura ameboide é central. Noutras pinturas, como *Caos/ Metamorfose/ Sem sentido*, ela aparece lateralmente ou mais diluída, além de participar dos arranjos que fazem alusão a cavernas, como *Gruta* e *Interior de gruta*.

CLARICE
LISPECTOR

Antes de mais nada, pinto pintura

Quero pôr em palavras mas sem descrição a existência da gruta que faz algum tempo pintei – e não sei como. Só repetindo o seu doce horror, caverna de terror e das maravilhas, lugar de almas aflitas, inverno e inferno, substrato imprevisível do mal que está dentro de uma terra que não é fértil. Chamo a gruta pelo seu nome e ela passa a viver com seu miasma. Tenho medo então de mim que sei pintar o horror, eu, bicho de cavernas ecoantes que sou, e sufoco porque sou palavra e também o seu eco. **ÁGUA VIVA**

CLARICE LISPECTOR

Sol da meia-noite, 1975
Acrílica sobre compensado,
34,5 × 50 cm
Acervo Clarice Lispector/
Fundação Casa de Rui
Barbosa, Rio de Janeiro

Sol da meia-noite

Não, nunca fui moderna. E acontece o seguinte: quando estranho uma pintura é aí que é pintura. E quando estranho a palavra aí é que ela alcança o sentido. E quando estranho a vida aí é que começa a vida. **ÁGUA VIVA**

CLARICE LISPECTOR

Esperança, maio de 1975
Acrílica e guache sobre madeira,
30 × 41 cm
Arquivo Clarice Lispector/
Instituto Moreira Salles,
Rio de Janeiro

CLARICE LISPECTOR

Luta sangrenta pela paz, 20.05.1975
Acrílica e caneta hidrográfica sobre compensado, 30 × 40 cm
Acervo Clarice Lispector/ Fundação Casa de Rui Barbosa, Rio de Janeiro

Meu ideal seria pintar um quadro de um quadro. Vivo tão atribulada que não aperfeiçoei mais o que inventei em matéria de pintura. Ou pelo menos nunca ouvi falar desse modo de pintar: consiste em pegar uma tela de madeira – pinho-de-riga é a melhor – e prestar atenção às suas nervuras. De súbito, então vem do subconsciente uma onda de criatividade e a gente se joga nas nervuras acompanhando-as um pouco – mas mantendo a liberdade. Fiz um quadro que saiu assim: um vigoroso cavalo com longa e vasta cabeleira loura no meio de estalactites de uma gruta. É um modo genérico de pintar. E, inclusive, não se precisa saber pintar: qualquer pessoa, contanto que não seja inibida demais, pode seguir essa técnica de liberdade. E todos os mortais têm subconsciente. Ah, meu Deus, tenho esperança adiada. O futuro é um passado que ainda não se realizou. **UM SOPRO DE VIDA**

CLARICE LISPECTOR

Interior de gruta, 1960
Guache e caneta hidrográfica sobre madeira, 31 × 56 cm
Arquivo Clarice Lispector/ Instituto Moreira Salles, Rio de Janeiro

---

Gruta, 07.03.1975
Acrílica e caneta hidrográfica sobre compensado, 39,5 × 50,2 cm
Acervo Clarice Lispector/ Fundação Casa de Rui Barbosa, Rio de Janeiro

GRUTA

CLARICE LISPECTOR

Cérebro adormecido,
13.05.1975
Caneta hidrográfica e acrílica sobre compensado, 29,3 x 39,7 cm
Acervo Clarice Lispector/ Fundação Casa de Rui Barbosa, Rio de Janeiro

---

Tentativa de ser alegre,
15.05.1975
Acrílica e resina epóxi sobre compensado, 30,2 x 39,7 cm
Acervo Clarice Lispector/ Fundação Casa de Rui Barbosa, Rio de Janeiro

---

Perdida na vaguidão,
14.05.1975
Acrílica e caneta hidrográfica sobre compensado, 30,2 x 39,7 cm
Acervo Clarice Lispector/ Fundação Casa de Rui Barbosa, Rio de Janeiro

"Perdida na vagueação"
14 maio 1975

Estou pintando um quadro com o nome de "Sem Sentido". São coisas soltas – objetos e seres que não se dizem respeito, como borboleta e máquina de costura. **UM SOPRO DE VIDA**

CLARICE LISPECTOR

Caos/ Metamorfose/ Sem sentido, 19.06.1975
Acrílica, resina epóxi e caneta hidrográfica sobre compensado, 30,2 x 39,7 cm
Acervo Clarice Lispector/ Fundação Casa de Rui Barbosa, Rio de Janeiro

caos
metamorfose

O que me "descontrai", por incrível que pareça, é pintar, e não ser pintora de forma alguma, e sem aprender nenhuma técnica. Pinto tão mal que dá gosto e não mostro meus, entre aspas, "quadros" a ninguém. É relaxante e ao mesmo tempo excitante mexer com cores e formas, sem compromisso com coisa alguma. É a coisa mais pura que faço. "LITERATURA DE VANGUARDA NO BRASIL", OUTROS ESCRITOS

CLARICE LISPECTOR

Volumes, 09.03.1975
Óleo e colagem sobre tela,
41 × 27 x 1,5 cm
Acervo Clarice Lispector/
Fundação Casa de Rui
Barbosa, Rio de Janeiro

No quadro, que chamei de "Terror", arranquei de mim, talvez através da magia, todo o horror que um ser sente no mundo. A tela era pintada de preto, quase no centro havia uma terrível mancha amarelo-escura, e dentro dessa mancha algo vermelho, preto e amarelo vivo. Parecia uma mariposa sem dentes querendo gritar, sem conseguir. Perto da massa amarela, por cima do preto, pintei dois pontos completamente brancos que talvez fossem a promessa do alívio futuro. Olhar para esse quadro me faz mal. "LITERATURA E MAGIA", OUTROS ESCRITOS

CLARICE LISPECTOR

Medo, 16.05.1975
Óleo sobre compensado,
30 × 40 cm
Acervo Clarice Lispector/
Fundação Casa de Rui
Barbosa, Rio de Janeiro

CLARICE LISPECTOR

Raiva e reindifição, 28.04.1975
Acrílica sobre compensado, 30,4 x 39,7 cm
Acervo Clarice Lispector/ Fundação Casa de Rui Barbosa, Rio de Janeiro

O último trabalho, *Explosões*, foi produzido com um vidro de esmalte vermelho-berrante para unhas jogado a esmo sobre a madeira. Arte descompromissada e tecnicamente primitiva, mas que consegue lhe devolver o equilíbrio e restabelecer sua identidade. ENTREVISTA A CELSO ARNALDO ARAÚJO, MANCHETE, 03.05.1975

CLARICE LISPECTOR

Explosão, 1975
Acrílica e esmalte de unha sobre compensado, 37,5 × 50 cm
Acervo Clarice Lispector/ Fundação Casa de Rui Barbosa, Rio de Janeiro

CLARICE LISPECTOR

Escuridão e luz:
centro da vida, abril de 1975
Acrílica e caneta hidrográfica
sobre compensado,
34,7 x 50,2 cm
Acervo Clarice Lispector/
Fundação Casa de Rui
Barbosa, Rio de Janeiro

É preciso coragem para me aventurar numa tentativa de concretização do que sinto. É como se eu tivesse uma moeda e não soubesse em que país ela vale. **A PAIXÃO SEGUNDO G.H.**

CLARICE LISPECTOR

Eu te pergunto POR QUÊ?, 13.05.1976
Acrílica, grafite e lápis dermatográfico sobre compensado, 32 × 34,3 cm
Acervo Clarice Lispector/ Fundação Casa de Rui Barbosa, Rio de Janeiro

POR QUE?
Clarice

CLARICE LISPECTOR

Sem título, s.d.
Acrílica sobre compensado,
30 × 39,9 cm
Acervo Clarice Lispector/
Fundação Casa de Rui
Barbosa, Rio de Janeiro

—

Sem título (frente e verso),
28.05.1975
Acrílica sobre compensado,
30,2 x 39,7 cm
Acervo Clarice Lispector/
Fundação Casa de Rui
Barbosa, Rio de Janeiro

A Olga, desejo
que essa mandala
traga riquezas interiores
e riquezas materiais
Rio 28 maio 1975

CLARICE LISPECTOR

Pássaro da liberdade,
05.06.1975
Acrílica sobre compensado,
30,7 x 39,9 cm
Acervo Clarice Lispector/
Fundação Casa de Rui
Barbosa, Rio de Janeiro

CLARICE LISPECTOR

Ao amanhecer,
setembro de 1975
Acrílica e óleo sobre
compensado, 30,4 x 39,7 cm
Acervo Clarice Lispector/
Fundação Casa de Rui
Barbosa, Rio de Janeiro

PINTURA E MAGIA

VERONICA STIGGER

1

Do conjunto de 21 pinturas conhecidas de Clarice Lispector, 17 são datadas de 1975, duas, de 1976, uma não tem indicação de data nem de título, e outra traz uma data extemporânea, 1960, que, como seu título, *Interior de gruta*, e a assinatura de Clarice Lispector, mal aparecem sob a tinta amarela que, por algum motivo a que talvez nunca tenhamos acesso, cancelou essas informações. Das 17 datadas de 1975, 12 apresentam, de modo visível na superfície do quadro, dia e mês ou apenas mês em que foram realizadas. Três outras — *Explosão*, *Sol da meia-noite* e *Madeira feito cruz* —, apenas o ano. Uma das duas pinturas sem título em que se veem as figuras do *yin* e do *yang* — a de fundo preto — traz uma dedicatória de Clarice Lispector a Olga Borelli no verso, com a data de 28 de maio de 1975. No final de 2020, numa avaliação mais detalhada do quadro, que até então estava catalogado como sem título e sem data no acervo do Instituto Moreira Salles, os conservadores da instituição Luiz Soares e Millard Schisler descobriram, sob a tinta que cancelava as informações na superfície pictórica, um título e uma data, além da assinatura: "*Esperança*, maio de 197[5]".[1] Quanto a *Explosão*, podemos supor que foi realizada em final de abril, como veremos adiante. Desse modo, percebemos que 15 das pinturas de 1975 circunscrevem um período que vai de março a setembro, sendo que oito — ou seja, mais da metade — foram finalizadas em maio, três em abril,

1 Num primeiro laudo, Luiz Soares observa: "Quanto à data, não pudemos afirmar que o último número da sequência seja de fato o número 5, pois o estilo e a técnica do emolduramento empregados na pintura cobrem parte da inscrição. Conseguimos identificar o restante da numeração porque a parte coberta da data equivale somente à metade inferior dos números. Não sabemos se seria possível remover a moldura de maneira reversível e sem colocar em risco a integridade da pintura. Contudo, a partir do que pôde ser visto na análise, o emolduramento (todo em madeira) parece estar diretamente aderido ao suporte da pintura (também em madeira); portanto, a remoção temporária da moldura seria, a meu ver, um procedimento consideravelmente arriscado. Sendo assim, e mais uma vez considerando a existência de uma possível marca gestual de caligrafia na inscrição de data, há indícios de que o último algarismo da sequência seja o 5; porém, como não pudemos realizar tal comprovação, o número aparece entre colchetes na transcrição acima."

duas em junho, uma em março e uma em setembro, saltando os meses de julho e agosto.[2]

O ano de 1975 foi especialmente agitado para Clarice Lispector, como ela mesma anotou em manuscrito guardado nos arquivos do Instituto Moreira Salles: "Este ano está havendo muito movimento em torno de mim, Deus sabe por quê, pois eu não sei."[3] Depois de elencar todos os acontecimentos em questão — entrevistas para a revista *Manchete*, para "um jornal de São Paulo" e para a revista literária argentina *Crisis*, publicação de contos na *Colóquio Letras* de Portugal e em duas revistas brasileiras, convites para falar em universidades, espetáculo de Marília Pêra com trechos de *Água viva* etc. —, comenta ainda, entre perplexa e preocupada: "Será que estou na moda?".[4] Um dos itens de sua lista menciona, muito de passagem: "Bogotá me convidou".[5]

Em janeiro de 1975, Clarice recebeu carta-convite para participar do I Congresso Mundial de Bruxaria, que ocorreria entre 24 e 28 de agosto daquele mesmo ano em Bogotá, na Colômbia. Carlos Mendes de Sousa, em seu livro sobre as pinturas da escritora, já havia chamado a atenção para como, nas biografias de Clarice, o Congresso de Bruxaria aparece por vezes relacionado à produção de suas pinturas e lembra que, no texto que preparou para ler na conferência, a autora menciona uma delas.[6] O texto, "Literatura e magia", foi escrito

2 Carlos Mendes de Sousa já havia atentado para esses dados, principalmente para a recorrência de trabalhos realizados no mês de maio (*Clarice Lispector: pinturas*. Rio de Janeiro: Rocco, 2013, pp. 145-147).
3 Manuscrito guardado junto às notas para *Um sopro de vida* no arquivo do Instituto Moreira Salles, parcialmente reproduzido em: BORELLI, Olga. *Clarice Lispector: esboço para um possível retrato*. Rio de Janeiro: Nova Fronteira, 1981, pp. 24-26.
4 *Ibidem*.
5 Olga Borelli atribui essa menção ao convite para participar do congresso internacional de literatura, realizado no ano anterior, em Cali, do qual Clarice Lispector participou ao lado de Lygia Fagundes Telles. Em função das outras referências dadas por Clarice no manuscrito em questão, como, por exemplo, a entrevista a Celso Arnaldo Araújo à revista *Manchete*, publicada em 3 de maio de 1975 ("Uma escritora no escuro: Clarice Lispector", pp. 48-49), podemos supor que se trata de uma lista referente ao ano de 1975. Além dessa entrevista, há a concedida a Isa Cambará para a *Folha de S.Paulo*, veiculada em 10 de setembro de 1975 (Ilustrada, p. 40). E o espetáculo de Marília Pêra referido é o musical *Feiticeira*, que estreou em 1975.
6 SOUSA, Carlos Mendes de. *Op. cit.*, p. 147.

originalmente em inglês e, nele, Clarice começa relacionando magia e fenômenos naturais: "Tenho pouco a dizer para uma plateia exigente. Mas vou dizer uma coisa: para mim, o que quer que exista, existe por algum tipo de mágica. Além disso, os fenômenos naturais são mais mágicos do que os sobrenaturais." (OE, p. 124) Cita, então, uma tempestade presenciada por ela cerca de dois meses antes. Pelos detalhes fornecidos pela própria Clarice ("uma chuva muito forte, com granizo em alguns lugares, que tinha destelhado muitas casas, que quase provocara a queda de um avião"), não é difícil localizar a data exata do temporal: 17 de maio. Havia sido tão violento que recebeu capa do *Jornal do Brasil* do dia seguinte.[7]

A tempestade ocorreu um dia depois de Clarice ter realizado *Medo*, o quadro mencionado no texto, e no mês de sua maior produção plástica naquele ano, maio. Se, para Clarice, pode-se apreender algo de sobrenatural dos fenômenos naturais, como as tempestades, o mesmo também podia valer para a pintura, como ela própria esclarece em seu texto, ao estabelecer uma relação entre pintura e magia precisamente depois de mencionar a tempestade:

> Eu mesma, pelo menos conscientemente, *jamais lidei diretamente com mágica. No entanto, pintei um quadro*, e uma amiga me aconselhou a não olhar para ele, pois poderia me fazer mal. Concordei. No quadro, que chamei de *Terror*, *arranquei de mim, talvez através da magia*, todo o horror que um ser sente no mundo. (OE, p. 124, grifos meus)

Só ao final desse texto Clarice afirma ser o ato de escrever — e não um escrever qualquer, mas "escrever de verdade" — "completamente mágico". (OE, p. 126) A magia aqui, como na pintura, constitui-se como algo desconhecido "arrancado" de seu interior: "As palavras vêm de lugares tão distantes dentro de mim que parecem ter sido pensadas por desconhecidos, e não por mim mesma". (OE, p. 126) É como se uma espécie de possessão fizesse aflorar não um outro, mas um si mesmo mais recôndito, o próprio *inconsciente*. Não por acaso, Clarice havia aproximado a magia do inconsciente quando comentou sobre

7 "Chuva, vento e granizo param o Rio". *Jornal do Brasil*, 17.05.1975, p. 1, com reportagem maior na p. 38.

sua participação no Congresso de Bruxaria para a reportagem da revista *Manchete*: "Devo falar sobre literatura e magia. Mas essa magia não é sobrenatural nem feitiçaria: a inspiração vem do mais profundo âmago do ser. Do inconsciente, digamos."[8]

Não podemos perder de vista que, em *Água viva*, Clarice Lispector introduz um termo que pode ser, como sugerem Berta Waldman e Yudith Rosenbaum, uma metáfora para o inconsciente, para o "id" freudiano, que é o "it".[9] Como a própria estrutura do livro, o "it" não chega a ser completamente definido; tudo é passível de ser "it": o tique-taque, o ar, a placenta, o halo, "elemento puro", "material do instante do tempo", Deus etc. O "it" é o que estaria atrás de tudo — inclusive, "atrás do pensamento", título de uma versão anterior do livro. Daí a narradora dizer: "Estou de olhos fechados. Sou pura inconsciência." (AV, p. 30)

Se pensarmos o *inconsciente* com Jacques Lacan, para quem este não apenas funciona por metáforas e metonímias (condensação e deslocamento), mas também se compõe menos de *signos* do que de *significantes*, isto é, menos de significações estáveis do que de imagens,[10] podemos talvez entender a preferência de Clarice Lispector por narradoras e personagens que são pintoras em livros de seus últimos anos (a narradora de *Água viva* e Ângela Pralini, de *Um sopro de vida*), bem como seu interesse pela própria prática da pintura. Afinal, magia e inconsciente passariam, em alguma medida, pela criação de imagens.

8 TEIXEIRA, Ib. "A grande festa dos bruxos". *Manchete*, 30.08.1975, p. 9.
9 WALDMAN, Berta. *A paixão segundo C.L.* São Paulo: Escuta, 1993, pp. 85-86; ROSENBAUM, Yudith. *Metamorfoses do mal: uma leitura de Clarice Lispector*. São Paulo: Edusp/Fapesp, 1999, p. 64.
10 Cf. EAGLETON, Terry. *Teoria da literatura: uma introdução*. São Paulo: Martins Fontes, 1997, pp. 232-233.

2

Há quem diga que Clarice Lispector não apresentou, no Congresso de Bruxaria, o texto que havia preparado, mas pediu que alguém lesse "O ovo e a galinha", (CO, pp. 303-313) que havia sido publicado em *Legião estrangeira*, em 1964.[11] Para introduzir a leitura do conto, escreveu um texto breve, no qual volta a associar a magia ao inconsciente:

> Eu tenho pouco a dizer sobre magia. Na verdade, eu acho que nosso contato com o sobrenatural deve ser feito em silêncio e numa profunda meditação solitária. A inspiração, em todas as formas de arte, tem um toque de magia porque a criação é uma coisa absolutamente inexplicável. Ninguém sabe nada a propósito dela. Não creio que a inspiração venha de fora para dentro, de forças sobrenaturais. Suponho que ela emerge do mais profundo "eu" de uma pessoa, do mais profundo inconsciente individual, coletivo e cósmico.[12]

Curioso notar como Clarice Lispector, nessa sequência final de adjetivos com os quais ela qualifica o "inconsciente", acaba por extrair o "eu" de sua dimensão individual, projetando-o não só na coletividade, mas também no cosmo — uma projeção que, em certa medida, encontra correspondências entre elementos e planos heterogêneos e que constitui a magia.

O certo é que o conto "O ovo e a galinha" foi apresentado. Antes de tentar *definir* o ovo, o que Clarice faz no texto, o tempo todo, é justamente o contrário: *indefini-lo*. Trata-se da desmontagem de uma possível definição; ou melhor, de uma definição que, ao tentar se constituir, se estilhaça, se destrói, se *indefine* (como a estrutura humana de G.H., que se desmonta quando se vê diante primeiro do quarto da empregada e, depois, da barata no armário[13]). O que nos

11 Cf. MOSER, Benjamin. *Clarice, uma biografia*. São Paulo: Cosac Naify, 2009, p. 509.
12 LISPECTOR, Clarice. "Introdução". Manuscrito que faz parte do acervo da Fundação Casa de Rui Barbosa. Como a letra é de Olga Borelli, parece se tratar de texto passado a limpo a partir de anotações de Clarice, com várias diferenças em relação ao texto reproduzido em *Outros escritos* (p. 123).
13 Tratei disso em *O útero do mundo*, São Paulo: MAM, 2016, pp. 14-16.

interessa, por ora, é reter duas noções fundamentais associadas ao ovo, a de perfeição e a de começo: "— Você é perfeito, ovo. Você é branco. — A você dedico o começo. A você dedico a primeira vez." (CO, p. 303) Vale lembrar aqui, de passagem, que o recurso à imagem do ovo como associada à perfeição ou, principalmente, a uma ideia de começo (afinal, o ovo carrega consigo a lembrança de estar sempre prenhe, isto é, potente de vida) também está presente em trabalhos de outras artistas da época, como em *O ovo*, de Lygia Pape, ou nas séries de ovos tanto de Celeida Tostes quanto de Anna Maria Maiolino, e até mesmo em poemas da década anterior, como "Ovo novelo", de Augusto de Campos.

Anos depois, na crônica "Uma história de tanto amor", de 10 de agosto de 1968, Clarice Lispector volta a ressaltar a perfeição do ovo num parêntesis em que afirma que "a [grandeza] da galinha é a de pôr um ovo branco de forma perfeita". (CO, p. 422) Em outro texto datilografado, intitulado "A inspiração é uma espécie de mágica", provavelmente uma primeira versão da introdução à leitura do conto no Congresso de Bruxaria, Clarice anota: "O texto é sobre o ovo, que é a forma mais perfeita que brotou da natureza".[14] Há algo de *ideal* na forma do ovo em dois sentidos: no sentido de ser perfeita; e no sentido, quase platônico, de ser uma ideia, isto é, de existir no plano do pensamento; ou existir — talvez apenas — como pensamento. Como se o ovo fosse uma forma original, uma *ur*-forma. Daí também o ovo, em certa medida, ser uma forma preexistente, ancestral, como se existisse fora do tempo, além e aquém deste.

Carlos Mendes de Sousa observa que, em todas as pinturas, Clarice regressa ao ovo.[15] A própria Clarice pode ter dado a chave para essa sugestão. Em "Explicação para quem talvez não entenda", texto compilado em *Visão do esplendor*, publicado também em 1975, reportando (ou fingindo reportar) uma conversa com a empregada, Maria Carolina, em que reflete sobre por que escreve, a narradora acaba por dizer, num parágrafo isolado: "Quem sabe, escrevo por não saber pintar. Se eu soubesse pintar, lutaria por conseguir pintar a

14 LISPECTOR, Clarice. "A inspiração é uma espécie de mágica". Datiloscrito preservado no acervo da Fundação Casa de Rui Barbosa.

15 SOUSA, Carlos Mendes de. *Op. cit.*, p. 169.

forma completa de um ovo".[16] Se Carlos Mendes de Sousa está certo, e Clarice Lispector, em todas as pinturas, regressa ao ovo, este não é mais o ovo inteiro, mas, pelo contrário, o ovo quebrado, estilhaçado, o ovo quando perde aquilo que lhe dá forma (que lhe dá sua perfeição e seu limite): a casca. Esse momento é assinalado em "O ovo e a galinha": "Pego mais um ovo na cozinha, quebro-lhe casca e forma". (CO, p. 309)

Há uma forma recorrente no conjunto de 21 pinturas conhecidas de Clarice Lispector, e esta não guarda nada da perfeição e da completude do ovo. Pelo contrário: apresenta-se como uma forma imperfeita, sem contorno definido, que lembra uma ameba ou, para recordarmos uma das duas grandes imagens a que recorre Georges Bataille para definir o informe, um escarro; o outro símile batailliano é a aranha: "Afirmar que o universo não se assemelha a nada e não é senão *informe* redunda em dizer que o universo é alguma coisa como uma aranha ou um escarro".[17] Recusa a determinação e talvez até a ideia mesma de *forma*: antes, apresenta-se como a iminência dela, a pré-história de uma forma.

Como um escarro, essa forma informe das pinturas claricianas parece ser sempre resultado de um lançamento — da tinta ou outro material — sobre a madeira. Isto é, sugere ser originada de um gesto outro que não apenas pincelar: um gesto impulsivo, violento. Com *Explosão*, foi exatamente o que ocorreu. Em entrevista para a revista *Manchete*, em 3 de maio de 1975, a própria Clarice contou como a pintura foi executada: "O último trabalho, *Explosões* [*sic*], foi produzido com um vidro de esmalte vermelho-berrante para unhas jogado a esmo sobre a madeira".[18] Esta talvez seja, dentre o conjunto conhecido de suas pinturas, uma das primeiras em que a forma ameboide — e explosiva — ocupa o centro da superfície pictórica. A maior mancha produzida pelo lançamento do esmalte ocupa o centro do quadro. Outras duas manchas com prováveis resquícios do mesmo líquido são vistas no alto à direita e abaixo à esquerda, sendo a inferior maior que a superior, mas menor que a central. As três formas disformes foram

16 LISPECTOR, Clarice. *Visão do esplendor*. Rio de Janeiro: Francisco Alves, 1975, p. 64.
17 BATAILLE, Georges. "Informe", *Documents*, v. 7, 1929.
18 Clarice Lispector em entrevista a Celso Arnaldo Araújo, "Uma escritora no escuro: Clarice Lispector", *Manchete*, 03.05.1975, p. 49.

circundadas por vários traços feitos de pinceladas rápidas em preto, amarelo, azul, rosa, cinza e branco — o que confere dinamismo à pintura. No canto inferior direito, outra pequena explosão em vermelho dá a impressão de ter sido feita apenas com tinta (acrílica ou guache), sem o esmalte das outras manchas e sem o realce das pinceladas de outras cores. A base de *Explosão* apresenta um traço grosso, preto, contornado em algumas partes por outro traço marrom, fazendo as vezes de um solo ou um horizonte.

O que pode parecer apenas abstrato à primeira vista talvez contenha algo de figurativo. Como a própria Clarice Lispector observa: "Tanto em pintura como em música e literatura, tantas vezes o que chamam de abstrato me parece apenas o figurativo de uma realidade mais delicada e mais difícil, menos visível a olho nu". (CR, p. 331) Se víssemos os traços coloridos como fagulhas, poderíamos compreender as manchas vermelhas como explosões de lava vulcânica ou como centros irradiadores dos fogos de artifício. Clarice Lispector não chegou a ver a grande erupção do Vesúvio quando viveu em Nápoles na década de 1940, mas não deixou de registrar em carta à irmã Elisa a visita que fez ao vulcão em março de 1945, exatamente um ano depois de sua última explosão: "A gente vê de longe o Vesúvio e na encosta a lava que desceu e se bifurcou, cobrindo inteiramente casas e tudo. É um mar de lava que agora está seca em pedras. [...] A lava é negra. Mas quando descia, fresquinha, era fogo líquido, vermelho e grosso."[19] A erupção de um vulcão deixa sempre um rastro relativamente definitivo: a lava, antes ardente, solidifica-se e passa a fazer parte da paisagem. Também ela, como a explosão, é sem forma definida, desordenada. Os fogos de artifício, além de também serem exemplares dessa desordem,[20] duram

19 Clarice Lispector em carta de 19 de março de 1945, escrita desde Nápoles, compilada em *Minhas queridas* (Rio de Janeiro: Rocco, 2007, p. 77).

20 Eduardo Sterzi, em sua dissertação sobre o sublime em Murilo Mendes, lembra: "É curioso que Burke apresente os fogos de artifício como exemplo da 'desordem' sublime e sugira que certo tipo de poesia lance mão de uma técnica análoga para fascinar o espírito e impedi-lo de chegar a uma representação coerente ou harmônica. Adorno logra uma proposição semelhante. Para ele, os fogos de artifício são o protótipo da obra de arte que se oferece como 'aparição': uma 'escrita fulgurante e fugidia, que não se deixa ler no seu significado'" (*Figuras do sublime: a retórica da catástrofe em Murilo Mendes*. Dissertação de mestrado. Porto Alegre: PUCRS, 2000, p. 125).

apenas o tempo de sua explosão. Não por acaso, é à imagem dos fogos de artifício que Clarice Lispector recorre, numa passagem de *Água viva*, para tentar dar conta do que seria a "quarta dimensão do instante-já": "Quero apossar-me do é da coisa. Esses instantes que decorrem no ar que respiro: em fogos de artifício eles espocam mudos no espaço." (AV, p. 7) Depois da explosão dos fogos (ou melhor, na própria explosão), tudo se acaba, não deixando rastro material, ao contrário do vulcão e da solidificação de sua lava: "O fogo de artifício é um objeto opaco até ser, no seu destino, um fulgor no ar e a própria morte". (CR, p. 352) Não é algo que se possa pegar; é tão inapreensível quanto a forma. De novo, é da imagem dos fogos de artifício que Clarice lança mão para definir essa característica que encontra também no mercúrio: "No momento em que eu penso que o peguei ele se estilhaça mudo nos meus dedos como mudos fogos de artifício, como o que dizem que nos acontece depois da morte — o espírito vivo se espalha em energia solta, pelo ar, pelo cosmo". (CR, p. 518) O mercúrio é o metal por excelência da transmutação na alquimia. Por ora, retenhamos essa informação, porque retornaremos a ela.

Três outras pinturas apresentam uma forma disforme como figura central similar à de *Explosão*, a partir da qual se ordenam os outros elementos do quadro: *Raiva e reindifição* [*sic*], *Escuridão e luz: centro da vida* e *Medo*. Todas foram realizadas entre abril e maio de 1975. A última é a pintura a que Clarice se refere no texto que apresentaria no Congresso de Bruxaria e para a qual não podia sequer olhar, porque, segundo ela, lhe fazia mal. Do trio citado, é aquela em que a forma aparece mais definida, quase perfazendo um círculo, que é desfeito em seu lado esquerdo e na parte de baixo por uma mancha num tom de amarelo levemente mais forte, puxando para o alaranjado. O fundo é preto, quebrado por duas manchas brancas sem forma. Como a própria Clarice ressalta: "A tela era pintada de preto, quase no centro havia uma terrível mancha amarelo-escura, e dentro dessa mancha algo vermelho, preto e amarelo vivo. Parecia uma mariposa sem dentes querendo gritar, sem conseguir." (OE, pp. 124-125)

Em outras pinturas, essa forma informe aparece lateralmente ou mais diluída, como *Caos/ Metamorfose/ Sem sentido* e Sem título (de 1976), além de compor detalhes das pinturas que fazem referências a grutas, como *Gruta* e *Interior de gruta*. A gruta é abertura, fissura, como propôs Lilian Hack;[21] e, poderíamos acrescentar, abertura, fissura numa montanha. E esta parece ser, em Clarice, o lugar preferencial da magia, da transmutação, da transformação, como fica evidente, por exemplo, no conto que dá título ao livro *Onde estivestes de noite?*, em que um estranho ritual ocorre no alto de uma montanha.

3

Dentre o conjunto de pinturas de Clarice, há duas que apresentam figuras próximas à do ovo íntegro: em sua forma, em sua perfeição, em sua completude. Refiro-me às duas pinturas sem título em que se veem as figuras do *yin* e do *yang*, ambas acompanhadas de um ideograma. Consultei Andrei Cunha, professor de língua, cultura e literatura japonesa da UFRGS, sobre o que poderiam significar os ideogramas dessas pinturas. Ele me disse que os dois provavelmente indicam a mesma coisa e aventou duas hipóteses: talvez signifiquem *zen*, mas não o do budismo, e sim aquele que quer dizer "total"; talvez *kin*, que significa "metal", substância que é importante tanto na alquimia quanto no *I Ching*.[22]

Não é descabido pensar que Clarice conhecia esses ideogramas. Entre os livros de sua biblioteca que hoje fazem parte do acervo da escritora no Instituto Moreira Salles, estão uma edição de 1961, em inglês, do *I Ching* — fartamente anotada[23] —, o *Tao Te Ching*, também em edição em inglês, de 1957, *Introdução ao zen-budismo*, de Daisetz Teitaro Suzuki, entre outros. Dentro do volume do *I Ching*, encontram-se várias consultas feitas por Clarice, que parecia usá-lo como um oráculo. Conforme mostra Antonio Xerxenesky em texto para o *site* do IMS, uma das consultas foi realizada justamente no dia do aniversário de 54 anos da escritora, em 10 de dezembro de

21 HACK, Lilian. *Escrever um sopro em papel de água viva: imagem e pintura em Clarice Lispector*. Tese de doutorado. Porto Alegre: Universidade Federal do Rio Grande do Sul, 2020, p. 79.
22 Andrei Cunha em troca de *e-mails* com a autora, em 22 de abril de 2020.
23 XERXENESKY, Antonio. "Livros que você talvez não imagine que Clarice tinha". Disponível em: site.claricelispector.ims.com.br/2013/04/19/livros-que-voce-talvez-nao-imagine-que-clarice-tinha/); cf. também: PINHO, Marília Gabriela Malavolta. *Do dorso à cauda do tigre: trilhando a linguagem de Clarice Lispector*. Tese de doutorado em estudos literários, Araraquara: Unesp, 2016.

1974 — isto é, às vésperas de seu ano mágico de 1975. Clarice queria saber: "Qual é o meu futuro de um modo geral?". A resposta foi o hexagrama 34, "o poder do grande". Talvez o ideograma que aparece nas pinturas de Clarice possa fazer referência a esse hexagrama, já que o *ch'ien* (o criativo, o céu) tem uma configuração muito próxima à imagem superior da apresentada na pintura, que lembra um telhado simplificado ou um chapeuzinho. Numa segunda conversa com Andrei Cunha, apresentei esse hexagrama. Ele concordou comigo e reforçou que Clarice poderia estar fazendo "variações visuais" a partir dos ideogramas que viu, misturando mais de um numa única imagem.[24]

Para os taoístas, "as dez mil coisas do mundo" (isto é, todas as coisas) decorrem da combinação dos princípios contrários *yang* e *yin*.[25] *Yang* possui as qualidades positivas (ativo, quente, seco, espiritual) e é associado ao Céu, ao masculino e ao chumbo. *Yin*, por sua vez, possui as qualidades negativas (receptivo, frio, molhado, material) e é associado à Terra, ao feminino e ao mercúrio. São também fundamentais na alquimia chinesa.

Nos manuscritos de *Um sopro de vida*, deparamos mais de uma menção à alquimia: dos metais ao "ovo alquímico". Num dos fragmentos, no alto de uma folha A4 rasgada, há uma referência ao livro *La magia de la alquimia*, de Joaquin Lindozo, em que o título do livro aparece riscado. É desse livro que Clarice extrai uma possível etimologia para a palavra *alquimia*, anotada logo abaixo: "Alquimia: em árabe "*kimia*"/(*arke*)/ou *chyma* (grego, fundir ou modelar metais)".[26] Em outro pedaço de papel, lê-se: "Não quero a complacência da desordem. E se sou líquido como é líquido o informe, antes gotas de mercúrio do termômetro quebrado — líquido metal que se faz círculo cheio de si e igual a si mesmo no centro e na superfície, prata que tomba [?] e não derrama, liquidez sem umidade." Num terceiro fragmento, que acaba integrado ao livro como parte do diário de Ângela Pralini, encontra-se a seguinte observação: "Se a gente ficasse em silêncio — de repente nasce um ovo. Ovo alquímico. E eu nasço e estou partindo com meu belo bico a casca seca do ovo. Nasci! Nasci! Nasci!" (SV, p. 127)

24 Andrei Cunha em troca de *e-mails* com a autora, em 10 de setembro de 2020.

25 Cf. LINDOZO, Joaquin. *La magia de la alquimia*. Barcelona: Telstar, 1972, pp. 68-69.

26 Cf. *Ibidem*, p. 16.

"Ovo alquímico" é como Wei Po-Yang passou a denominar a vasilha onde se misturam os metais a fim de se obter ouro,[27] isto é, a vasilha em que o processo alquímico — a magia — ocorre. No fragmento acima citado, não parece ser essa a vasilha que Clarice evoca. O "alquímico", ali, parece qualificar essa forma perfeita de onde, ao romper a casca, a narradora nasce. É também, portanto, lugar de nascimento, como a gruta: "Entro lentamente na escrita assim como já entrei na pintura. É um mundo emaranhado de cipós, sílabas, madressilvas, cores e palavras — limiar de entrada de ancestral caverna que é o útero do mundo e dele vou nascer". (AV, p. 12) O "ovo alquímico" seria, assim, o ovo que se quebra; porém, não para revelar seu interior informe (gema e clara) — o que faria dele um ovo comum —, mas para dar ensejo ao nascimento. Tanto o "ovo alquímico" da alquimia quanto o "ovo alquímico" de Clarice são recipientes e contêm em si a ideia de transformação por meio de algo mágico (afinal, o nascimento é também — ou fundamentalmente — mágico: "Sou toda mágica e minha aura é azul forte que nem os doces vitrais da igreja de que falei. Tudo em que eu toco, nasce". [CO, p. 616]) No entanto, o "ovo alquímico" de Clarice, ao contrário daquele da alquimia, só completa seu processo de transformação quando rompida sua forma.

Paul Valéry define a poesia como "uma hesitação prolongada entre som e sentido". Podemos dizer, nessa linha, que a pintura em Clarice Lispector é uma hesitação prolongada entre forma perfeita e forma desfeita, ou, dito de modo mais sintético, entre forma e informe.

27 *Ibidem*, p. 31.

4

No final da entrevista que fez com Hélio Pellegrino, Clarice Lispector lhe pede: "Hélio, você é analista e me conhece. Diga — sem elogios — quem sou eu, já que você me disse quem é você. Eu preciso conhecer o homem e a mulher." Pellegrino a faz então ver que, nela, coexistem impulsos antitéticos: "Você é uma dramática vocação de integridade e totalidade. Você busca, apaixonadamente, o seu *self* — centro nuclear de confluência e de irradiação de força — e esta tarefa a consome e faz sofrer. Você procura casar, dentro de você, luz e sombra, dia e noite, Sol e Lua. Quando o conseguir — e este é trabalho de uma vida — descobrirá em você o masculino e o feminino, o côncavo e o convexo, o verso e o anverso, o tempo e a eternidade, o finito e a infinitude, o *yang* e o *yin*; na harmonia do *tao* — totalidade. Você então conhecerá homem e mulher — eu e você: nós." (CR, pp. 442-443)

CELEIDA
TOSTES

FAYGA
OSTROWER

Tudo no mundo começou com um sim

ANNA MARIA
MAIOLINO

MARIA HELENA VIEIRA DA SILVA

YOLANDA MOHALYI

MARIA POLO

WEGA NERY

MIRA SCHENDEL

O tema da origem é central na obra de Clarice Lispector. Os textos perguntam-se insistentemente pelo seu próprio começo, mas também pelo começo das coisas e do mundo. Em *Água viva*, a narradora indaga: "Por que é que as coisas um instante antes de acontecerem parecem já ter acontecido?". Escrever será um mergulho numa espécie de "nebulosa". O texto "O ovo e galinha" é exemplar: põe em curso uma cosmogonia que se confunde com a origem do mundo e com o processo da escrita, e que se desenrola à nossa vista como algo vivo e pulsante. O ovo semelha "o é da coisa" de *Água viva*, e lança-nos na perseguição de um começo que é o próprio instante.

Uma molécula disse sim a outra molécula e nasceu a vida.
Mas antes da pré-história havia a pré-história da pré-história
e havia o nunca e havia o sim. Sempre houve. Não sei o quê,
mas sei que o universo jamais começou. **A HORA DA ESTRELA**

WEGA NERY

Força cósmica, 1967
Óleo sobre tela,
130 × 120 cm
Acervo Banco Itaú,
São Paulo

YOLANDA MOHALYI

Sem título, 1970
Óleo sobre tela,
130 × 115 cm
Coleção Roberto Marinho/
Instituto Casa Roberto
Marinho, Rio de Janeiro

MARIA POLO

Sem título, 1965
Óleo sobre tela,
130 × 196 cm
Coleção Roberto Marinho/
Instituto Casa Roberto
Marinho, Rio de Janeiro

MARIA HELENA VIEIRA DA SILVA

Pôr do sol, 1957
Óleo sobre tela, 81 × 129 cm
Coleção Roberto Marinho/
Instituto Casa Roberto
Marinho, Rio de Janeiro

WEGA NERY

Paisagem imaginária n. 313, 1969
Óleo sobre tela,
115,3 × 130,2 cm
Museu de Arte Moderna
de São Paulo

FAYGA OSTROWER

5819, 1958
Xilogravura sobre papel,
30,5 × 50 cm
Acervo Instituto Fayga
Ostrower, Rio de Janeiro

OSTROWER 1958

FAYGA OSTROWER

5902, 1959
Água-forte e água-tinta sobre papel, 19,5 × 32,4 cm
Acervo Instituto Fayga Ostrower, Rio de Janeiro

5839, 1958
Água-tinta e buril sobre papel, 32,5 × 49,5 cm
Acervo Instituto Fayga Ostrower, Rio de Janeiro

5901, 1959
Água-tinta e ponta seca sobre papel, 29,7 × 49,5 cm
Acervo Instituto Fayga Ostrower, Rio de Janeiro

OSTROWER

28/30
OSTROWER

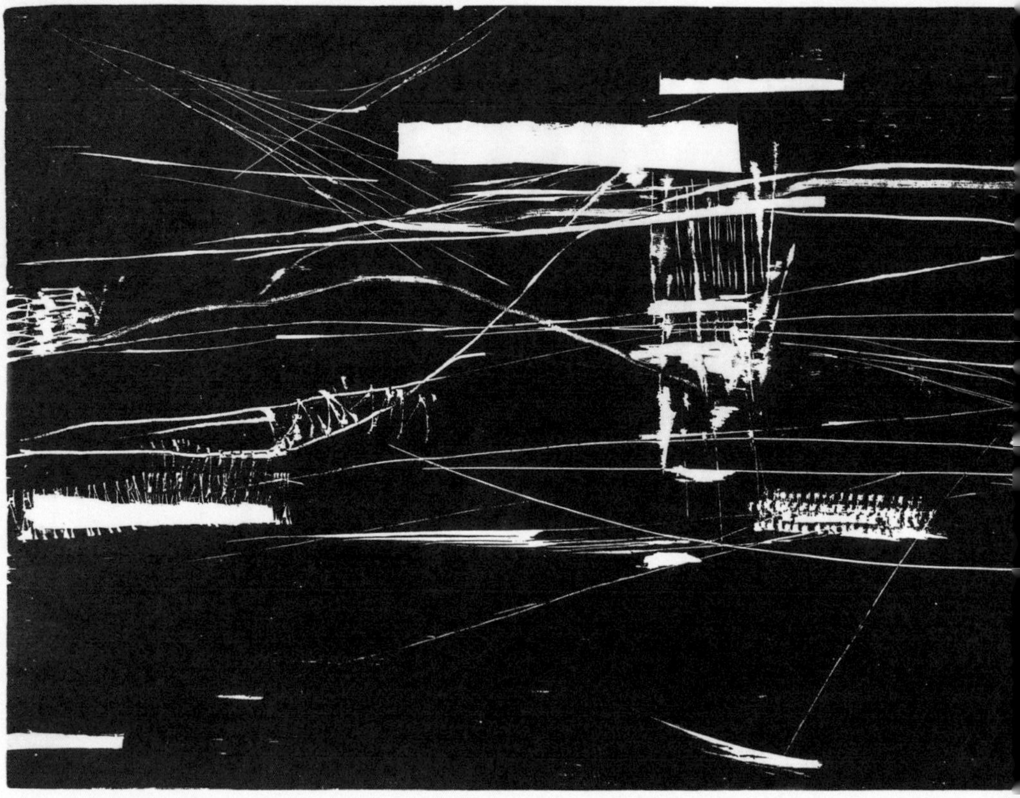

FAYGA OSTROWER

5823, 1958
Xilogravura sobre papel,
29,7 × 84,5 cm
Acervo Instituto Fayga
Ostrower, Rio de Janeiro

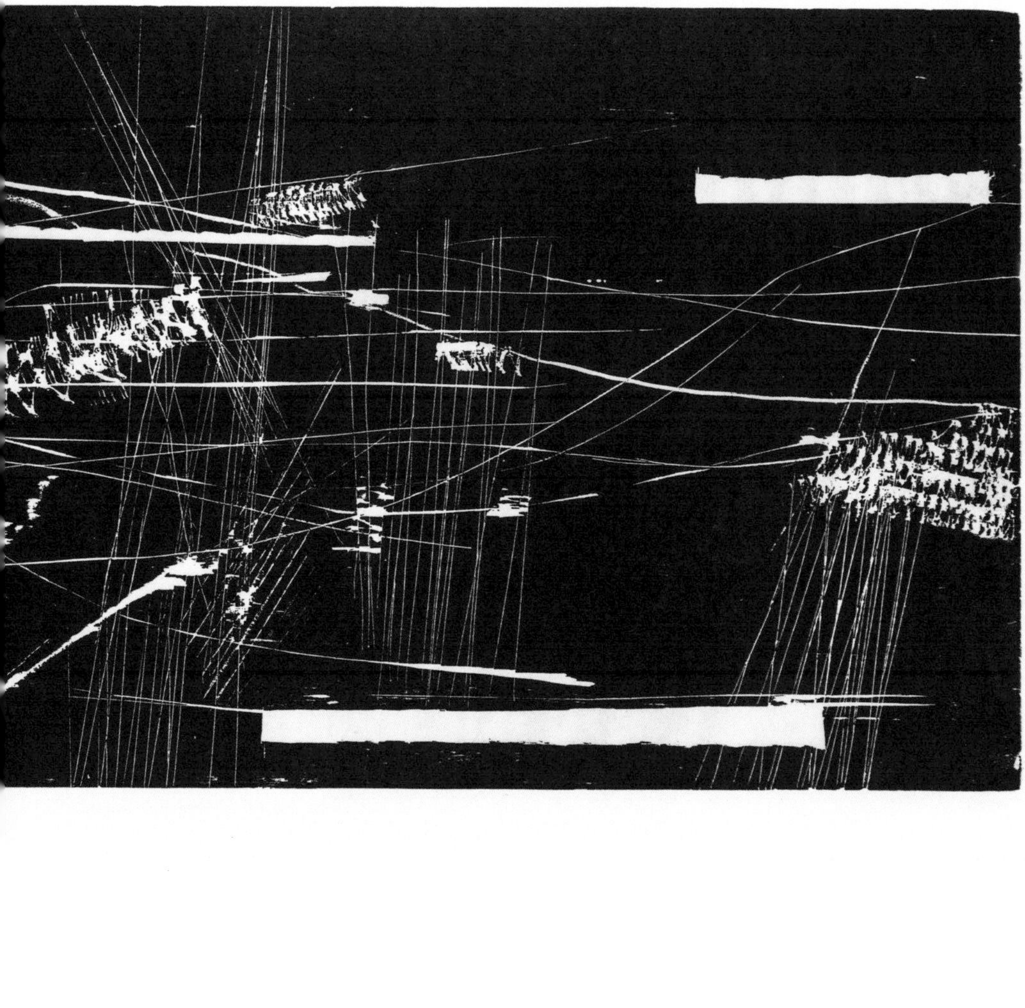

Estou tentando captar a quarta dimensão do instante-já que de tão fugidio não é mais porque agora tornou-se um novo instante-já que também não é mais. **ÁGUA VIVA**

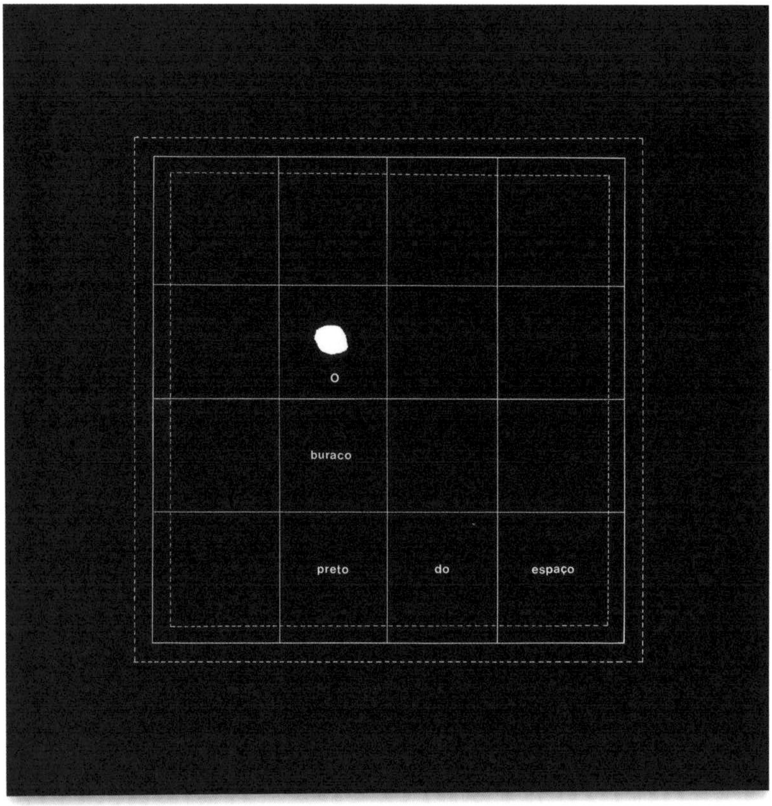

ANNA MARIA MAIOLINO

O buraco preto do espaço — da série *Mapas mentais*, 1952-1953
Guache e letraset sobre papel em caixa de madeira sob vidro, 54 × 54 cm
Gilberto Chateaubriand/ Museu de Arte Moderna do Rio de Janeiro

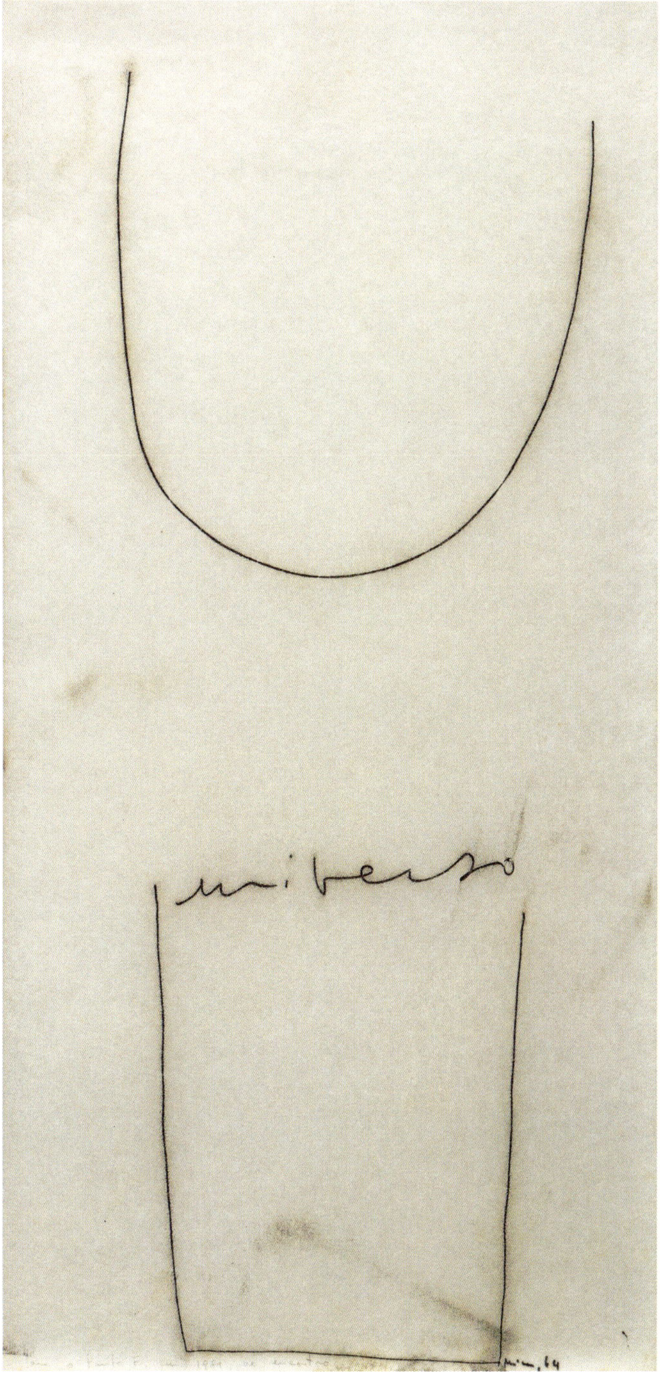

MIRA SCHENDEL

Sem título – da série
Monotipias, 1964
Óleo sobre papel de arroz,
47 × 23 cm
Museu de Arte Moderna
de São Paulo/Doação Paulo
Figueiredo

Ao ver o ovo é tarde demais: ovo visto, ovo perdido.

"O OVO E A GALINHA"

ANNA MARIA MAIOLINO

* + - = ., 1976
Stills de vídeo, 3' 45"
Coleção da artista,
São Paulo

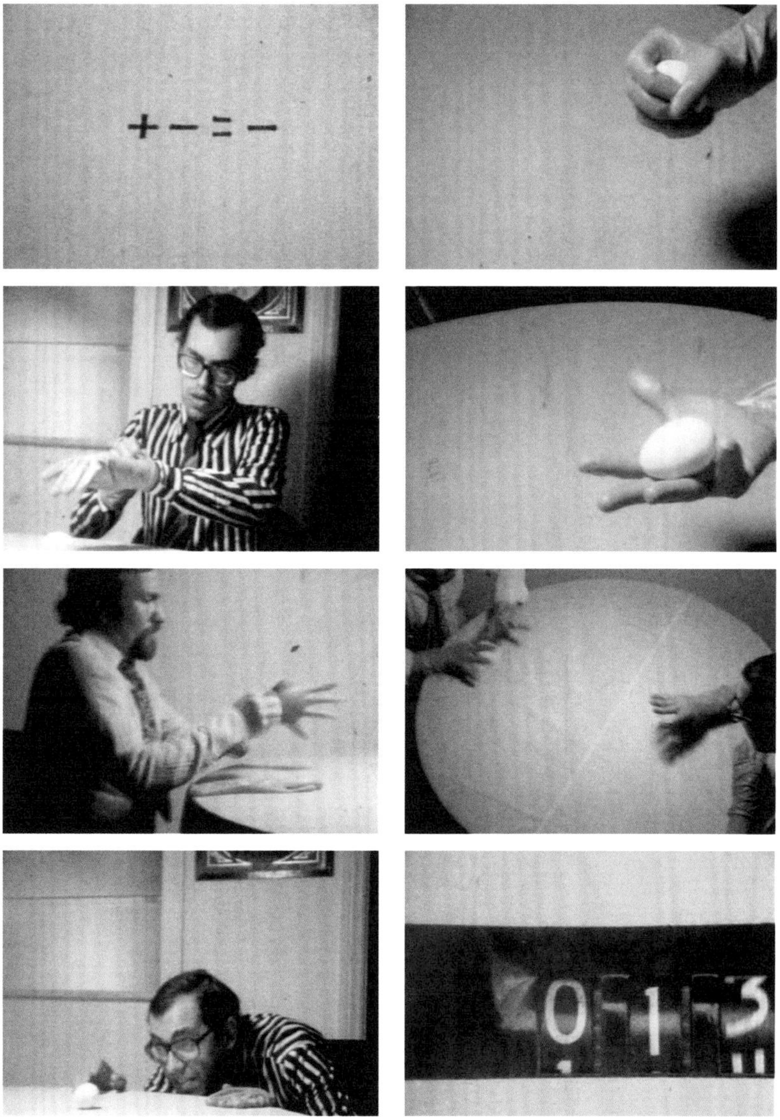

Quando eu era antiga fui depositária do ovo e caminhei de leve para não entornar o silêncio do ovo.

"O OVO E A GALINHA"

CELEIDA TOSTES

Da série *Ninhos*, s.d.
Cerâmica e gramínea seca,
10 × 15 cm
Museu de Arte Moderna
do Rio de Janeiro/Doação
Esther Chamma de Carlos

Da série *Ninhos*, s.d.
Cerâmica e gramíneas,
19,5 × 19 × 19 cm/20 × 18 x
19,5 cm/21 × 26,5 × 27 cm/
18,5 × 26 × 22 cm
Museu de Arte Moderna
do Rio de Janeiro/Doação
Família Tostes

CELEIDA TOSTES

Da série *Ovos*, s.d.
Barro, 7 × 5 cm
Coleção Ricardo Ventura,
Rio de Janeiro

Da série *Ninhos*, s.d.
Cerâmica, palha e cartão,
8,3 × 18,3 cm
Museu de Arte Moderna
do Rio de Janeiro/Doação
Esther Chamma de Carlos

Você é perfeito, ovo. Você é branco. – A você dedico o começo.
A você dedico a primeira vez. **"O OVO E A GALINHA"**

CELEIDA TOSTES

Da série *Ovos*, s.d.
Barro, medidas variáveis
Museu de Arte Moderna
do Rio de Janeiro/Doação
Família Tostes

CELEIDA TOSTES

Vênus ancestral – da série *Ferramentas*, 1979
Cerâmica, 47 × 32 × 9 cm
Coleção Antonio Bernardo, Rio de Janeiro

Celeida Tostes
Guardião, s.d.
Cerâmica, 36 × 16 cm
Coleção Ricardo Ventura, Rio de Janeiro

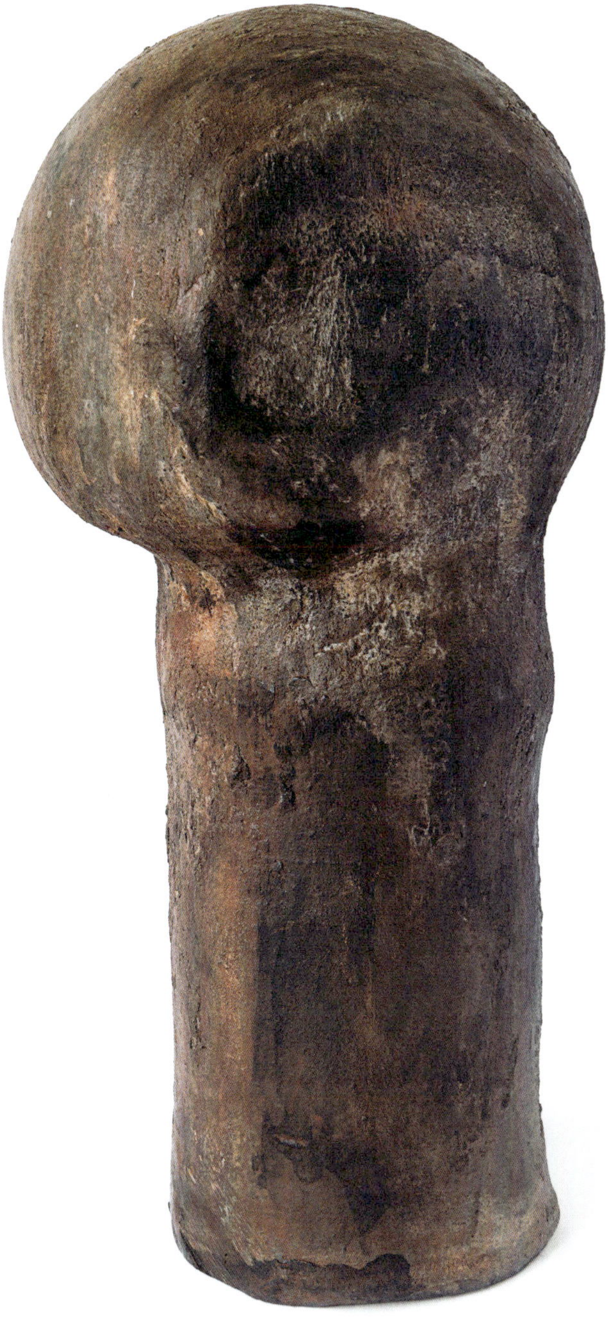

CELEIDA TOSTES

Vênus, 1986
Argila, 12 × 11 × 1,5 cm
Coleção Luiz Áquila,
Petrópolis (RJ)

Vênus, 1986
Argila, 17 × 4 × 5 cm
Coleção Luiz Áquila,
Petrópolis (RJ)

CELEIDA TOSTES

Vênus, 1986
Argila, 18,5 × 10 × 6 cm
Coleção Luiz Áquila,
Petrópolis (RJ)

PÁGINAS SEGUINTES
Da série *Bastões*, 1980
Cerâmica, medidas variáveis
Museu de Arte Moderna
do Rio de Janeiro/Doação
Família Tostes

NO COMEÇO ERA O COMEÇO

EUCANAÃ FERRAZ

Para a inevitável pergunta — como iniciar este ensaio, ou como falar do começo e do ato de começar na obra de Clarice Lispector? —, a resposta incontestável: começar do começo. Mas a exatidão tautológica guarda aqui uma espécie de fundo falso: de qual começo?

Não farei um balanço dos possíveis pontos de partida a fim de justificar aquele que resolvi tomar. Vou direto ao começo — àquele que, por necessidade, elegi, dando por desnecessário expor os meandros da escolha (nos labirintos, não raro é a intuição, ou, ainda, a *sensação*, que opta em nós por este e não por aquele caminho; mais adiante, se nos encontrarmos livres em algum lugar seguro, avaliaremos que o aleatório era *o certo*).

Em depoimento gravado para o Museu da Imagem e do Som do Rio de Janeiro,[1] Clarice afirmou que antes de aprender a ler e a escrever "já fabulava" (OE, p. 142) e que junto com uma amiga inventara "uma história que não acabava". (OE, p. 142) A apreciação da fábula vem logo a seguir: "Era o ideal, uma história que não acabasse nunca". (OE, p. 142) Eis o resumo: "A história era assim: eu começava, tudo estava muito difícil; os dois mortos... Então entrava ela e dizia que não estavam tão mortos assim. E aí recomeçava tudo outra vez..." (OE, p. 142)

Aqui o meu ponto de partida: Clarice antes da literatura. A invenção de "uma história que não acabava" problematiza não só o fecho da história, mas também os inícios da narrativa e do mundo narrado, já que a imaginação dá forma a um fio que recomeçará sempre, sem as pontas que determinam princípio e fim — uma "ideal" suspensão da morte. No começo — nos primórdios pré-literários de Clarice —, estavam, por conseguinte, início e fim como questões a serem resolvidas no interior da narrativa pela força da imaginação.

Retomo o depoimento: "Depois, quando eu aprendi a ler, devorava os livros, e pensava que eles eram como árvore, como bicho, coisa que nasce. Não sabia que havia um autor por trás de tudo. Lá pelas tantas eu descobri que era assim e disse: 'Isso eu também quero'." (OE, p. 142)

Houve, portanto, um momento em que a literatura não se dava como *literatura*. Livros, confundidos com a natureza, pareciam criações livres da marca humana, presenças absolutas, irredutíveis à razão que buscasse explicá-los ou situar-lhes a origem. Assim, eram devorados

1 O depoimento, gravado em 1976, teve como entrevistadores Marina Colasanti, Affonso Romano de Sant'Anna e João Salgueiro.

como os frutos das árvores com que se assemelhavam, numa relação direta e essencial com o corpo; a fome alimentava-se da "coisa que nasce" — começo sempre em começo, em estado bruto e sem fim. Trata-se mais uma vez, portanto, de um início: a fabuladora de histórias que não acabavam formando-se como leitora. A escrita surgiria a seguir. E, mais à frente, viria a *literatura*, considerada pela escritora madura com desconfiança e mesmo com desprezo, uma vez que aquela primeira urgência de alimento teria permanecido na base da expressão — e como se aquele começo nunca houvesse acabado. A criação resultará da avidez pela matéria sensível, e não de uma *ideia literária*.

Clarice relembra ainda: "No *Diário de Pernambuco*, às quintas-feiras, publicavam-se contos infantis. Eu cansava de mandar meus contos, mas nunca publicavam, e eu sabia por quê. Porque os outros diziam assim: 'Era uma vez, e isso e aquilo...' E os meus eram sensações." (OE, pp. 142-143) Como se vê, ao tratar da diferença entre seus primeiros textos, redigidos quando tinha aproximadamente 12 anos, e aqueles que o *Diário de Pernambuco* publicava, Clarice situa a dessemelhança logo na abertura das narrativas, ou melhor, no modo de começá-las. A escrita convencional está identificada no pueril "era uma vez", enquanto a expressão "e isso e aquilo" sugere enredos previsíveis, marcados pela sucessão linear de acontecimentos. A síntese que segue — "e os meus eram sensações" — parece descrever tudo o que a escritora realizará dali em diante. Estamos, assim, em face de um fio sem rupturas, compreendido como a permanência de um modo de ver, de ser e de escrever que — mesmo considerando as diferenças interpostas ao longo do tempo — irrompe de um começo que parece ter existido desde sempre e mantendo-se como um estado permanente.

Naquele mesmo depoimento, Affonso Romano de Sant'Anna pergunta a Clarice sobre a possível influência de *O lobo da estepe*, de Herman Hesse, livro ao qual a escritora sempre se referia. A resposta é reveladora do quanto leitura e escrita se confundiam e originavam um efeito físico e mental perturbador: "Isso eu li aos treze anos. Fiquei feito doida, me deu uma febre danada, e eu comecei a escrever. Escrevi um conto que não acabava mais e que eu não sabia como fazer muito bem, então rasguei e joguei fora." (OE, pp. 148-149) Mais uma vez, sensação e impulso criador como uma única e inapelável força, e sempre a insolvente questão da finitude, rescindida, naquela hora, com a suspensão de uma resposta no âmbito da escrita. Ao suspender a conclusão de seu conto com o ato brusco que simplesmente a anulara — ainda uma espécie de resposta física à sensação exasperante de "não saber" —, a adolescente manteve seu conto para sempre incompleto e, com isso, fez com que a leitura e a escrita permanecessem na memória como a impressão física de algo sem fim. Quanto a "não saber", esta outra sensação não deixará de assombrar no futuro a autora de contos magníficos, mas será transmudada em bem precioso e garantia da própria criação.

Se aqueles primeiros contos — nunca publicados — "eram sensações", talvez caiba perguntar se estas eram anteriores à forma, sendo a escrita um modo de expressá-las, dando-lhes os limites próprios da matéria, ou se as sensações resultavam da forma, como uma configuração alcançada pela escrita. Ou mais justo seja abandonar a dúvida, mantê-la em suspenso, sem decisão, porque decerto não havia cisão entre uma coisa e outra: para Clarice, a sensação foi sempre um modo de compreender, uma inteligência em si mesma, anterior ao trabalho lúcido e à organização minuciosa, cujos propósitos serão justamente o de fazer tudo — cada frase, cada palavra — retornar ao início, à sensação.

Carlos Mendes de Sousa faz ver com clareza que toda a obra de Clarice se constrói a partir de um impulso que comanda sua criação:

> O desejo de conhecer que se manifesta invariavelmente como um mergulho nas forças energéticas da desordem, do caos, donde se vão vislumbrando os princípios reguladores que asseguram a estabilidade, mas que não são necessariamente geradores de harmonia. Reintegrar a palavra na *physis*, dir-se-á que é uma espécie de vontade (projetiva) na escrita de Clarice: o acenar com um irracionalismo reivindicado como constitutivo.[2]

As "forças energéticas da desordem" teriam sido experimentadas já pela menina que não sabia que os livros eram escritos e os imaginava como bichos ou árvores — seres que apenas existem, livres de quaisquer perguntas, mergulhados na plenitude de um tempo sem tempo, e diante do qual, ou melhor, dentro do qual, restaria também não indagar pelo início ou pelo fim, de modo que a presença humana ideal não

2 SOUSA, Carlos Mendes de. *Figuras da escrita*. São Paulo: Instituto Moreira Salles, 2011, p. 127.

seria mais que um olho e uma fome — potências de vida privilegiadas em toda a obra clariciana.

Lembremos, no entanto, que é a escritora quem conta, retrospectivamente, aquela história — sua história —, e, assim, lembra da menina que ela foi — sobre seu começo com os livros e com a escrita —, recolhendo aquilo que lhe parece estar no começo de tudo: a sensação. Trata-se justamente de manter-se fiel às prerrogativas daquele "irracionalismo reivindicado como constitutivo" e como princípio construtivo.

Mas, se o "mergulho nas forças energéticas da desordem, do caos", implica uma experiência "irracional" — que, como observei acima, renuncia a qualquer pergunta —, esse embrenhar-se, essa submersão, ou, por fim, esse desaparecimento do sujeito como entidade definida a partir de sua diferença diante das coisas, só se aproxima de sua realização plena (de resto, impossível) quando sem nenhuma contradição entra em cena uma volúpia interrogativa como motor possível da entrega. Noutros termos, perguntar será um modo de a linguagem integrar-se no fluxo das sensações. E será assim, em pleno fluxo, que surgirão incessantemente perguntas sobre o começo. Quando *aquilo* começou? Quando *isto* (a escrita) começou? Quando *tudo* começou?

Mas, ao perguntar-se sobre o começo — ou os começos —, Clarice (e/ou seus personagens) não procura a estabilidade do conhecimento racional, uma explicação acabada; nem mesmo busca respostas. A investigação aspira, antes, à perdição. Inquirir acerca da origem, seja ela qual for, constitui-se como modo de experimentar na linguagem o silêncio da impossibilidade diante de um irrepresentável infinito. Perguntando-se pelo começo, a escrita toma parte num tempo em que estão suspensas as ordenações lógicas, as relações causais, a distinção entre sujeito e objeto, entre pensamento e sensação. Sem lugar para "era uma vez" e para "isso e aquilo", o texto toma parte — inventa um lugar — numa história que não acaba, fundada num presente absoluto, também ele inapreensível, daí a realidade — o que chamamos de realidade — aparecer na escrita de Clarice sob contornos que logo se desfazem, como se a cada instante a escrita se fizesse por força de uma demanda por algo bem mais arredio — para dizer o mínimo — e em permanente fluir: a *presença* do tempo na experiência com o mundo.

Se as coisas se entregam e se furtam como matéria visível, tangível, deixam na carne do sujeito um silêncio — ruído ensurdecedor — a que não poderá se referir senão como *mistério* — palavra clariciana por excelência —, inapelavelmente vivido como sensação. Tal destino — o de apreender aquilo que se sente e que é por natureza o que se ignora — vê-se flagrante na frequência do verbo "adivinhar" em contos, romances e crônicas, revelando-se com isso uma experiência sensível que vai além do conhecimento parcial, limitado ao estreito circuito pergunta-resposta.

Viver e escrever na obra de Clarice constituem uma única consciência, um modo, um ato — precipitar-se num presente sempre em começo, num agora que jamais chega a seu termo. *Água viva* é, nesse sentido, um livro exemplar. Lemos ali: "Por que é que as coisas um instante antes de acontecerem parecem já ter acontecido? É uma questão da simultaneidade do tempo." (AV, pp. 31-32) Mas não só nesse livro deparamos com perguntas de tal natureza. E não é só em *Água viva* que constatamos que as respostas não respondem, que antes abrem novas perplexidades, geram novas perguntas, como uma gestualidade, uma dança da linguagem. Eis um corpo em ação, um sujeito que se faz como zona de experiências sensoriais múltiplas e desordenadas, à maneira de um ensaio — desempenho desdobrando-se em aberto. O pensamento não parece apto a suportar tamanha violência inventiva, quando a sensação de simultaneidade equivale à impressão física da eternidade. Ainda em *Água viva*: "Eternidade: pois tudo o que é nunca começou. Minha pequena cabeça tão limitada estala ao pensar em alguma coisa que não começa e não termina — porque assim é o eterno." (AV, pp. 21-22) Na crônica "Mentir, pensar", uma afirmação dá a ver esse limite, ou, ainda, o quanto "saber" algo opõe-se justamente ao "pensar": "(Não há dúvida: pensar me irrita, pois antes de começar a tentar pensar eu sabia muito bem o que eu sabia.)" (CR, p. 461) Em outra crônica, "Divagando sobre tolices", lemos:

> Depois de esporádicas e perplexas meditações sobre o cosmos, cheguei a várias conclusões óbvias (o óbvio é muito importante: garante certa veracidade). Em primeiro lugar concluí que há o infinito, isto é, o infinito não é uma abstração matemática, mas algo que existe. Nós estamos tão longe de compreender o mundo que nossa cabeça não consegue raciocinar senão à base de finitos. Depois me ocorreu que se o cosmos fosse finito, eu de novo teria um problema nas mãos: pois, depois do finito, o que começaria? Depois cheguei à conclusão, muito humilde minha, de que Deus é o infinito. Nessas minhas divagações também me dei conta do

> pouco que sabia, e isso resultou numa alegria: a da esperança. Explico-me: o pouco que sei não dá para compreender a vida, então a explicação está no que desconheço e que tenho a esperança de poder vir a conhecer um pouco mais. O belo do infinito é que não existe um adjetivo sequer que se possa usar para defini-lo. Ele é, apenas isso: é. (CR, pp. 309-310)

Meditar sobre o começo implica, obrigatoriamente, ponderações sobre o infinito e o finito, o universo e Deus, bem como sobre a frágil capacidade humana de compreender as questões que se colocam. O inexplicável torna-se concebível quando a explicação é suspensa e a gramática abre mão do inteligível — do adjetivo: forma sintética do juízo — para afirmar a pura presença do substantivo e, com isso, a sua existência num presente eternamente em ato: "É".

Cabe notar que a crônica simula em sua abertura certa sobriedade de escrita, claramente artificial e autoirônica: "Depois de esporádicas e perplexas meditações sobre o cosmos, cheguei a várias conclusões óbvias". Mas o título — "Divagando sobre tolices" — suspendera já qualquer expectativa do leitor quanto à gravidade e ao bom êxito de uma divagação movida pelas perplexidades de alguém que logo se dá conta do pouco que sabe e trata de explicitar sua debilidade. O texto disfarça-se como pensamento — investe-se de termos convencionais, e, portanto, caricaturais —, aponta para o artifício e zomba de si mesmo. O gesto paródico dissimula o que será, efetivamente, pensamento, mas cuja fonte e porto franco será ainda, e mais uma vez, a sensação — é ela que pensa, não o pensamento. Quanto à chegada a "várias conclusões óbvias", equivale a uma espécie de perfeição, como se o retorno ao ponto de origem fosse a garantia de que a sensação não se perdeu. Ou, ainda, a permanência da perplexidade, do espanto e do desconhecimento evidencia a verdade da experiência. Daí a observação entre parênteses: "(O óbvio é muito importante: garante certa veracidade)".

Em contraposição, logo será denunciada nossa frágil necessidade de segmentar o que é inconsútil; de pacificar (pacificando-se com) o que é perturbador e ininteligível:

> Espanta-me a nossa fertilidade: o homem chegou com os séculos a dividir o tempo em estações do ano. Chegou mesmo a tentar dividir o infinito em dias, meses, anos, pois o infinito pode

> constranger muito e confranger o coração. E, diante da angústia, trazemos o infinito até o âmbito de nossa consciência e o organizamos em forma humana simplificada. Sem essa forma ou outra qualquer de organização, nosso consciente teria uma vertigem perigosa como a loucura. Ao mesmo tempo, para a mente humana, é uma fonte de prazer a eternidade do infinito: nós, sem entendê-lo, compreendemos. E, sem entender, vivemos. Nossa vida é apenas um modo do infinito. Ou melhor: o infinito não tem modos. (CR, pp. 310-311)

Aqui, Clarice como que explicita seu modo de formar e combinar tudo o que lhe vem ao espírito: compreender sem entender. E, sem entendimento, viver a vida como um infinito dentro de outro: uma história sem começo e sem fim. As tentativas de figurar tal experiência — tal consciência, tal liberdade — parecerão sempre frustradas, o que obriga a escrita a sempre *recomeçar*, como se as sensações se expandissem, livres de qualquer fim (conclusão ou propósito):

> Qual a forma mais adequada para que o consciente açambarque o infinito? Pois quanto ao inconsciente, como já foi dito, este o admite pela simples razão de também sê-lo. Será que entenderíamos melhor o infinito se desenhássemos um círculo? Errei. O círculo é uma forma perfeita, mas que pertence à nossa mente humana, restrita pela sua própria natureza. Pois na verdade até o círculo seria um adjetivo inútil para o infinito. (CR, p. 311)

Apontando em seguida o nosso erro fundamental — "Um dos equívocos naturais nossos é achar que, a partir de nós, é o infinito." (CR, p. 311) — Clarice, implicitamente, propõe que nos coloquemos como presenças *impessoais* no fluxo obscuro das coisas. Tal obediência à corrente da vida exigirá uma espécie de humildade na deriva; as miudezas do cotidiano, suas exigências fundamentais ou irrelevantes, são também parte do infinito, disperso e vivo em cada acontecimento:

> Para falar a verdade, já me perdi e nem sei mais do que estou falando. Bem, tenho mais o que fazer do que escrever tolices sobre o infinito. É, por exemplo, hora do almoço e a empregada avisou que já está servido. Era mesmo tempo de parar. (CR, p. 311)

Ganha-se o começo quando se o perde? E porque as coisas "antes de acontecerem parecem já ter acontecido" também a escrita parece acontecer antes da escrita, quinhão da eternidade. Assim, não raro a espantosa dúvida quanto ao começo será registrada na escala mais banal e desassombrada diante do leitor, como em muitas crônicas. Em "O caso da caneta de ouro", depois de iniciada a narrativa, irrompe o recuo: "Mas estou-me precipitando, devo começar pelo início". (CR, p. 56) Em "Escândalo inútil", o falso pudor serve para examinar a — também falsa — necessidade de se começar de acordo com uma ordem esperada pelo leitor:

> Sei que corro o risco de escandalizar leitoras e leitores. Não sei explicar por quê, mais aos leitores que às leitoras.
>
> Como começar, senão pelo princípio? E o início é um pouco brutal. Preparai-vos. Eu simplesmente entrevistei uma dona de pensão de mulheres, de uma chamada casa suspeita. (CR, p. 100)

Se em "Divagando sobre tolices" Clarice parodia o modo convencional de se pensar o pensamento, em outras passagens arrisca começar a partir de fórmulas consagradas, ou melhor, é com elas — com a sua recusa, como se ainda experimentasse a primordial diferença entre seus contos de menina e aqueles que começavam com "era uma vez" — que experimenta um outro começo, como em "Escrever ao sabor da pena", cujo título é já o início da crônica:

> Esta frase me ficou na memória e nem sequer sei de onde ela veio. Para começar, não se usa mais pena. E depois, sobretudo, escrever à máquina, ou com o que seja, não é um sabor. Não, não estou me referindo a procurar escrever bem: isso vem por si mesmo. Estou falando de procurar em si próprio a nebulosa que aos poucos se condensa, aos poucos se concretiza, aos poucos sobe à tona — até vir como num parto a primeira palavra que a exprima. (CR, pp. 284-285)

Clarice, divertidamente, denuncia e abandona o automatismo da fórmula consagrada e da frase feita, mas também renuncia às virtudes do trabalho, relegando-o a uma posição subalterna, avistado como rendimento no qual se insinua algum automatismo — "escrever bem: isso vem por si mesmo"; em vez do empenho e da busca, o inexorável aprendizado pelo trabalho, que confina com o hábito, com a apática repetição do já sabido. Mas logo o texto enceta outro caminho: "Estou falando de"; até ali, portanto, falava-se de outra coisa enquanto se dizia o que era dito, tudo era só desembaraçamento, gestual da escrita à procura de seu começo ou, melhor, procura do começo em meio ao que já começara. Segue-se uma cintilante formulação acerca do modo clariciano de conceber a escrita, compreendida como uma caminhada às cegas no desconhecido, no infinito — "a nebulosa", começo que não terá fim, que apenas ganhará forma definida, condensada e compacta: "A primeira palavra".

O começo e o começar da escrita também comparecem nos livros escritos para crianças. Em *Quase de verdade,* a escritora que recusou desde a juventude o consagrado começo "era uma vez" não foge da fórmula; em vez disso, enfrenta-a e, numa espécie de homenagem — às avessas — aos clássicos da literatura infantil, principia assim sua narrativa: "Era uma vez... Era uma vez: eu!" (QV, p. 5) Como se vê, há dois começos aqui: o primeiro finge ser uma obediência ao modelo; o segundo reinventa-o como uma pirueta diante do leitor. E logo veremos que essa abertura bifronte põe em marcha uma escrita que não coincide com a história, porque a coisa contada começa quando algo já começou: a escrita do que não é a história. A história da escrita? A escrita da escrita; a história dos começos. O leitor é trazido ao diálogo como aquele que anseia pelo começo, ou melhor, pelos acontecimentos, daí a narradora pedir-lhe "paciência", porque o livro não começa com "era uma vez" — aquele primeiro começo é mais um exemplo do que chamei noutro momento de desembaraçamento — nem será uma sucessão de "isso e aquilo". Eis a passagem a que me refiro: "A essa altura, você deve estar reclamando e perguntando: cadê a história? Paciência, a história vai historijar. E é para agora mesmo. Começa assim." (QV, pp. 15-16) Após fazer seu leitor iniciante experimentar modos de começar e de contar, Clarice dá início à história — com direito a anúncio bem direto; no entanto, a essa altura, a impressão é de que as coisas "antes de acontecerem parecem já ter acontecido".

Em *A vida íntima de Laura*, o modo de começar é bem outro: "Vou logo explicando o que quer dizer 'vida íntima'". (VI, p. 5) Aqui, a abertura firme e direta não deixa lugar para dúvidas: é preciso que se diga algo antes de começar. É imprescindível que se comece antes para que tudo a seguir seja límpido. Trata-se também, decerto, de um dispositivo — de um acordo — ético.

Algo semelhante acontece na abertura de *A mulher que matou os peixes*: "Essa mulher que matou os peixes infelizmente sou eu". (MU, p. 7) A primeira frase deixa tudo às claras. O possível final, ou clímax, surge antes de a história começar. A narradora precisa explicar seu papel, seu gesto, e assim recusa a ambiguidade em favor de uma transparência ética. Mas nem tudo se resolve na revelação. E nem tudo está dito: "Não tenho coragem ainda de contar agora mesmo como aconteceu". (MU, p. 7) O leitor terá de viver a dúvida e a incerteza, a crise. Quanto mais às claras o jogo, mais vigoroso é o trato em torno de uma honestidade que será traduzida também na exposição dos meandros da escrita já no começo, quando se problematizam o acontecimento, o fim e os possíveis inícios. Ali estão os modos de contar e os de não contar — ainda —, o que virá a seu tempo. Outra vez, Clarice educa o leitor principiante, levando-o com delicadeza para dentro da "nebulosa" da linguagem:

> Mas prometo que no fim deste livro contarei e vocês, que vão ler esta história triste, me perdoarão ou não.
>
> Vocês hão de perguntar: por que só no fim do livro?
>
> E eu respondo:
>
> — É porque no começo e no meio vou contar algumas histórias de bichos que eu tive, só para vocês verem que eu só poderia ter matado os peixinhos sem querer. (MU, pp. 7-8)

Se as histórias de outros bichos serão contadas no "começo e no meio", haverá, portanto, outro começo adiante. Mas, afinal, quando as coisas — e a escrita — começam? Logo a narradora anunciará mais um início que antecederá aquele que acabara de noticiar: "Vou contar antes umas coisas muito importantes para vocês não ficarem tristes com o meu crime". (MU, p. 8) Depois de falar sobre alguns bichos e sobre seu apreço por eles — em particular, uma gata —, a narradora interrompe: "Bem, vamos mudar de assunto". (MU, p. 9) Tudo já começou, e tudo parece que está ainda em suspenso. Surge mais um adiamento, ou ainda, outra vez, se começa: "Antes de começar, quero que vocês saibam que meu nome é Clarice. E vocês, como se chamam? Digam baixinho o nome de vocês e o meu coração vai ouvir." (MU, p. 9) Em vez de seduzir seu leitor com os efeitos ilusionistas de um suposto realismo ou sob as cortinas fantasiosas típicas de certa literatura infantil, Clarice opta por mostrar-se como autora — os livros não são como árvores ou bichos — e por exibir as sinuosidades e complicações do processo de escrita, permanecendo o enredo propriamente dito como algo em contínuo adiamento.

O volume *Doze lendas brasileiras: como nasceram as estrelas* reúne mitos indígenas recontados por Clarice e, não por acaso, o começo do livro se faz com uma narrativa cosmogônica. Agora, no entanto, como se desejasse diluir-se no anonimato da tradição, a narradora faz uso da fórmula "era uma vez", mas não sem antes mostrar sua voz pessoal:

> Pois é, todo mundo pensa que sempre houve no mundo estrelas pisca-pisca. Mas é erro. Antes os índios olhavam de noite para o céu escuro — e bem escuro estava esse céu. Um negror. Vou contar a história singela do nascimento das estrelas.
> Era uma vez, no mês de janeiro, muitos índios. (DO, p. 10)

Aqui, uma questão central: o começo da escrita confunde-se com outros — janeiros. Numa visada de conjunto certeira, Carlos Mendes de Sousa assevera: "A questão da origem é tão obsessiva que em torno dela pode dizer-se que se enreda toda a prosa da autora."[3] E dá alguns exemplos: *A cidade sitiada* apresenta a "fundação da cidade e da obra"; *A maçã no escuro* traz a "reescrita da origem da linguagem e do mundo da literatura"; *Uma aprendizagem ou O livro dos prazeres* examina a "origem do amor e do texto"; em *A hora da estrela* deparamos com "a hora da morte e a criação da obra".[4] Tal insistência merecerá uma reflexão:

> Poderíamos assim enunciar uma síntese que daria a ideia de que houve um propósito de trabalhar os grandes temas. De fato não é assim; mas, mesmo não tendo havido essa intencionalidade de um modo tão programado, haverá um trajeto que se constrói, como que uma lógica de tipo conceptual numa autora que se procurou e se proclamou imersa na obscuridade da escrita inspirada? Em relação a um ponto não restam dúvidas: o propósito manifesto de apresentar narrativas cosmogônicas.[5]

3 *Ibidem*, p. 146.
4 *Ibidem*, p. 148.
5 *Ibidem*.

Os começos — da escrita, das coisas e do mundo — surgem da mesma perplexidade, das mesmas perguntas e das mesmas sensações. É revelador que uma das perguntas levantadas em *Água viva*, já citada aqui — "Por que é que as coisas um instante antes de acontecerem parecem já ter acontecido?" (AV, pp. 31-32) —, reapareça quase *ipsis litteris* em *A hora da estrela*: "Como começar pelo início, se as coisas acontecem antes de acontecer?". (HE, p. 9) A permanência de tal estado de atenção forma, sem dúvida, uma espécie de "lógica de tipo conceitual", que talvez a própria Clarice desconhecesse, ou — será mais provável — talvez reconhecesse sem poder evitá-la, como se fosse ela o objeto da obsessão, e não o contrário; e aceitasse o papel que lhe cabia.

Essa espécie de cumprimento de uma ordem que transcende o próprio sujeito, ainda que tudo se passe com ele, nele, é um dos muitos pontos que brilham na atordoante e magnífica constelação de "O ovo e a galinha" (CO, pp. 303-313) — texto apresentado no I Congresso Mundial de Bruxaria, transcorrido entre 24 e 28 de agosto de 1975 em Bogotá, na Colômbia. Aquelas páginas talvez sejam, ao lado de *Água viva*, um dos mais enigmáticos e desassossegados momentos da escrita de Clarice. É mais uma vez Carlos Mendes de Sousa que chega a uma interpretação modelar do tema:

> O ovo é a mais exemplar figura-veículo para a explicação da origem (onde converge a explicação científica e a dúvida mesma que nada explica), talvez a figura que propõe a maior carga identificadora com o que pretende ser a escrita da autora. Ponto de partida para as reflexões sobre a origem, fundadas da releitura do popularizado tópico que coloca a dúvida sobre a precedência — se a galinha ou se o ovo —, a figura do ovo possibilita uma extraordinária panóplia fabulatória. O mundo das galinhas encontrará assim um território singularmente propício na literatura de Clarice Lispector [...]. Contudo, mais do que isso importa agora assinalar como o emblematismo do ovo aparece em função da circularidade infinita que complexifica a questão, justamente porque anula toda a possibilidade de determinar um ponto que seja definitiva origem.[6]

6 *Ibidem*, p. 151.

Em "O ovo e galinha", assistimos à cosmogonia de algo que sequer sabemos o que seja, mas que se confunde com a origem do mundo e com o processo da escrita, e que se desenrola à nossa vista como algo vivo e pulsante. O ovo semelha "o é da coisa" de *Água viva*, e lança-nos na perseguição de um começo que é o próprio instante. A "bruxaria" não seria mais que o desejo de poder alcançar — só uma espécie de alta magia poderia fazê-lo — em pleno ato o nascimento das coisas.

É também exemplar a abertura de *A hora da estrela*, que se dá como visão cosmogônica. Mas o seu célebre começo veio depois. Explico: um conjunto de manuscritos do livro[7] nos mostra que Clarice iniciara sua narrativa de outro modo. Em uma versão com 43 páginas numeradas, a primeira delas abre-se do seguinte modo: "Como eu ia dizendo, esta história será o resultado de uma visão gradual — há dois anos, venho aos poucos descobrindo os porquês". O trecho (num total de 15 linhas) foi rabiscado. A segunda página é um recomeço: "Esta história será o resultado de uma visão gradual — há um ano e meio estou descobrindo os seus porquês". A primeira versão é mesmo imprecisa: o início — "Como eu ia dizendo" — faz ver uma continuidade, como se a narrativa houvesse começado antes daquele começo (afinal, "as coisas acontecem antes de acontecer"), e a conclusão — "descobrindo os porquês" — é vaga; os "porquês" de quê? A autora refez o trecho tornando-o mais exato. Curiosamente, porém, manteve a página 1 com seu número inalterado, e, assim, o texto reescrito — até aquele momento considerado a versão definitiva — começa na página 2. É singular que mesmo materialmente — falo da matéria documental — o manuscrito mantenha o início que antecipa, sob rasura, a versão reescrita, registrando-se o processo da escrita, que, digamos assim, aconteceu antes de acontecer. Mais importante, porém, será o abandono de tal passagem. E será fora daquele conjunto de 43 páginas que encontraremos, na forma de anotação solta, o início do livro conforme seria publicado adiante: "Tudo no mundo começou com um sim. Uma molécula disse sim a outra molécula e nasceu a vida." (HE, p. 9) A isso, Clarice acrescentou algo que não aparece entre os manuscritos: "Mas antes da pré-história havia a pré-história da pré-história e havia o nunca e havia

7 Os manuscritos encontram-se sob a guarda do Instituto Moreira Salles, em sua sede no Rio de Janeiro, e foram publicados em edição fac-similar pelas Éditions de Saints Pères, Paris, 2021.

o sim. Sempre houve. Não sei o quê, mas sei que o universo jamais começou." (HE, p. 9)

Sabemos bem que idas e vindas na construção de livros é algo comum entre escritores e que fios soltos do futuro tecido é visão habitual quando temos em mãos os manuscritos que documentam o andamento de uma obra. Assim, observar mudanças, continuidades e deslocamentos pode ser importante para certas aproximações críticas. No caso de *A hora da estrela*, interessa aqui constatar que a autora estava sobretudo à procura de um começo.

Mas as coisas começaram antes.

Em texto publicado na revista *serrote*,[8] Ana Maria Machado conta um inusitado encontro seu com Clarice Lispector. Resumo-o aqui. Aconteceu no dia 12 de novembro de 1975, quando, ao chegar à redação da Rádio Jornal do Brasil, onde era editora de jornalismo, encontrou um recado: que telefonasse para Clarice Lispector. A surpresa foi imediata, pois nunca trocara mais que algumas palavras com Clarice em encontros breves e estava certa de que a autora de *Laços de família* não se lembrava dela. O telefonema foi feito de imediato. Clarice explicou que precisava falar sobre alguma coisa que ela, Ana Maria, havia escrito para o *Jornal do Brasil*, mas a conversa teria de ser em sua própria casa. A resposta — que o encontro só poderia acontecer à noite — foi frustrante, pois do outro lado da linha havia urgência e ansiedade: "Não posso esperar até de noite, é muito urgente. Você não entendeu. Não pode dar um jeito de vir agora?"[9] Ana Maria explicou que não poderia sair do trabalho, ao qual acabara de chegar. Clarice custou a aceitar a recusa. Ligou outra vez. E, mesmo com a combinação de se encontrarem à noite, telefonou mais duas vezes, insistindo. Enfim, deu-se o encontro, no apartamento da escritora no Leme. Ela queria falar sobre o texto de Ana Maria publicado em página inteira naquela manhã no *Jornal do Brasil*. O tema: Roland Barthes, que naquele dia completava 60 anos, de quem Ana Maria Machado fora aluna e orientanda. O texto apresentava, em linhas gerais, as recordações do convívio intelectual e apresentava alguns eixos do pensamento crítico e da personalidade de Barthes. Mas Clarice não queria

8 MACHADO, Ana Maria. "Diante da solidão de Clarice". *serrote*, São Paulo: Instituto Moreira Salles, n. 35-36, nov. 2020, pp. 114-123.

9 *Ibidem*, p. 116.

falar sobre os caminhos do pensamento barthesiano ou sobre a tese de Ana Maria sobre Guimarães Rosa: "O que realmente a atraía era a ideia de que um livro pudesse ser todo feito de fragmentos — algo que eu mencionara de passagem em meu artigo, a propósito do então recentíssimo lançamento de *Roland Barthes par Roland Barthes* na coleção Écrivains de Toujours da Seuil".[10] E ainda: "Interessou-se também por outro ponto a que me referi: a questão que Barthes formulou e buscou desenvolver sobre 'por onde começar?'."[11]

Interrompo minha tentativa de resumir o belo texto de Ana Maria Machado para citar duas passagens de seu artigo no *Jornal do Brasil*. Diante da tarefa de escrever sobre Barthes, ela se pergunta por onde começar — como fiz no início deste ensaio —, logo acrescentando:

> E de repente me dou conta de que, também isso, ele já pensou antes e com intensidade. É exatamente esse o título de um artigo seu, colocando o problema da abordagem inicial de um texto. Artigo que não propõe soluções nem esquemas — o horror visceral a qualquer esquema rígido e que aprisione é um dos traços marcantes de seu pensamento e seu trabalho que se querem sempre livres.[12]

A segunda é uma citação do próprio Barthes que ilustra o artigo:

> Escrever por fragmentos: "Os fragmentos então são pedras sobre o contorno do círculo: me espalho em volta; todo meu pequeno universo em migalhas; no centro, o quê?"[13]

Antes de voltar à narrativa, observo que é fácil compreender que Clarice tenha encontrado nessa página de jornal — o mesmo para o qual escrevera crônicas semanalmente de agosto de 1967 a dezembro de 1973 — pontos de interesse: o começo e o fragmento haviam sido pensados por um autor cujo modo de abordar a literatura escapava do que se consagrara no universo da teoria literária.

10 *Ibidem*, p. 119.
11 *Ibidem*. O texto de Barthes — "Como começar?" — foi publicado no volume *Nouveaux essais critiques* e trata a questão do ponto de vista do crítico frente ao texto literário.
12 MACHADO, Ana Maria. "Retrato pessoal do homem que vê a linguagem", *Jornal do Brasil*, Caderno B, Rio de Janeiro, 12.11.1975, p. 5.
13 *Ibidem*.

A convidada falou sobre tais temas, mas Clarice não mostrou nenhum entusiasmo e, angustiada, abriu-se de vez: "Acabou por me dizer, quase em tom de confidência, que estava havia um ano e meio escrevendo um livro, e agora achava que estava pronto. Ou quase. Mas tinha um problema: não sabia como ordená-lo."[14] E, ainda: "Não sabia por onde começar o novo livro. E também não fazia ideia de como arrumá-lo depois que começasse."[15] Em vez de uma conversa que abordasse questões teóricas, Clarice desejava que Ana Maria a ajudasse a começar e a encadear a narrativa. Vale a pena citar na íntegra o seguinte trecho:

> Insistiu muito em dizer que não fazia ideia de como começaria e ficou muito surpresa quando eu argumentei de volta, garantindo que começar nunca foi problema para ela. Para dar um exemplo de sua segurança nessa área, mencionei que, afinal, ela até mesmo já começara um romance por uma vírgula.
>
> Negou com veemência, dizendo que isso não acontecera, eu estava inventando, ela não faria uma coisa dessas, jamais. Insisti, ela continuou a negar. Era uma discussão ridícula, eu garantindo que ela escrevera algo de que não se lembrava e que se recusava a reconhecer.
>
> Tive que lhe provar, pedindo que pegasse na estante um exemplar de *Uma aprendizagem ou O livro dos prazeres*. Abri na página inicial e mostrei: ", estando tão ocupada, viera das compras de casa que a empregada fizera às pressas...".
>
> Ficou em silêncio, com ar de espanto, parecendo realmente perplexa com a revelação. Viu que era verdade: ela já começara um romance por uma vírgula. Apenas admitiu que esquecera.[16]

O caso não deixa dúvida de que começar, em vez de tema literário, era, para Clarice, um problema central, intrínseco a seu trabalho, campo de conflito e de experimentação que, sendo da ordem da linguagem ou, ainda, da construção textual, demandava bem mais que uma disposição intelectual para solucioná-lo. E mais: encontrada a solução, esta já não serviria para o embate futuro. Assim, tudo o que, no

14 *Idem*. "Diante da solidão de Clarice". *Op. cit.*, p. 119.

15 *Ibidem*.

16 *Ibidem*, p. 120.

conjunto da obra — romances, contos, crônicas, entrevistas —, sugere uma "lógica conceitual" parece ser apenas a parte visível do que terá sido a persistência dos mesmos problemas — das mesmas sensações — a exigir respostas sempre novas, numa espécie de aprendizagem infinita. O fato de Clarice não se lembrar da solução criada para o começo de *Uma aprendizagem ou O livro dos prazeres* é eloquente quanto a isso.

Enfim, Ana Maria Machado resistiu à solicitação da autora, que, dois dias depois, voltou a lhe telefonar: "Calma, quase carinhosa, queria me agradecer. Disse que respeitava muito minha atitude e via que eu tinha razão. E que eu tinha sido corajosa em dizer não. Poucas pessoas teriam essa dignidade, garantiu."[17] Do telefonema, Ana Maria guardou ainda a seguinte frase: "Você me ajudou a enfrentar a verdade".[18]

As soluções formais engendradas na escrita clariciana — pode-se ver isso, pode-se sentir como concretude e energia em ato — eram enfrentamentos da verdade, um avançar por dentro daquela nebulosa sem fim, dentro da qual era preciso desentranhar um começo: a primeira palavra, a primeira frase — o ovo.

A nebulosa que exasperava Clarice naquele momento seria, adiante, *A hora da estrela*.

17 *Ibidem*, p. 121.

18 *Ibidem*, p. 122.

DJANIRA

A casa é cenário recorrente na obra de Clarice: ali se dão os conflitos, os espantos e as descobertas. É um microcosmo no qual se vislumbram as redes de afetos e de problemas oriundos da família e da sociedade. Lugar do amor e do encontro, irrompe também como o ambiente em que se dão mais claramente as imposições da ordem e das conveniências, os limites estreitos da subordinação e do hábito. Se a obediência às regras da casa e de seus desdobramentos traz alguma tranquilidade, logo aquele mundo parecerá sufocante e frágil. É então que os personagens – em especial as femininas – descobrem, e vivenciam, a possibilidade da vida além daquele arranjo: fora dos limites morais, existenciais e dos confinamentos da própria linguagem.

LETÍCIA PARENTE

ELEONORE KOCH

Eu não cabia

LYGIA CLARK

IONE SALDANHA

JUDITH LAUAND

WANDA PIMENTEL

MIRA SCHENDEL

E depois, como após um dilúvio, sobrenadavam um armário, uma pessoa, uma janela solta, três maletas. E isso me parecia o inferno, essa destruição de camadas e camadas arqueológicas humanas.

A PAIXÃO SEGUNDO G.H.

ELEONORE KOCH

Natureza-morta com bule de café e açucareiro, 1971
Têmpera sobre tela,
50 × 60 cm
Coleção Marta e Paulo Kuczynski, São Paulo

Sem título, 1963
Têmpera sobre tela,
81 × 60 cm
Coleção Marta e Paulo Kuczynski, São Paulo

IONE SALDANHA

Fachadas, c. 1955
Óleo sobre tela,
94,3 × 47 cm
Coleção João Sattamini,
comodante Museu de
Arte Contemporânea
de Niterói (RJ)

Sem título, *c.* 1950
Óleo sobre tela,
94 × 47,5 cm
Gilberto Chateaubriand/
Museu de Arte Moderna
do Rio de Janeiro

IONE SALDANHA

É que apesar de já ter entrado no quarto, eu parecia ter entrado em nada. Mesmo dentro dele, eu continuava de algum modo do lado de fora. Como se ele não tivesse bastante profundidade para me caber e deixasse pedaços meus no corredor, na maior repulsão de que eu já fora vítima: eu não cabia.

A PAIXÃO SEGUNDO G.H.

LYGIA CLARK

Estrutura de caixas de fósforos, 1964
Guache e cola sobre caixas de fósforos, 7 × 6,5 × 7,5 cm
Lurixs: Arte Contemporânea, Rio de Janeiro

MIRA SCHENDEL

Sem título — da série *Monotipias*, 1964
Óleo sobre papel de arroz, 47 × 23 cm
Coleção Gustavo Nóbrega, São Paulo

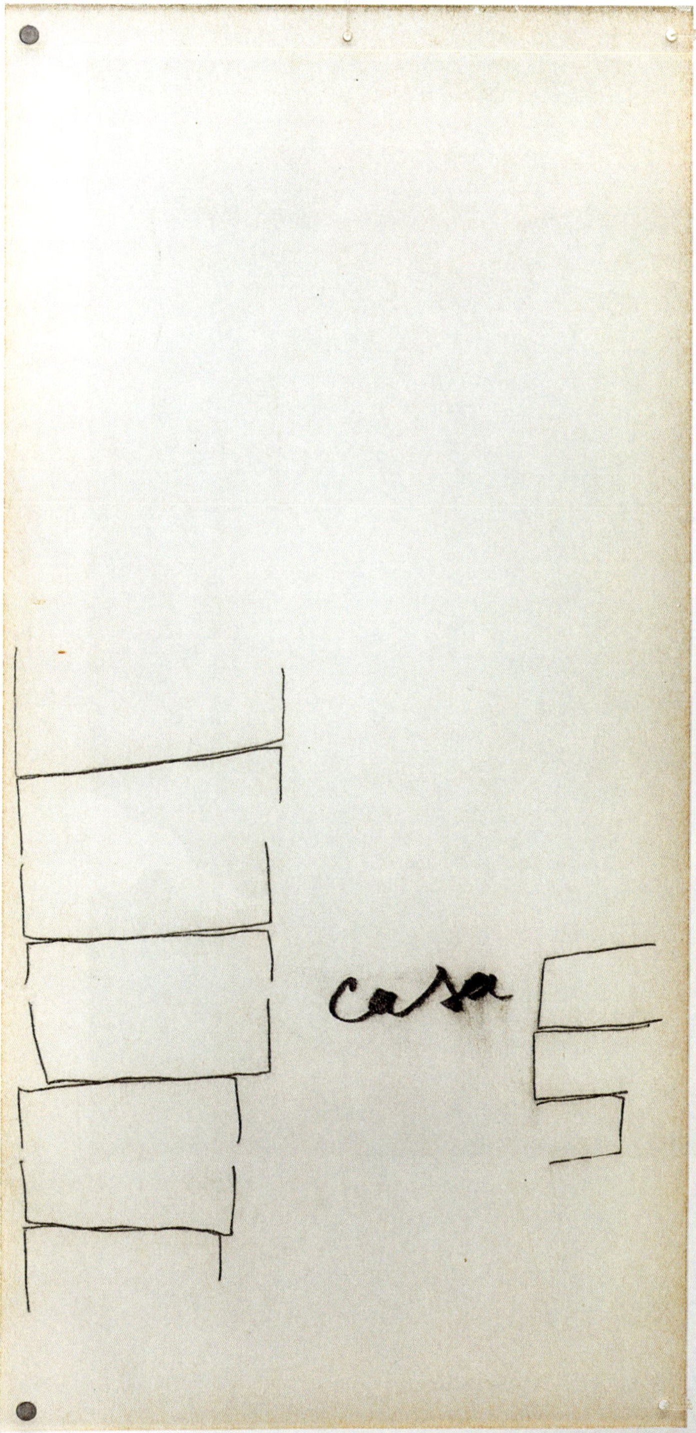
casa

WANDA PIMENTEL

Abstrato verde, 1969
Acrílica sobre tela,
116,2 × 89 cm
Coleção Museu de Arte
Contemporânea de Niterói (RJ)

WANDA PIMENTEL

Sem título – da série
Envolvimento, 1969
Vinílica sobre tela, 116 × 89 cm
Coleção Lili e João Avelar,
Belo Horizonte

Quando entrou com seus olhos, por um momento tive um erro de visão: a sala era essa mulher, essa mulher era a sala. Ambas se confundiam como águas da mesma cascata. Esta senhora de olhos azuis extravasados, assim como a salinha – conseguiria fechá-los para dormir. E a sala? onde guardaria toda a sua claridade para dormir? Se pudéssemos por um instante desligar a sala – que sucederia? Que grande escuridão, feita de trevas mortas, se seguiria. Mas a sala não tinha onde guardar sua claridade. Porque esqueci de dizer: o aposento tinha tal nudez, apesar dos objetos, dos móveis, das pessoas. Nesta sala: impossível esconder-se. A pessoa estava exposta. **"A SALA ASSOMBRADA"**

DJANIRA

Mulher olhando pela janela, 1950
Óleo sobre tela,
81,5 × 65 cm
Coleção Sattamini,
Rio de Janeiro

DJANIRA. 50.

JUDITH LAUAND

Até amor, 1969
Acrílica sobre tela,
70 × 105 cm
Coleção particular,
Belo Horizonte

Sofre, ore, salve, 1969
Acrílica sobre tela,
75 × 57 cm
Coleção Peter Cohn,
São Paulo

R
SOF E
ORE
SAL E
V

Em casa estava agasalhante, ela se olhou ao espelho quando estava lavando as mãos e viu a *persona* afivelada no seu rosto: a *persona* tinha um sorriso parado de palhaço. **"A BRAVATA"**

LETÍCIA PARENTE

Eu, armário de mim, 1975
Stills de vídeo, 3' 44"
Coleção André Parente/
Galeria Jaqueline Martins,
São Paulo

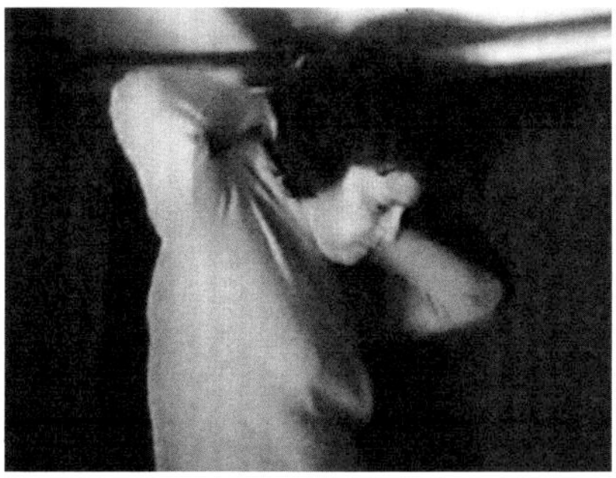

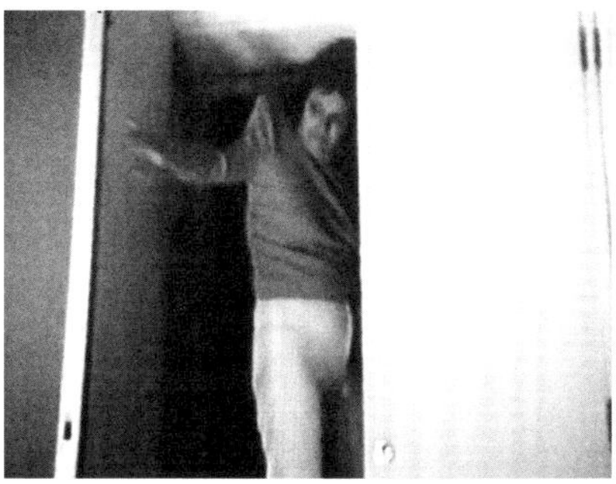

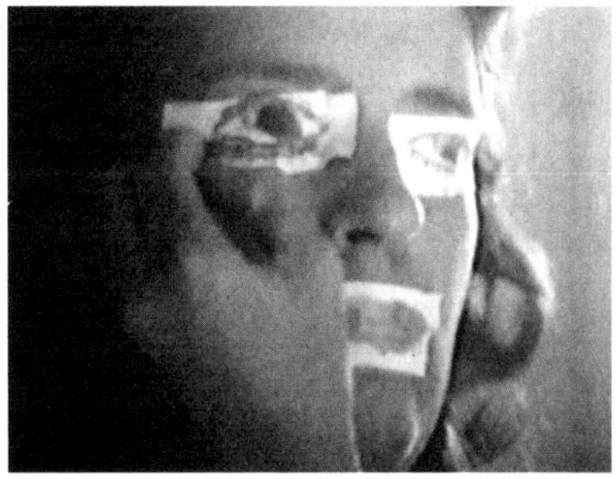

LETÍCIA PARENTE

In, 1975
Stills de vídeo, 1' 18"
Coleção André Parente/
Galeria Jaqueline Martins,
São Paulo

Preparação I, 1975
Stills de vídeo, 3' 31"
Coleção André Parente/
Galeria Jaqueline Martins,
São Paulo

A CASA, AS BORDAS

VILMA ARÊAS

Como a lembrança de uma casa em que se morou.
Perto do coração selvagem

1

A continuação da epígrafe diz: "Não da casa propriamente, mas da posição da casa dentro de si". (PC, p. 192) Esse deslocamento é na verdade o sentido do tema que me foi proposto. Ele não poderá ser exaustivo e gira ao redor de memórias de leituras. Após as palavras citadas acima, Clarice afirma ser impossível explicar esses desdobramentos e desvios, porque aos poucos ela se afastava "daquela zona onde as coisas têm forma fixa e arestas, onde tudo tem um nome sólido e imutável", e que cada vez mais "afundava na região líquida, quieta e insondável, onde pairavam névoas vagas e frescas como as da madrugada". (PC, p. 190)

Isso significa que objetos, acontecimentos e, depois veremos, seres não são apenas os que podem ser observados de fora, mas também aqueles encobertos, só atingidos e percebidos pelo observador uma vez filtrados pela subjetividade, algumas vezes modulados pelo lugar que ocupam na família, ou na sociedade. Ao mesmo tempo vêm enredados pelas pulsões, fantasias e recordações que condicionam nossas formas de compreensão. Na maioria das vezes, as coisas não são transparentes, quase não são voz, "antes da voz ainda, [são] fôlego". (CR, p. 346)

Além dos conflitos mais amplos, Freud analisou o emaranhado de embates centrados na casa, "com sua mescla de afetos e hierarquias, de violência e proteção, de sexualidade, paixões e interesses, de matrimônio e patrimônio. Tentou desfazer o intrincado novelo das relações familiares, já analisadas por alguns contemporâneos, Ibsen, Strindberg ou Pirandello — podemos colocar aqui muitos momentos de Clarice —, e encontrou uma casa literalmente habitada, não só pelo amor, mas também pelos *espectros* de temores e tensões mortíferas".[1] Trata-se de um ponto central em muito da ficção clariciana, que expõe cruamente

1 Cf. BODEI, Remo. *Le Logiche del delirio — Ragione, affetti, follia.* Roma: Laterza, 2000, p. 21.

essas situações dentro de casa, acompanhando seus movimentos no texto, apoiados sempre em problemas formais. A esse aspecto vêm se acrescentar muitos personagens tomados de sentimentos fortes e violentos,[2] impulsos de agressão e destruição, às vezes inexplicados, como Lucrécia Neves de *A cidade sitiada*, que sente raiva ao olhar a nuca de alguém, ou Vicente quanto à dúvida amorosa em relação a Virgínia: "Notou imperceptivelmente que não a amava, que a amava talvez exatamente antes de dizer: 'eu te amo'". (LU, p. 199)

Alguns exemplos: no primeiro capítulo de *Perto do coração selvagem,* Joana, criança, está entediada por não saber o que fazer e consulta o pai. Este, ocupado no trabalho, pergunta distraído: "Quer voar?". Ela responde que não e, após uma pausa, volta à carga: "Que é que eu faço?". "O pai troveja dessa vez — Bata com a cabeça na parede." (PC, p. 15) Em *O lustre*, livro amargo, a menina apanha porque não quer comer. O pai imagina enviar o filho à cidade para estudar; quanto à filha não faria o mesmo, porque "animal só se solta de casa sem dentes". (LU, p. 17) Segundo Virgínia, a protagonista, sua mãe tinha "o olhar pardo e lento de rato velho". (LU, p. 71) Órfã de pai e mãe aos dois anos, Macabéa, em *A hora da estrela*, foi criada por uma tia beata e perversa que infligiu à criança tormentos indescritíveis. Mais tarde, já no Rio, sua casa era uma vaga num quarto, com direito a uma cama e um cabide, ao lado de outras companheiras de infortúnio.

Nessa linha, os exemplos são inúmeros, compõem uma espécie de orquestração de motivos ou acontecimentos. Mas talvez "Feliz aniversário", em *Laços de família,* (CO, pp. 179-192) resuma satisfatoriamente a violência familiar de todo tipo:[3] incompatibilidade de classes (juntas na mesma sala, uma nora de Olaria e outra de Ipanema crispam o texto; o marido da primeira não compareceu porque estava brigado com o irmão, marido da segunda, que surgiu com dois filhos e a babá). Ciúmes de toda espécie salpicam a narrativa, ouve-se referência a negócios, com um dos irmãos claramente tirando o corpo fora para não atender o outro. A má divisão de tarefas é também observada, pois

2 Cf. NUNES, Benedito. *O drama da linguagem — Uma leitura de Clarice Lispector.* São Paulo: Ática, 1989, 2ª parte, cap. 2; e ROSENBAUM, Yudith. *Metamorfoses do mal, uma leitura de Clarice Lispector.* São Paulo: Edusp/ Fapesp, 1999.

3 Cleusa Rios Passos faz o cotejo desse conto com o *Rei Lear* shakespeariano em "Clarice Lispector: os elos da tradição". *Revista USP*, n. 10, jun./jul,/ago. 1991, p. 167.

Zilda é a irmã que toma conta sozinha da mãe, arcando com todas as despesas. Ela se amargura porque na festa de aniversário os outros irmãos levam presentes insignificantes e inúteis. Tudo isso coroado pela zoeira das crianças e comandado pela trágica etapa de vida da velha matriarca, que cumpria naquela data 89 anos. Estava um pouco fora do ar, com "cheiro de guardado",[4] (CO, p. 180) piscava sem parar e pensava "como se cuspisse". (CO, p. 185) O que pensava?

Pensava que à exceção de Jonga, filho já morto, "todos aqueles seus filhos e netos e bisnetos [...] não passavam de carne de seu joelho", não "de seu coração". "Pareciam ratos se acotovelando, [...] eram azedos e infelizes frutos". (CO, p. 185) Nem a figura algo misteriosa e alheada de Cordélia alivia o clima. Esta não diz uma palavra e parece perturbada mentalmente. Era a nora mais moça, acompanhada por seu filho de sete anos, Rodrigo, o único que a matriarca amava: "Aquele seria um homem". (CO, p. 185) Toda a cena se passa na sala de um edifício em Copacabana, para a comemoração do aniversário da matriarca.

Podemos considerar "Feliz aniversário" um emocionante contraponto de "Viagem a Petrópolis", (CO, pp. 316-324) história de Mocinha, uma pobre anciã, incongruência nominativa que por acaso alude ao tipo de infortúnios que vem a sofrer: nascida no Maranhão, viaja para o Rio "com uma senhora muito boa que pretendia interná-la num asilo", (CO, p. 317) pois tinha uma doença senil. Perdera toda a família, e naturalmente a própria casa. Como o plano não funcionou, a senhora muito boa deu-lhe um dinheirinho e disse-lhe que se arrumasse. Mocinha, cujo nome real é Margarida, nome de flor, passa de mão em mão, de quarto dos fundos a quarto dos fundos, vivendo de caridade. O último quarto era nos "fundos de uma casa grande, numa rua larga cheia de árvores, em Botafogo". (CO, p. 317) De repente percebem que ela é uma inútil e que já estava ali há muito tempo. Então a levam, como se fossem passear, para a casa de um parente, que vivia em Petrópolis. Após mal-entendidos e crueldades, acaba morrendo sozinha, sentada numa pedra que havia junto de uma árvore, na estrada Rio-Petrópolis, onde a abandonaram de vez. Mas ela, como uma flor, apesar de perdida, passa a observar a beleza da paisagem, "o céu [...]

4 Em *O lustre*, pp. 196-197, a pele da avó parecia "de fazenda amarrotada", beijá-la era como beijar "um embrulho de papel".

altíssimo, sem nenhuma nuvem. E tinha muito passarinho que voava do abismo para a estrada. A estrada branca [...] sobre um abismo verde. Então, como estava cansada, [...] encostou a cabeça no tronco da árvore e morreu". (CO, p. 324)

O grande achado da forma nesse conto é desenrolar a tragédia em surdina, quase num sussurro, sugerindo que as indignidades são comuns entre os humanos e que morrer sozinha em meio à natureza num dia de sol, longe da casa dos outros, sem sentir dor, apenas cansaço, é verdadeiramente uma sorte. A última, brevíssima oração do texto, "e morreu", acolhe a morte de Mocinha com a maior naturalidade, adequada ao plano da banalidade.

Às vezes, em textos mais curtos, encontramos outro tom, como em "Tentação", (CO, pp. 314-315) de *A legião estrangeira*, de delicadeza ímpar, embora do lado de fora da casa e de costas para ela. Trata-se do encontro casual de uma menina pequena e ruiva com um *basset* também ruivo, "sua outra metade neste mundo". (CO, p. 314) Ela está sentada nos degraus de sua casa à beira da rua, segurando uma bolsa grande e velha, de alça partida. Está com soluços. O *basset* surge de repente, puxado por sua dona. Ela fica pasmada. "Suavemente avisado", (CO, p. 314) ele estaca diante dela. Ambos se olham. "Entre tantos seres que estão prontos para se tornarem donos de outro ser, lá estava a menina que viera ao mundo para ter aquele cachorro." (CO, p. 315) Mas ambos eram comprometidos. "Ela com sua infância impossível [...]. Ele, com sua natureza aprisionada." (CO, p. 315) A dona do cachorro puxa a coleira, o animal segue. A menina se debruça sobre os joelhos para acompanhá-lo com os olhos, até o *basset* virar a esquina. "Mas ele foi mais forte que ela. Nem uma só vez olhou para trás." (CO, p. 315)

O tema do amor impossível não pode se contentar com leis mecânicas, então a tentativa de explicá-lo enche volumes. Nasceram um para o outro, mas... Essa é a adversativa fatal da fábula. Pois "Tentação" é mesmo uma fábula gentil banhada de humor risonho, misturando humanos com bichos, inovando, quebrando qualquer modelo que tenhamos herdado de séculos passados, pois a centelha amorosa acontece entre uma criança e um cachorrinho.

Leo Spitzer[5] ensina que o tema central dos textos depende do detalhe periférico, a partir do qual às vezes se revela. Quem sabe o sentido

5 SPITZER, Leo. *Études de style*. France: Gallimard, 1970.

do conto esteja escondido no coração da mulher que narra a história, e que está às duas da tarde naquela mesma rua ardente de sol, esperando o bonde? É ela que observa que a menina está com soluço e tem um olhar "submisso e paciente". (CO, p. 314) Chega a criar uma equivalência bizarra identificando as duas: "Olhamo-nos sem palavras, desalento contra desalento". (CO, p. 314) Será apenas o calor? É também ela quem define que "numa terra de morenos, ser ruivo era uma revolta involuntária". (CO, p. 314) Mas o que qualquer leitor supõe é que a menina apenas esteja entediada, pois não tem ninguém com quem brincar, como Joana de *Perto do coração selvagem*, embora realmente esteja brincando que já é adulta, segurando "uma bolsa velha de senhora, com alça partida". E a segurava "com amor conjugal já habituado, apertando-a contra os joelhos". (CO, p. 314) Bolsa "que a salvava", diz o texto. Para aumentar o choque da descoberta, o *basset* também não parece muito animado antes de ver a menina, pois é descrito como "desprevenido, acostumado, cachorro". (CO, p. 314) Mas quando se veem sabem que um era a solução para o outro. "Eles se fitavam profundos, entregues, ausentes de Grajaú." "Pediam-se com urgência, com encabulamento, surpreendidos." (CO, p. 315)

Decididamente não se trata de amor conjugal "já habituado", "que salvava" (CO, p. 314) como uma bolsa e, sim, de paixão, que despreza todos os abrigos, que desconhece riscos. E que afinal é impossível pelos "compromissos". Será esta a melancólica moral da fábula? Uma paixão impossível, que apesar disso pode ser descoberta e revelada claramente, como se o mundo fosse um espelho?

O melhor será deixarmos o segredo da testemunha desse encontro malogrado, com seu soluço no coração.

Já vimos até este ponto que os desdobramentos são de várias ordens, a partir da casa concreta com sua alma, o lar, com o sentido de família, de ambiente familiar (lar = lugar onde se acende o fogo, deus protetor, doméstico — os Lares). Ao mesmo tempo, todos esses desdobramentos são percebidos num jogo incontrolável, permitido pelo próprio caráter abstrato da linguagem. Talvez a "procura humilde", a que Clarice várias vezes se referiu como "um modo de falar que me leve mais depressa ao entendimento", (CR, p. 248) signifique também a busca da objetividade, da concretude impossível das palavras, conforme comentou um dia: "Se eu tivesse que dar um título à minha vida seria: à procura da própria coisa". (CR, p. 594) Às vezes palavras repetidas como isca as tornassem concretas e ao alcance, quem sabe? ("Gostava também de munir-se de pedras, pedras e pedras e então atirá-las uma por uma longe". [LU, p. 50]) Ou, na mesma página: "Nada vinha, ela espiava as coisas levemente douradas de luz — sem pensamento ia ficando saciada, saciada". (LU, p. 50) Mas às vezes também desistia das palavras:

> Aos poucos, olhando, desmaiando, pegando, respirando, esperando, ela ia se ligando mais profundamente com o que existia e tendo prazer. Aos poucos sem palavras subcompreendia as coisas. (LU, p. 56)

Sim, subcompreender para não afastar o sentimento, porque o esforço de compreender ou técnicas de compreensão afastavam o sentimento, à semelhança do discurso crítico, que tem de tomar distância de seu objeto para estudá-lo e compreendê-lo. Em vez disso, encontramos a duplicidade e a impossibilidade da compreensão plausível do mundo, que aparecem nitidamente em *A paixão segundo G.H.*:

> Só depois é que eu ia entender: o que parece falta de sentido — é o sentido. Todo momento de "falta de sentido" é exatamente a assustadora certeza de que ali há o sentido, e que não somente eu não alcanço, como não quero porque não tenho garantias. (GH, p. 33)

Ao proferir esse discurso, G.H. estava na área interna de seu apartamento de cobertura, a "superestrutura" do prédio onde morava, segundo suas próprias palavras, caminhando em direção ao *bas-fond* do quarto da empregada. Logo após essa definição, e talvez levada por ela, G.H. atravessa a área de serviço olhando para fora, após atirar disfarçadamente o cigarro lá embaixo. Então observa as "coisas feitas, eminentemente práticas e com finalidade prática" que saíram "fatalmente das mãos da centena dos operários práticos que havia trabalhado canos de água e de esgoto, [..] para a qual eu agora olhava com o olhar de minhas fotografias de praia".[6] (GH, p. 34) Certamente essas fotos perderão o ar distante de pose, ao arrastar inesperadamente a referência a uma cidade como o Rio de Janeiro, com seus "seiscentos mil mendigos". (GH, p. 106)

6 Para um estudo da questão social nesse romance, cf. OLIVEIRA, Solange Ribeiro de. "*A paixão segundo G.H.*: uma leitura ideológica". *In A barata e a crisálida — O romance de Clarice Lispector*. Rio de Janeiro: José Olympio/INL/Pró-Memória, 1985.

Mas temos que voltar sempre ao princípio, ainda é cedo para a "hora de viver" de G.H.: "A hora de viver é um ininterrupto lento rangido de portas que se abrem continuamente de par em par." (GH, pp. 76-77) É duvidoso que consigamos aceitar o convite lento e áspero, rangente e incessante para ultrapassar a soleira desta casa, a hora de viver.

2

O mundo [...] como uma casa ao sábado.
CLARICE LISPECTOR

O princípio é *Perto do coração selvagem,* povoado de instantes, isto é, da menor estrutura do tempo. Considera-se que o instante esteja ligado à centelha de criação e da invenção; também ligado à aprendizagem do mundo. Por outro lado, o instante, o *já*, também escapa inevitavelmente, pois "nunca é já, o instante ainda não é ou já não é mais".[7] Prado Jr. exemplifica a observação com o paradoxo, segundo Clarice, do instante de se ver o ovo: "Ou é cedo demais (e não há senão a 'promessa' de um dia chegar a vê-lo) ou tarde demais (e não resta senão a lembrança de tê-lo visto)". Talvez a invenção, a criação surjam e sejam alimentadas exatamente por essa carência, para tentar lidar com a impossibilidade dessa presença escorregadia.

Será a casa da infância, no livro de estreia, o foco secreto do instante? Certamente, mas o que me parece correto é considerar *Perto do coração selvagem* a sementeira do resto da obra de Clarice. Não me refiro aqui, e é bom esclarecer, ao procedimento nomeado por Walnice Nogueira Galvão[8] de "transmigração autointertextual", mobilidade que faz um conto virar uma crônica, um trecho de romance aparecer como conto, uma crônica mudar de título e reaparecer reeditada de outra forma, "um livro se transformar em dois livros" etc. Essa fase existe, sim, a partir do retorno definitivo de Clarice ao Brasil,

7 PRADO JR., Plínio W. "O impronunciável — Notas sobre um fracasso sublime". *Remate de Males,* Campinas, n. 9, 1989, pp. 21-29.

8 GALVÃO, Walnice Nogueira. *Melhores contos: Clarice Lispector.* São Paulo: Global, 1996, p. 11.

em 1959,[9] após a separação. Além de muitos problemas sérios, teve de complementar a pensão que recebia como jornalista, obedecendo a horários na produção de matérias etc.

Se essa exposição deu-lhe visibilidade, a pressão do ofício foi um desastre, uma aflição para uma escritora intuitiva como ela. Sentia-se perdida, dizia não saber o que era crônica, vivia perguntando aos amigos. Para essa fase — que não a impediu, em 1964, de escrever dois grandes livros, *A paixão segundo G.H.* e *A legião estrangeira* —, a observação de Walnice é correta. Mas eu me refiro aos temas que surgem em *Perto do coração selvagem* e que reaparecem mais adiante, desenvolvidos, às vezes apenas mencionados. Existe uma espécie de diálogo entre alguns textos de Clarice, conforme assinalei na parte 1 desta pesquisa. Por minha conta e risco, considero *A hora da estrela,* com Macabéa vencida e morta, descrita "tão grande como um cavalo morto", (HE, p. 78) como uma resposta às palavras que encerram *Perto do coração selvagem*, com sua promessa de vencer todos os obstáculos à própria realização literária:

> Que tudo venha e caia sobre mim, até a incompreensão de mim mesma em certos momentos brancos porque basta me cumprir e então nada impedirá meu caminho até a morte-sem-medo, de qualquer luta ou descanso me levantarei forte e bela como um cavalo novo. (PC, p. 198)

Porque, na verdade, e já escreveram sobre isso,[10] ela não muda de assunto, não é a trama das histórias o dado mais importante de sua ficção. Seu primeiro crítico, Antonio Candido,[11] em "No raiar de Clarice Lispector", já o observara, falando sobre o "timbre" especial de *Perto do coração selvagem,* escolhendo compreendê-lo como um

9 Para essa fase, cf. GOTLIB, Nádia Battella. "De volta ao Brasil". *In Clarice: uma vida que se conta*. São Paulo: Ática, 1995.
10 Cf. PRADO JR., Plínio W. *Op. cit.*; e HANSEN, João Adolfo. "Uma estrela de mil pontas". *Língua e Literatura*, Departamentos de Letras, Universidade de São Paulo, ano XIV, v. 17, 1989.
11 CANDIDO, Antonio. *Vários escritos.* São Paulo: Livraria Duas Cidades, 1970. Conforme o autor explica em nota aos ensaios, o texto sobre Clarice apareceu primeiro sob a forma de dois artigos na *Folha da Manhã,* em 1943, logo depois da publicação do livro, e, mais tarde, em *Brigada ligeira*, em 1945, republicado pela Unesp em 1979 e 1992.

"romance de aproximação" com seu "ritmo de procura", "sempre pensando tocar o alvo e sentindo-o sempre fugitivo ante si".

Os 19 capítulos do livro, divididos em duas partes, entrelaçam passado e presente, despedidas e promessa de futuro. Assim, os momentos, conclusões e descobertas de Joana menina em casa do pai, tendo a mãe já morrido, e na casa da tia, onde havia o quintal com paus e garrafas para brincar, e "sobretudo aquele galinheiro velho sem galinhas" que "seria a casa dela", (PC, p. 39) todos esses momentos são entremeados com a Joana adolescente no internato e a Joana adulta, em casa do marido, a que se acrescenta o casarão velho do amante numa "longa rua deserta". (PC, p. 155) São momentos que vão e voltam sempre, coerentes com sua afirmação sempre recorrente de fidelidade ao "fio da infância". (PC, p. 16) A casa do pai é a origem, com seu quintal, a vidraça "brilhante e fria", (PC, p. 11) onde ela encosta a testa para olhar as galinhas-que-não-sabiam-que-iam-morrer. É aí que se inicia a fabulação, sublinhada pelos três sons que a menina ouve: o relógio com seu pulsar, o matraquear da máquina de escrever do pai e o silêncio.

O tempo, *a escrita* e *o silêncio*, três motivos intermitentemente trabalhados em *Perto do coração selvagem*. O silêncio, que pode ser também "uma outra espécie de som", seguido do ar que a menina tenta inutilmente prender em sua mão; em segundo lugar, a reflexão sobre a própria ficção, que se processa rodeada de dúvidas, do começo ao fim — na verdade, o livro é a escrita do livro, que resta inacabado, transferido para o futuro:

> Haveria de reunir-se a si mesma um dia, sem as palavras duras e solitárias... Haveria de se fundir e ser de novo o mar mudo brusco forte largo imóvel cego vivo. A morte a ligaria à infância. [...] Um dia virá em que todo o meu movimento será criação, nascimento, eu romperei todos os nãos que existem dentro de mim. (PC, pp. 186, 197)

Finalmente, o tempo cronológico, que não coincide com o tempo subjetivo. Para que as coisas aconteçam, é necessário o esquecimento do relógio, de medida necessária, mas equivocada. Esses três temas insistem em muitos momentos dos livros de Clarice, sendo o tempo talvez o mais importante:

> O que vai acontecer agora agora agora? E sempre no pingo de tempo que vinha nada acontecia se ela continuava a esperar o que ia acontecer, compreende? (PC, p. 12)

(Na oração interrogativa, "compreende?", a narradora quebra o distanciamento e interpela o leitor diretamente; entramos ambos no texto.)

> Nada acontecia se ela continuava a esperar o que ia acontecer... Podiam-se parar os acontecimentos e bater vazia como os segundos do relógio. (PC, p. 50)

Como frequentemente acontece, esse tema se propaga irradiante em "Por não estarem distraídos" de "Fundo de Gaveta", segunda parte da *Legião estrangeira*, já agora apoiado numa trama específica:

> Havia a levíssima embriaguez de andarem juntos, a alegria como quando se sente a garganta um pouco seca e se vê que por admiração se estava de boca entreaberta: eles respiravam de antemão o ar que estava à frente, e ter esta sede era a própria água deles. Andavam por ruas e ruas falando e rindo, falavam e riam para dar matéria e peso à levíssima embriaguez que era a alegria da sede deles. Por causa de carros e pessoas, às vezes eles se tocavam, e ao toque — a sede é a graça, mas as águas são uma beleza de escuras — e ao toque brilhava o brilho da água deles, a boca ficando um pouco mais seca de admiração. Como eles admiravam estarem juntos!
>
> Até que tudo se transformou em não. Tudo se transformou em não quando eles quiseram essa mesma alegria deles. Então a grande dança dos erros. [...] Tudo errou, e havia a grande poeira das ruas, e quanto mais erravam, mais com aspereza queriam, sem um sorriso. Tudo só porque tinham prestado atenção, só porque não estavam bastante distraídos. [...] Foram então aprender que, não se estando distraído, o telefone não toca, e é preciso sair de casa para que a carta chegue, e quando o telefone finalmente toca, o deserto da espera já cortou os fios. Tudo, tudo por não estarem mais distraídos. (CR, pp. 352-353)

O tempo, portanto, tem vários recantos, cerimônias, exigências para que o desejo se desenvolva plenamente, para que aconteça o encontro. Para isso, é necessário, paradoxalmente, abrir espaço à desatenção.

Se *Perto do coração selvagem* começa com a exposição do ciclo completo da vida e da morte ("uma ou outra minhoca se espreguiçava antes de ser comida pela galinha que as pessoas iam comer" [PC, p. 11]), essa situação já se apresenta nos poemas que Joana recita para o pai, como "Eu e o sol": "As galinhas que estão no quintal já comeram duas minhocas mas eu não vi". (PC, p. 12) Claro, o pai não entendeu ("Que é que você e o sol têm a ver com a poesia?" [PC, p. 12]), ela explica depressa e diz outra: "Ó sol, vem brincar comigo", (PC, p. 12) que abre uma porta para a brincadeira, o jogo da fabulação, quando pela primeira vez surge o deslizamento da fantasia na realidade, ou vice-versa, da escritora e os elementos de sua ficção, de seu jogo: ela brinca com Arlete, a boneca, sem precisar se aproximar dela, porque "de longe mesmo possuía as coisas" (PC, p. 13) (como se estivesse lendo?); e quando Arlete morre atropelada pelo carro, destino de outras personagens, como Virgínia, de *O lustre*, e Macabéa, do último livro, a escritora faz uma confissão de grande lucidez sobre a atividade ficcional: todos os elementos eram ela mesma: "A filha, a fada, o carro azul não eram senão Joana, senão seria pau a brincadeira". (PC, p. 13) O mundo se torna móvel pelo jogo e pela imaginação, atingindo a própria casa.

> Deu um corrupio e parou, espiando sem curiosidade as paredes e o teto que rodavam e se desmanchavam. (PC, p. 13)

Na casa do professor, espécie de mentor que faz sua estreia em *Perto do coração selvagem*, ressurgindo em vários livros mais tarde, Joana anota:

> Seus próprios pés flutuavam. A sala onde já estivera durante tantas tardes refulgia no crescendo de uma orquestra, mudamente [...]. Era estranho, silencioso, ausente como se nunca tivessem nele pisado, como se fosse uma reminiscência. [...] Ela estava de pé diante deles há alguns minutos calada, sentindo a casa. (PC, pp. 57-58)

O que se conta depende das possibilidades quase infinitas da mobilidade — "o movimento explica a forma", pensou Joana, sentindo "a clara noção do perfeito, a liberdade súbita". (PC, p. 68) Quando se lembra de alguma coisa, não sabe se a havia lido em criança, ou se apenas pensara nela. Se está "solitária como o tique-taque de um relógio numa casa vazia", (PC, p. 134) sente nascer a inspiração. "Então ela inventou o que deveria dizer." (PC, p. 134) Inventou o livro que acabamos de ler.

Perdi minha formação humana

REGINA VATER

LYGIA CLARK

VERA CHAVES BARCELLOS

CLAUDIA ANDUJAR

IOLE DE FREITAS

ANNA BELLA GEIGER

Nas narrativas de Clarice Lispector, os personagens redescobrem o mundo e se redescobrem num processo de dolorosa libertação. Essa renovação equivale a um sacrifício: é preciso abandonar o conforto garantido pelas regras, pela máscara social, pelo automatismo dos gestos. A renovação da vida exige a morte. Nessa caminhada para o desconhecido, os personagens de Clarice não raro perdem sua integridade pessoal, veem desmontar-se sua primeira identidade: o corpo. A personagem-narradora de *A paixão segundo G.H.* afirma: "Fico tão assustada quando percebo que durante horas perdi minha formação humana".

E agora estava emaranhada naquele poço fundo e mortal, na revolução do corpo. **"A PROCURA DE UMA DIGNIDADE"**

LYGIA CLARK

Caixa trepante, 1965
Cobre e latão,
25,4 × 25,4 × 48 cm
Coleção Jones Bergamin

Não sei o que fazer do que vivi, tenho medo dessa desorganização profunda. Não confio no que me aconteceu. Aconteceu-me alguma coisa que eu, pelo fato de não saber como viver, vivi uma outra?

A PAIXÃO SEGUNDO G.H.

ANNA BELLA GEIGER

Embrião, 1967
Água-tinta, água-forte,
relevo sobre papel,
59 × 45 cm
Acervo Anna Bella Geiger,
Rio de Janeiro

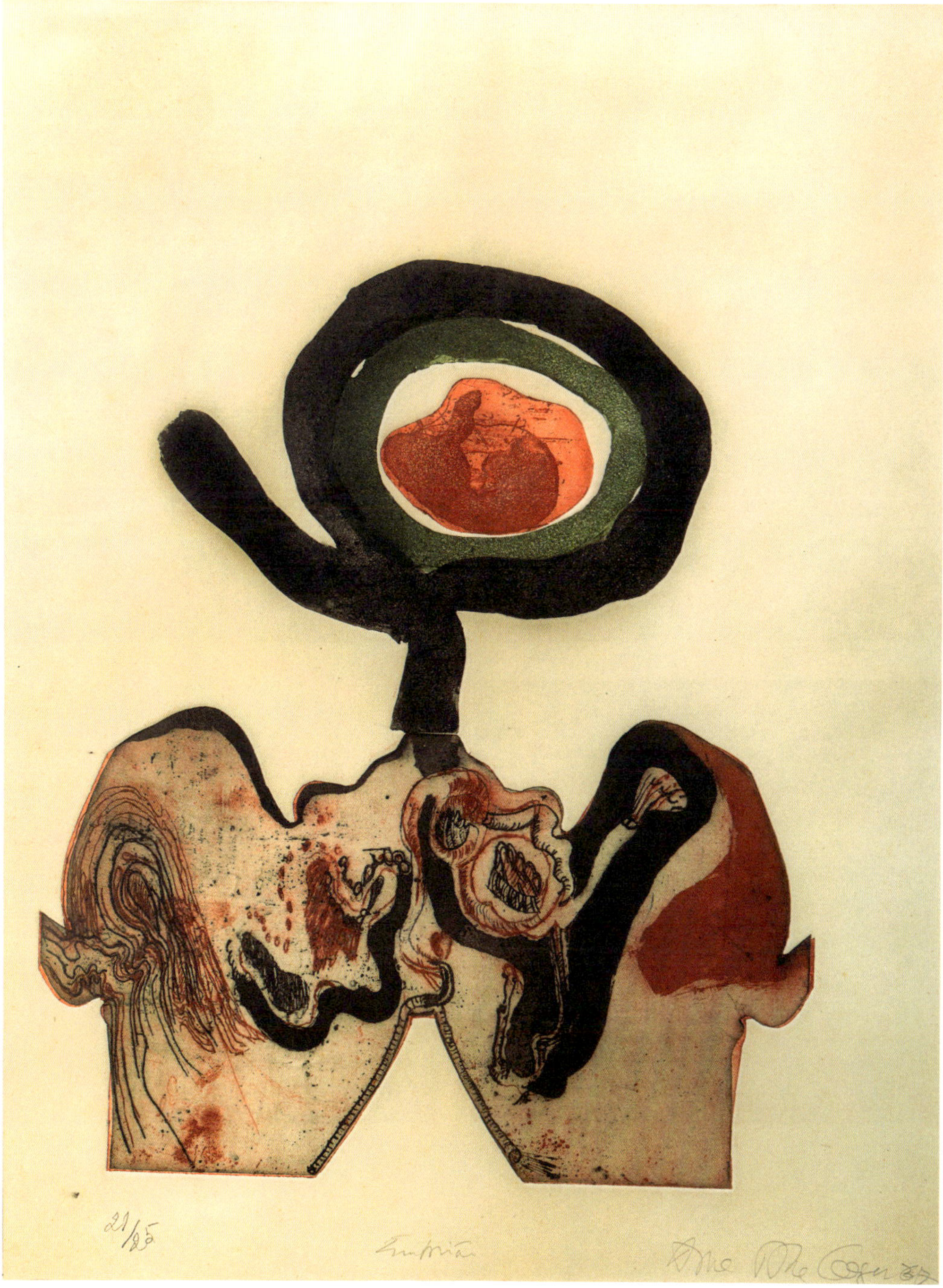
21/25

Tenho um corpo e tudo o que eu fizer é continuação de meu começo. **PERTO DO CORAÇÃO SELVAGEM**

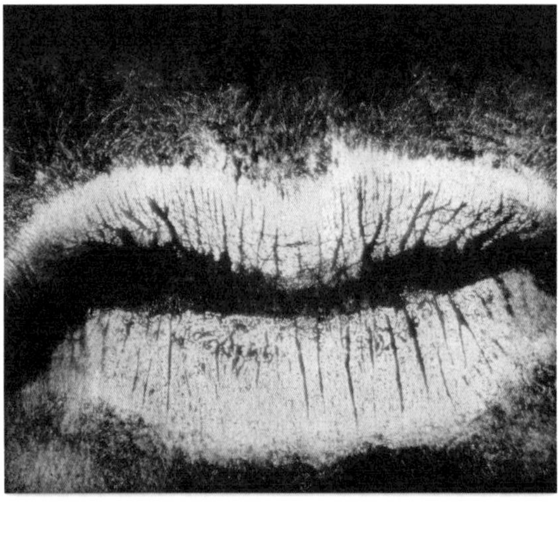

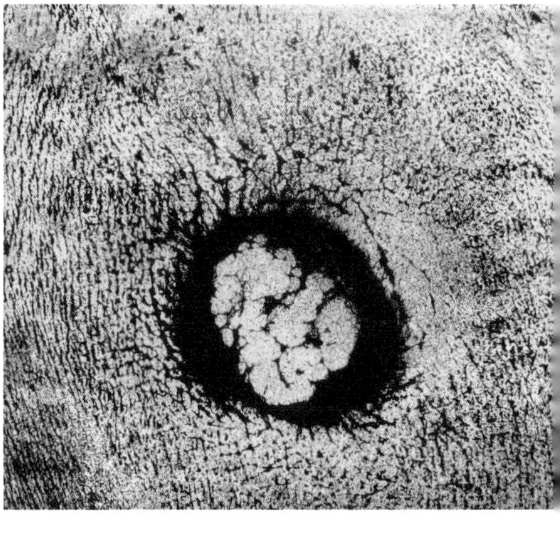

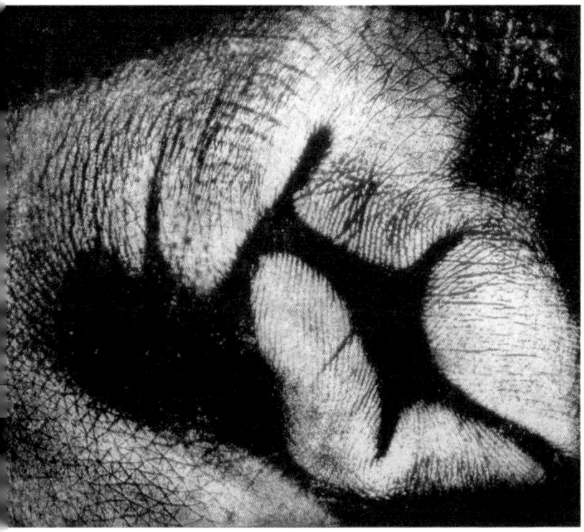

VERA CHAVES BARCELLOS

Da série *Epidermic Scapes*, 1977
Fotografias,
91,5 × 107,5 cm (cada)
Fundação Vera Chaves Barcellos, Viamão (RS)

Fico tão assustada quando percebo que durante horas perdi minha formação humana. Não sei se terei uma outra para substituir a perdida. Sei que precisarei tomar cuidado para não usar sub-repticiamente uma nova terceira perna que em mim renasce fácil como capim, e a essa perna protetora chamar de "uma verdade". **A PAIXÃO SEGUNDO G.H.**

IOLE DE FREITAS

Espectro, 1972
Fotografias, 110 × 82 (cada)
Museu de Arte Moderna
de São Paulo

CLAUDIA ANDUJAR

Da série *A Sônia*, 1971
Fotografias,
50 × 75 cm (cada)

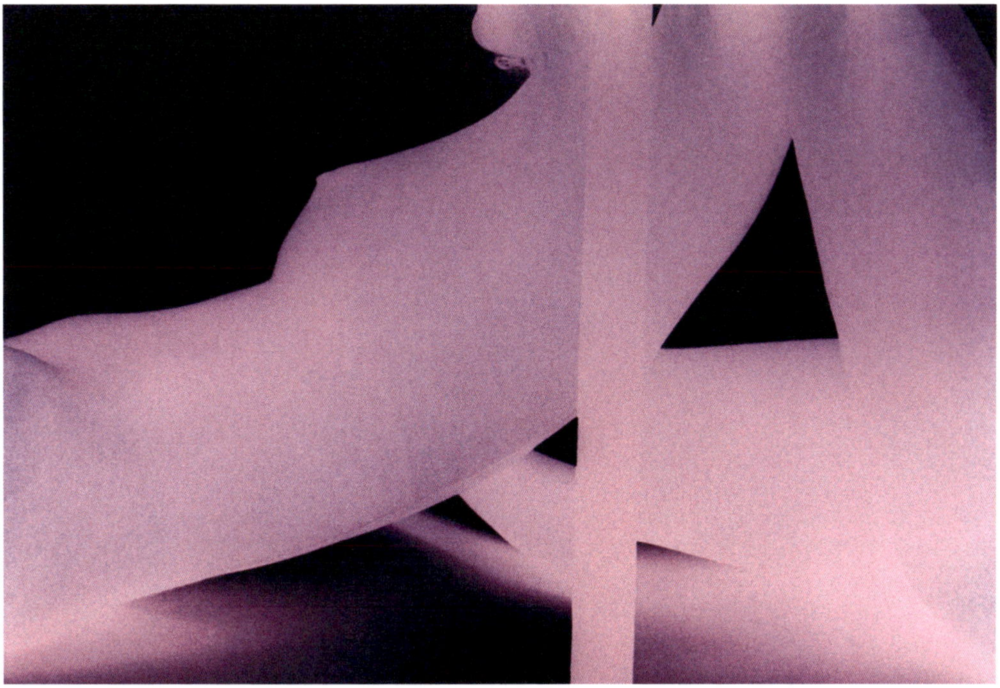

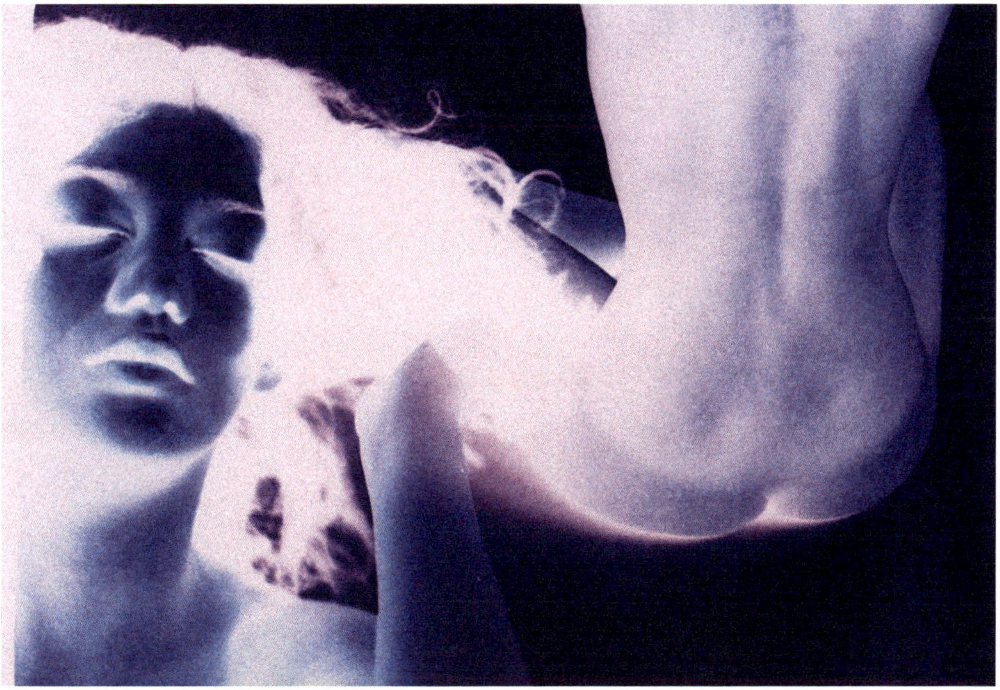

Perder-se significa ir achando e nem saber o que fazer do que se for achando. **A PAIXÃO SEGUNDO G.H.**

REGINA VATER

Mulher mutante, 1968/2019
Tinta esmalte sobre MDF,
trilhos e rodízios,
127 × 230 × 28,5 cm
Coleção Fernanda Feitosa e
Heitor Martins, São Paulo

"Como se não fosse eu" era mais amplo do que se fosse – uma vida inexistente me possuía toda e me ocupava como uma invenção. **A PAIXÃO SEGUNDO G.H.**

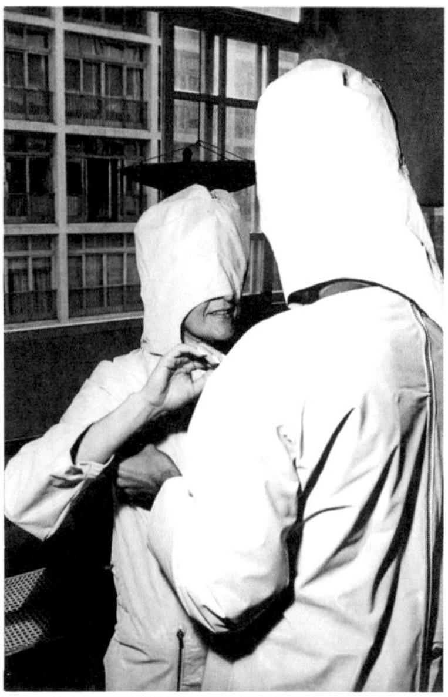

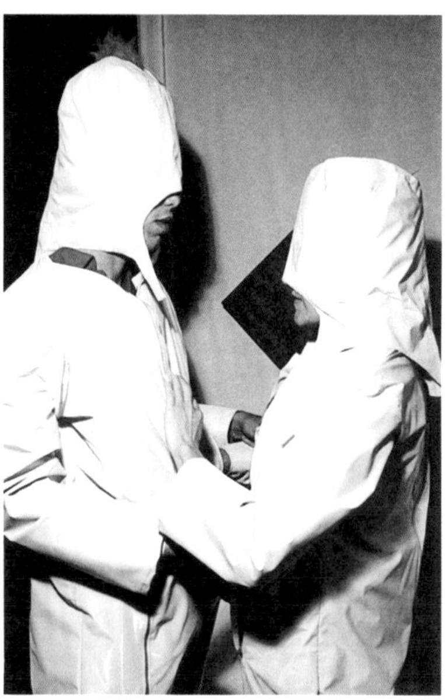

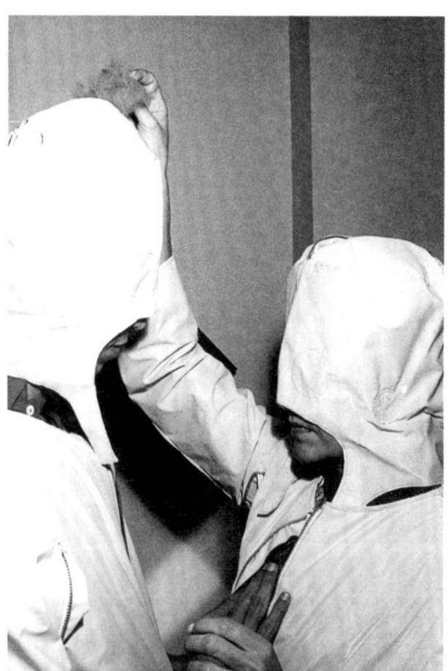

LYGIA CLARK

O eu e o tu, da série *roupa-corpo-roupa,* 1967
Registro fotográfico de performance
Acervo Associação Cultural Lygia Clark

VERA CHAVES BARCELLOS

O estranho desaparecimento de V.C.B., 1976
Fotografias,
29 × 21 cm (cada)
Fundação Vera Chaves Barcellos, Viamão (RS)

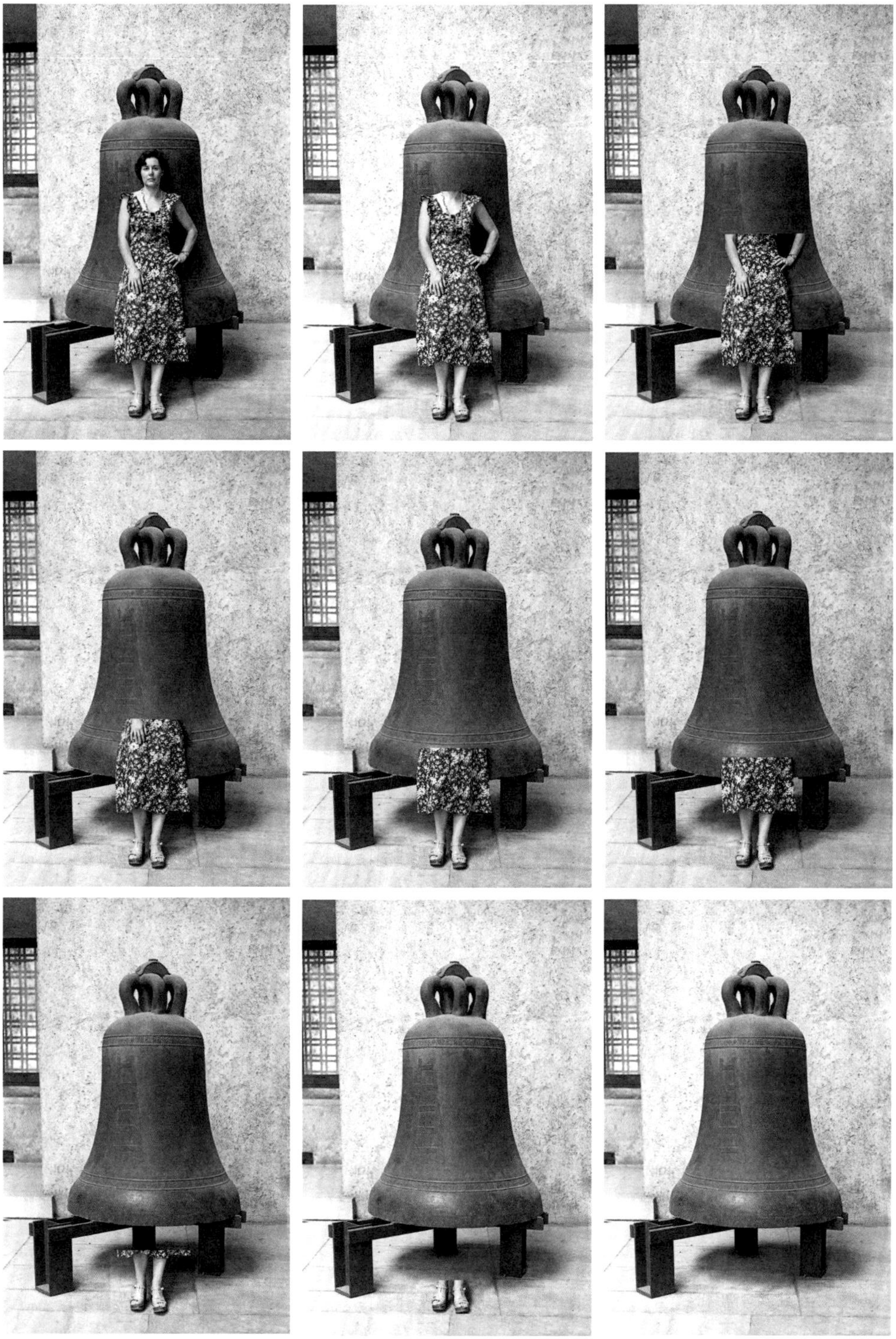

O CORPO DESMONTADO

NÁDIA BATTELLA GOTLIB

Cada livro é sangue, é pus, é excremento, é coração
retalhado, é nervos fragmentados, é choque elétrico,
é sangue coagulado escorrendo como lava
fervendo pela montanha abaixo.
CLARICE LISPECTOR, *Um sopro de vida*

Vir-a-ser é uma lenta e lenta dor boa. É o
espreguiçamento amplo até onde a pessoa pode
se esticar. E o sangue agradece. Respiro, respiro.
CLARICE LISPECTOR, *Água viva*

Descobrir que se é livre é uma violentação criativa.
CLARICE LISPECTOR,
"Literatura de vanguarda no Brasil"

Ebulição. Dor boa. Respiro. Libertação. Se o corpo — qual corpo? do autor? do narrador? do personagem? do leitor? da narrativa? — passa por essa difícil *via crucis*, eis aí também o percurso de uma incessante e sedutora experiência libertária, calcada em matéria de amor e de beleza artística.

A constatação desse "projeto" literário, em que *corpo/criação/libertação* se interligam, ora nos chega predominantemente reforçado num luxuoso repertório imagístico, pelo menos com aparência de intuitivo, ora predominantemente desenhado numa nítida consciência do seu próprio fazer artístico. Unem-se, na maioria das vezes, o voo do imaginário imponderável e a ancoragem de solidez crítica.

Seja como for, nas suas múltiplas possibilidades de combinação entre tais modos de se construir a obra, o corpo marca sua presença na narrativa de Clarice Lispector[1] como fonte, motivo e instrumento de exploração das profundezas da intimidade, surge acima de tudo como umbral de perspectivas de novos territórios, até então intocados, em direção a um *não se sabe o quê*, misto de aventura e de mistério.

Em face de tal cenário, que se prossiga no caminho de busca dessa "violentação criativa", segundo palavras da escritora. Onde, precisamente? E como perseguir esse caminho criativo de libertação na sua obra? Ou, para usar um termo caro a Clarice, como "procurar" a coisa-Clarice? O corpo-Clarice?

O triunfo de uma libertação, se por um lado constitui o ápice de um processo de construção de vida e de arte, acontece em percurso difícil e tortuoso, envolvendo implicações de risco e de perplexidade, de periclitância e de truculência. E tem suas especificidades, ao longo dos 37 anos de produção literária e jornalística de Clarice Lispector.

"Ela [estava] parada no quarto, como se tivessem extraído de seu corpo toda a alma." Esse é o 'estado de corpo', parecendo não ter alma, da primeira personagem de Clarice Lispector, no seu primeiro conto, "O triunfo", publicado em 25 de maio de 1940 na revista *Pan*, no Rio de Janeiro. (CO, p. 29)

Trata-se da estreia de Clarice no campo das letras. E aí a protagonista Luísa passa pela experiência da perda, já que o companheiro, Jorge, saíra de casa. Eis um desenho de enredo que há de ter vida longa na literatura de Clarice: a solidão da mulher que lhe desperta a consciência do efetivo papel de suas relações afetivas e sentimentais.

No caso dessa primeira investida literária, a estrutura do conto é simples. O homem, Jorge, abandona Luísa após frequentes cenas de violência verbal, acusando-a de atrapalhar o que ele tenta fazer, sem conseguir: escrever um romance. A mulher, Luísa, descreve o que lhe acontecera no dia anterior, e essa rememoração é que lhe traz a consciência de certas "verdades" antes abafadas: a mediocridade do marido, escritor frustrado, o amor que ela sente por ele e a confiança na volta desse homem que ela ama.

No entanto, pitadas de questionamento minam o campo narrativo a partir de pequenos detalhes dos cenários interior e exterior da casa da personagem e, principalmente, detalhes do seu de-dentro: o que vê, o que sente, o que pensa em situação de perda. Além, naturalmente, da força da imagem física, por vezes erotizada, do seu próprio corpo. Não escreve "amanhece". Mas, sim: "Aos poucos o dia vai lhe entrando pelo corpo". (CO, p. 27)

Depois de constatar o que antes sempre "sentira, vagamente" — a fraqueza e pusilanimidade do companheiro que confessa sua própria mediocridade em bilhete escondido que ela acaba encontrando na mesa de trabalho dele —, e depois de também extravasar sua emoção, pelo choro, Luísa reage: "Vai até a pia e molha o rosto. Sensação de frescura, desafogo. Está despertando. Anima-se." (CO, p. 30)

Viver *com ele* "era tudo" para ela, pois carregava aparentemente um corpo íntegro, sem cisão entre corpo e alma, numa pseudointegridade. *Sem* ele, contudo, a vida carecia de alma, e Luísa percebe o que antes era impossível perceber: "E as coisas não estavam de todo destituídas de encanto. Tinham vida própria." (CO, p. 31) Recupera-se uma espécie de confiança na sua autonomia.

A última cena fecha esse ciclo de redescoberta. Dela destaco o trecho em que se efetiva a metamorfose da personagem, mediante experiência sensorial intensa: é quando, sem nada para fazer e temendo pensar, vai para o quintal lavar roupa num tanque.

"Arregaçou as mangas e as calças do pijama e começou a esfregá-las com sabão. Assim inclinada, movendo os braços com veemência, o lábio inferior mordido no esforço, o sangue pulsando-lhe forte no corpo, surpreendeu a si mesma." (CO, p. 31)

E no calor dessa hora lhe vem uma ideia.

"Tirou a roupa, abriu a torneira até o fim, e a água gelada correu-lhe pelo corpo, arrancando-lhe um grito de frio. Aquele banho improvisado fazia-a rir de prazer. [...] Um calor bom já circulava em suas veias. De repente, teve um sorriso, um pensamento. Ele voltaria. [...] Ele voltaria, porque ela era a mais forte." (CO, pp. 31-32)

O banho de água fria faz emergir uma potencialidade antes reprimida, surge como um verdadeiro hino de confiança na sua força e bem poderia se inserir na linhagem das cenas politicamente feministas.

Essa redescoberta de si e do mundo talvez seja o fio nervoso não só de uma experiência íntima que atravessa o corpo dessa personagem, mas se instala no corpo narrativo de Clarice ao longo das quatro décadas de sua produção, mediante experiências diversificadas nos seus modos de contar.

O CORPO DEVORADO

Vinte e quatro anos separam esse primeiro conto, "O triunfo", do romance *A paixão segundo G.H.*, lançado em 1964. No entanto, o romance mantém traços de situações anunciadas no conto inaugural: a protagonista, G.H., está só porque o homem (marido? amante?) foi embora. Em estado de solidão, rememora o que lhe acontecera no dia anterior. E é no decorrer dessa rememoração que a história se faz.

Mas a narrativa de G.H. se desenvolve em território movediço, ameaçador, de suspense, num denso clima de tensão. A personagem narradora tem maior fôlego para desenvolver o relato do que experimenta e, ao se aprofundar na sua própria intimidade para tentar entender o que lhe aconteceu, em arriscado ritmo de procura, recai num patamar de detalhes surpreendentes, de rara complexidade, mediados por apuro formal e pujança imagística.

Também existe no romance a perda de uma espécie de integridade corporal: a protagonista perde o que ela, narradora, apresenta como se fosse uma "terceira perna" (a força fálica do outro? Do homem que se foi?), que lhe dava estabilidade. Afirma: "Ontem no entanto perdi durante horas e horas a minha montagem humana". (GH, p. 11)

O percurso da personagem G.H., escultora de classe alta, pelo seu apartamento de cobertura, da sala para o quarto da empregada Janair, que também já se foi, tem uma intenção primeira: limpar o quarto que achava ser o mais sujo, mas que se lhe revela como sendo, mais que limpo, revelador.

Esse roteiro — do espaço social da sala para o espaço marginal do quarto de empregada e, sobretudo, nos desdobramentos episódicos que acontecem dentro desse quarto supostamente escuro e sujo dos fundos da casa — desenha, na sua configuração arquitetônica, tópicos sucessivos de uma história que parece não ter fim, mas que, a cada passo, metaforiza uma nova etapa de desmontagem, num incessante e irreversível processo de enfrentamento de obstáculos, tal como prova de uma impossível decifração.

Algo tempestuoso acontece: passa-se da zona de conforto para a do desconforto, do certo ao incerto. Isso porque G.H. aceita o difícil desafio de escapar da acomodação, ou seja, de abdicar do seu "modo sadio de caber no sistema". (GH, p. 13)

Eis a chave dessa trajetória que é também "o modo como agora tenho de ir para minha a liberdade" (GH, p. 16): o deslocar-se do "ser" uma imagem pessoal, personalizada, domesticada, do obedecer a regras e leis, do experimentar sentimentos, do seguir filiações de ordem moral, em direção a um seu avesso, a um "não-ser" destituído de matéria, de corpo, de palavra, e caracterizada pelo neutro, pelo tédio, pelo atonal, pelo inexpressivo, pelo silêncio.

Marcada pelo tom de apego aos detalhes do cotidiano e, ao mesmo tempo, pelo tom sagrado do ritual, a linguagem desbrava um território até então desconhecido: sua própria animalidade, na tentativa de, tal como registra o título do primeiro romance dessa escritora, chegar "perto do coração selvagem".

"Minha luta mais primária pela vida mais primária ia-se abrir com a tranquila ferocidade devoradora dos animais do deserto." (GH, p. 21)

A experiência ora diagramada é impossível de ser apreendida na rotina de uma vida pautada por um nome e por uma imagem legada pela convenção, tal qual se fazia vista pelos outros. E, para se *des*colar e se *des*locar dessa imagem pautada por convenções, é preciso ter a coragem de se *des*vencilhar do invólucro, a fim de se chegar ao sumo da "coisa" ao núcleo de matéria viva: livrar-se das camadas de civilização que foram se acumulando ao longo dos séculos.

A protagonista mulher G.H. se desdobra em várias outras, ao longo desse mergulho no espaço sagrado desse quarto-sarcófago, até encontrar o tesouro, enfrentando os obstáculos de subsequentes enigmas, num território deserto, ligado ao mistério que guarda o segredo de morte e vida.

Destaco três momentos, entre as tantas imagens possíveis nesse verdadeiro painel de sugestões de experimentações de alteridade.

Ao abrir a porta e antes de adentrar esse espaço que não era sujo, mas límpido, a primeira imagem com que depara é a de um "mural secreto", com o contorno de três figuras — contornos de três corpos — desenhados a carvão pela empregada Janair: um homem, a mulher, o cão. Primeiro impacto diante do que Janair, autora do desenho, lhe revela: ela, G.H., vista segundo Janair, mas sem nada dentro — o oco, o vazio.

"Nos corpos não estavam desenhados o que a nudez revela, a nudez vinha apenas da ausência de tudo o que cobre: eram os contornos de uma nudez vazia." (GH, p. 37) E as três aparições soltas que pareciam vir das entranhas da parede ali permaneciam imóveis, "como três aparições de múmias". (GH, p. 37)

A percepção de si, que G.H. experimenta mediante o desenho feito por Janair, na parede do quarto, o contorno de um corpo vazio, gera mal-estar, e desencadeia o primeiro novo olhar da protagonista sobre o que talvez, profundamente, seja.

"Havia anos que eu só tinha sido julgada pelos meus pares e pelo meu próprio ambiente que eram, em suma, feitos de mim mesma e para mim mesma. Janair era a primeira pessoa realmente exterior de cujo olhar eu tomava consciência." (GH, p. 38)

E é assim que G.H., a partir do olhar do outro, Janair, também enxerga pela primeira vez a própria Janair, até então invisível enquanto empregada doméstica "mulata" no seu uniforme escuro, sem nitidez de contorno do seu corpo e sem um rosto que pudesse dizer que era seu.

O mural secreto com esses corpos desvinculados entre si — cada um olhando para a frente, não para o lado — conta, por si só, um capítulo dessa história de G.H. na sua saga de se deixar levar em direção ao incerto. Talvez por isso, sua função na narrativa seja mais que uma imagem visual de um contorno de figura humana, corpo sem recheio: "O desenho não era um ornamento: era uma escrita". (GH, p. 38) Trata-se da escrita que anuncia um capítulo futuro da "coisa" que a personagem busca: o núcleo do seu próprio corpo já desfeito em nada.

Se o mural lhe traz a figura da sua autora, Janair, é, pois, Janair quem permite à protagonista romper com um sistema fechado e aí abrir uma fenda, de modo a reconhecer não só seu corpo vazio, mas reconhecer em Janair um corpo físico, com visibilidade social. "Os traços — descobri sem prazer — eram traços de rainha. E também a postura: o corpo ereto, delgado, duro, liso, quase sem carne, ausência de seios e de ancas." E conclui: "Ela era achatada como um baixo-relevo preso a uma tábua". (GH, p. 39)

A visão dos corpos vazios através do desenho de Janair e a visão do corpo de Janair, antes invisível, alavancam os primeiros passos dessa experiência desbravadora de G.H.

"Já estava havendo então, e eu ainda não sabia, os primeiros sinais em mim do desabamento de cavernas calcárias subterrâneas, que ruíam sob o peso de camadas arqueológicas estratificadas — e o peso do primeiro desabamento abaixava os cantos de minha boca, me deixava de braços caídos. O que me acontecia?" (GH, p. 42)

Tanto essa pergunta, diante do inusitado, quanto a mudança que gera nova postura corporal e novas situações de corpo remetem-nos a cenas de *Alice no país das maravilhas*: era como se o corpo de G.H. estivesse dentro e fora, e como se "deixasse pedaços meus no corredor, na maior repulsão de que eu já fora vítima: eu não cabia". Ou se, contrariamente a haver chegado ali sem descer nem subir, ali tivesse chegado por um deslocamento horizontal possível, caso o edifício tivesse entortado, ela sendo despejada "de portas a portas" até esse seu destino. (GH, p. 43)

Se as figuras do mural lhe haviam transmitido a "mensagem dura na parede", como "vigias à entrada do sarcófago", e se, a partir dessa imagem do seu corpo nu e oco chegara a ver o outro, Janair, G.H. há de enfrentar então mais um habitante do quarto: a barata. Um terceiro momento irrompe, pois, quando G.H. se defronta com a barata dentro do armário do quarto de empregada. Esse ser "imemorial", que habita a terra "há trezentos e cinquenta milhões de anos", ao começar a "emergir do fundo", (GH, p. 49) carrega consigo G.H. para as suas próprias profundezas: "Era o próprio processo de vida em mim", (GH, p. 49) ou que ela chama de "eu! eu, o que quer que seja". (GH, p. 51)

Se Janair é sua guia, que lhe mostra um ser outro, oco e vazio, é com a barata que também se identifica, em cada parte de si, como se fosse um todo.

"Eu, corpo neutro de barata, eu com uma vida que finalmente não me escapa pois enfim a vejo fora de mim — eu sou a barata, sou minha perna, sou meus cabelos, sou o trecho de luz mais branca no reboco da parede — sou cada pedaço infernal de mim — a vida em mim é tão insistente que se me partirem, como a uma lagartixa, os pedaços continuarão estremecendo e se mexendo." (GH, p. 63)

E a personagem vive o outro, é o outro (a barata), mediante a força do olhar: "O mundo se me olha. Tudo olha para tudo, tudo vive o outro." (GH, p. 64) — numa comunhão existencial que se configura pela massa branca que sai de dentro da barata: sumo vital. Que sai, repetidamente, da barata. Sumo que ela, finalmente, come.

O desmoronamento e desmonte do corpo, do eu, do mundo, que lhe permite atingir o inumano, a "parte neutra de coisa", (GH, p. 68) leva-a a perceber a história de sua paixão por "um homem que já fora meu". (GH, p. 80)

Se antes o gosto do sal ao beijar as lágrimas do homem lhe trouxera o sabor da paixão, nessa nova fase percebe a necessidade de vivenciar a experiência sem culpa, sem moral. "Mas agora, é nesta atualidade neutra da natureza e da barata e do sono vivo de meu corpo, que eu quero saber o amor." (GH, p. 86) E em segredo. "A solução tinha que ser secreta. A ética da moral é mantê-la em segredo. A liberdade é um segredo." (GH, p. 85)

Tanto a relação passada — o amor de G.H. e seus homens — quanto a experiência do aborto reaparecem sob nova roupagem. A gravidez lhe surge como o "alegre horror da vida neutra que vive e se move". (GH, p. 90) E descobre que efetivamente houve amor em relações sentimentais passadas, antes mal apreendidas: achava que era tédio o que era amor, pois o corpo, farto, não pedia nem precisava.

A força da paixão é violenta. O corpo erotizado reina numa orgia de Sabá, em que se gozam as coisas com "alegria crua de magia negra". "E o inferno não é a tortura da dor! é a tortura de uma alegria." (GH, p. 100)

E mais: "O inferno é a boca que morde e come a carne viva que tem sangue, e quem é comido uiva com o regozijo no olho: o inferno é a dor como gozo da matéria, e com o riso do gozo, as lágrimas escorrem de dor". (GH, p. 102)

Complementa: "E se isso é o inferno, é o próprio paraíso: a escolha é minha". (GH, p. 139)

Mergulhada nesse inferno da dor e do prazer, G.H. enfrenta e devora o outro. E se o outro é imagem de si, aí projetada, devora a si mesmo, num ritual mais que antropofágico, de caráter autofágico — masturbação?: "Eu estava comendo a mim mesma, que também sou matéria viva do sabá". (GH, p. 129)

Nessa altura da narrativa, conclui que amor é uma revelação de carência e de violência: "Porque é violenta a ausência de gosto da água, é violenta a ausência de cor de um pedaço de vidro. Uma violência que é tão mais violenta porque é neutra." (GH, p. 157) E sem nome. Apenas a experimentação do "estar sendo".

Eis o momento em que atinge a sua plena vivência primordial de animalidade: "Seremos inumanos". (GH, p. 173) Que funciona como momento de apreensão da sua própria espécie: "Assim como houve o momento em que vi que a barata é a barata de todas as baratas, assim quero de mim mesma encontrar em mim a mulher de todas as mulheres". (GH, p. 175)

Se, por um lado, essa desmontagem do humano lhe permite desvendar o segredo da morte — devorando o outro ao devorar a si mesma — para experimentar em si o gosto da matéria viva pulsando, o preço é o da certeza do não entendimento. "Nunca mais compreenderei o que eu disser." Talvez seja esse o alto preço da experiência de G.H. ao descobrir o tesouro nessa espécie de escrita hieroglífica enigmática que tem seu sentido ao não ter mais sentido nenhum e poder ser abolida na imensidão do silêncio: "A vida se me é, e eu não entendo o que digo. E então adoro. — — — — — —" (GH, p. 181)

Mas é longo e difícil esse caminho do imaginário para se chegar ao sumo vital. De um lado, implica desvencilhar-se dos invólucros sociais do preconceito e da culpa, na conquista de uma incorporação de dimensão política. De outro, faz-se esgotando a potencialidade de vida nas dores e nos prazeres até a sua exaustão, para, sob a forma da morte, descortinar o mistério da vida, configurado no oco e no nada.

Se o primeiro conto publicado por Clarice Lispector propõe sinteticamente um trajeto fundamentalmente episódico, e se o romance desenvolve à exaustão o processo do mergulho da personagem G.H. no campo imaginário das suas origens primordiais, em sequência gradativa de intensidade, de certa forma aprisionando o leitor numa corrente engatada por repetição de frases — a última de um capítulo é a primeira do capítulo seguinte —, em *Água viva*, a personagem narradora marca-se por um corpo pautado, sobretudo, por uma rara capacidade perceptiva diante da criação de imagens que correm soltas, fragmentadas, movidas pelo princípio da justaposição e do acréscimo. Escapa-se da lógica para recair no "atrás do que fica atrás do pensamento". (AV, p. 10)

"Mas sou caleidoscópica: fascinam-me as minhas mutações faiscantes que aqui caleidoscopicamente registro." (AV, pp. 27-28)

Num arranjo de tal natureza, disponível a experiências várias, a narrativa apresenta afinidades tanto com o testemunho quanto com o diário de vida, com simples anotações e com o registro de etapas do processo criativo, ligado à arte da pintura e da escrita, com observações sobre fotografia tanto quanto sobre a música.

Não cabe aí enquadramento no sistema dos gêneros narrativos. Se na capa a identificação do livro não é a de "romance", ou "novela", mas simplesmente "ficção", no miolo do livro comprova-se essa desvinculação ao cânone classificatório. Ao corpo de um narrador (ou narradora?) multifacetado, de caráter lisérgico, corresponde uma narrativa diversificada que escapa de sistemas: "Inútil querer me classificar: eu simplesmente escapulo não deixando, gênero não me pega mais". (AV, p. 10)

Daí os enxertos de outros textos, alguns anteriormente publicados em crônicas. Reaparece o homem bonito que vê na rua, e as flores, os bichos, entes estranhos, como gnomos, anões, duendes e gênios, cavalos e números cabalísticos, atos de sacrifício.

Se a meta é a mesma de G.H. — "quero a palavra última que também é tão primeira que já se confunde com a parte intangível do real" (AV, p. 10) —, reforça-se o caráter experimental da literatura, sangue na veia: "O que estou te escrevendo não é para se ler — é para se ser". (AV, p. 30)

Da água para o vinho. Assim diz o velho ditado popular para traduzir a passagem pelo diferente. Nesse caso, se *Água viva*, de 1973, livro construído mediante sequência de imagens em fluxo líquido, tem como alvo atingir um território do agora e do nada, mediante suspensão do tempo linear e da matéria palavra, *A via crucis do corpo*, de 1974, detém-se, com crueza e determinação, no tempo histórico dos fatos, tendo como personagens seres envolvidos dionisiacamente em experiências sexuais.

Os 13 contos da coletânea surgem por encomenda feita pelo editor Álvaro Pacheco a Clarice, que aceita, pois passava por dificuldades financeiras, ainda que num texto introdutório, uma espécie de prefácio, intitulado "Explicação", afirme não escrever por dinheiro, e sim por impulso. E tenta se justificar diante dos filhos, tendo em vista esse "assunto perigoso", o sexo.

Mas a narradora sabe o que faz, lançando, na condição de um pseudoleitor, uma opinião desfavorável sobre esses textos: "Aquilo não era literatura, era lixo". A autora rebate. E se defende, ao afirmar que existe "a hora do lixo" e que "este é um mundo-cão". (CO, p. 528) Nesse contexto, o corpo é o protagonista. E as pulsões que o movem definem o destino das personagens.

Destaco um desses contos, "Miss Algrave", nome da personagem que é também o título do primeiro conto, e que mostra bem a ponte traçada pela narradora entre uma rotina tida como "séria" e uma outra, "zona" marginalizada.

Ruth, a moça virgem, mora em Londres e é secretária eficiente, inclusive escreve cartas moralistas para o jornal *The Times*, indignada com o que vê. Não come carne porque é pecado. Carrega a culpa de, na infância, ter brincado de fazer filhos com o primo Jack. Sente vontade de vomitar quando vê as mulheres se venderem por dinheiro no Picadilly Circus. Fica indignada com a estátua de Eros. Descendente de irlandeses, usa um coque severo na nuca. Intocada por outros, toma banho uma vez só, aos sábados, para não ver o seu corpo nu.

Feitas as considerações gerais, a narradora se detém num dia especial na vida dessa personagem solitária: um sábado. A sequência de detalhes que compõem a descrição desse dia de sábado da personagem não parece aleatória. Tudo parece convergir para dar no que deu. Seria uma preparação para o ritual da noite?

Parece que sim, pois os detalhes significativos criam uma atmosfera favorável, um clima de erotismo no ar — desde o chá de jasmim que toma pela manhã, a anteceder o passeio pelo parque, quando vê casais se acariciando, até sua chegada em casa, às sete horas da noite, metendo-se na cama. "Foi então que aconteceu."

Recebe Ixtlan, um ser de Saturno. Embora não o visse, ela sente a sua presença. "O que importa é que você está me sentindo", afirma ele. (CO, p. 532)

Eis aí o nó da questão, quando o corpo, em "frisson eletrônico", nu, decreta a sua libertação: "Ela nunca tinha sentido o que sentiu. Era bom demais. Tinha medo que acabasse. Era como se um aleijado jogasse no ar o seu cajado." (CO, p. 533)

E vem a mudança e a reversão dos valores. "Com ele não fora pecado e sim uma delícia." (CO, p. 534) Nada de carta de protesto, de Igreja. Na hora do almoço, carne e vinho. Como era domingo, cantou no coral, mas bem alto, aleluia.

"Como era bom viver. Como era bom comer carne sangrenta. Como era bom tomar vinho italiano bem adstringente, meio amargando e restringindo a língua.

Era agora imprópria para menores de dezoito anos. E se deleitava, babava-se de gosto nisso." (CO, p. 535)

No mais, a escolha desse prazer como meio de vida: a prostituição.

A palavra dura e crua não vem desvestida de um humor cáustico. Essa é a segunda camada de um sentido que, se, de um lado, invoca o sexo comercializado, por outro, encontra nessa história a validação do prazer do sexo. Dessa forma, por insinuações severas, acaba dirigindo uma crítica à sociedade fundada em um puritanismo cerceador.

Mais um ato de louvor ao corpo, em grito revitalizante. "Ser mulher era uma coisa soberba. Só quem era mulher sabia." (CO, p. 535)

"E assim são as coisas", afirma Clarice na sua inicial "Explicação".

Ironia? Ou um voto de confiança nos poderes de sobrevivência e de luta da mulher por seus direitos ao desejo, à experimentação da matéria viva, ao inumano, ainda que por vias do segredo, da clandestinidade, do mistério, do silêncio?

• • •

"E assim são as coisas", repito, nesse final de percurso pelos modos de desmontagem do corpo — mediante cisão, devoração, estilhaçamento, erotização —, modos esses de narrar e de se livrar de condicionamentos repressores. Afinal, "descobrir que se é livre é uma violentação criativa". Segundo Clarice Lispector.

Os seres viventes – animais e vegetais – ocupam lugar especial na obra de Clarice Lispector. Mais do que frequentar as narrativas como ilustração, eles têm um estatuto existencial próprio, um modo de existir e pensar que, desconhecidos, provocam, modificam e, assim, reorientam a existência humana e os caminhos da escrita. *Água viva* fala do "erotismo próprio do que é vivo". O ato de escrever alimenta-se desse erotismo, de vidas singulares e enigmáticas que se fazem para além das fronteiras do humano. Galinhas, cachorros, baratas, árvores, flores são alguns exemplos dos seres que habitam os textos claricianos como uma alteridade avassaladora.

Adoração pelo que existe

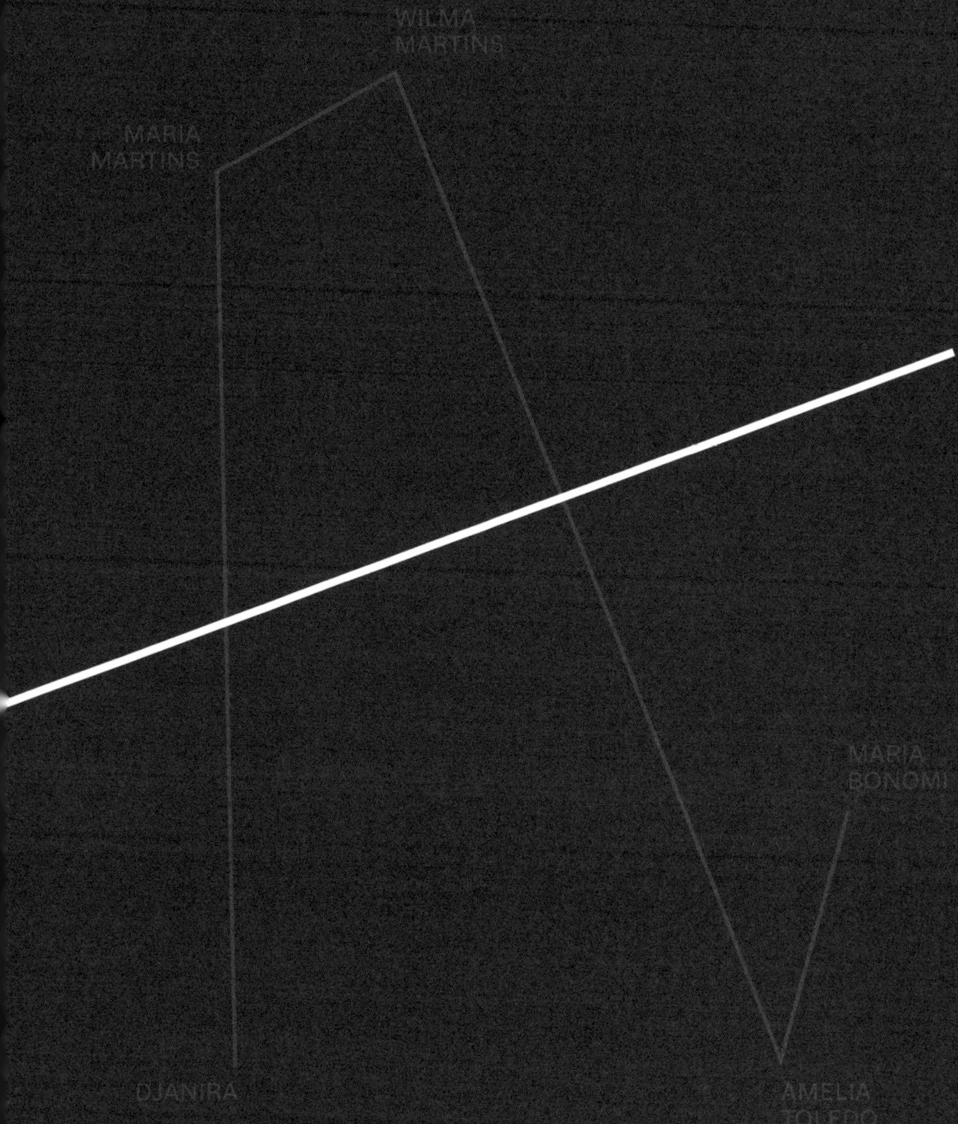

Não humanizo bicho porque é ofensa – há que respeitar-lhe a natureza – eu é que me animalizo. **ÁGUA VIVA.**

MARIA MARTINS

Chansons en suspens, 1945
Bronze,
47 × 38,5 × 34,5 cm
Coleção particular,
Rio de Janeiro

AMELIA TOLEDO

Pegada de onça brava, 1973/2004
Moldagem em resina poliéster com pigmentos, 3 × 17 × 17,5 cm
Galeria Nara Roesler, São Paulo

DJANIRA

Sem título, 1959
Óleo sobre tela,
59 × 80 cm
Coleção Marcelo Guarnieri
e Silvia Velludo, São Paulo

Eu me dou melhor com os bichos do que com gente. Quando vejo o meu cavalo livre e solto no prado – tenho vontade de encostar meu rosto no seu vigoroso e aveludado pescoço e contar-lhe a minha vida. E quando acaricio a cabeça de meu cão – sei que ele não exige que eu faça sentido ou me explique.

A HORA DA ESTRELA

AUTORIA DESCONHECIDA

Sem título, s.d.
Fotografia, 29 × 39 cm
Coleção Paulo Gurgel Valente, Rio de Janeiro

Ao se deparar com a fotografia de um cavalo numa das páginas do *Jornal do Brasil*, onde escreveu crônicas de 1967 a 1973, Clarice Lispector pediu aos editores uma reprodução da imagem. Esta fotografia acompanhou-a desde então.

WILMA MARTINS

Cotidiano, 1972
Nanquim e Ecoline sobre papel, 52 × 35 cm
Gilberto Chateaubriand/ Museu de Arte Moderna do Rio de Janeiro

Quem sou eu? perguntou-se em grande perigo.
E o cheiro do jasmineiro respondeu: eu sou o meu perfume.
UMA APRENDIZAGEM OU O LIVRO DOS PRAZERES

MARIA BONOMI

Árvore com frutos, 1962
Xilogravura,
55 × 60 cm
Coleção particular,
São Paulo

Flôres e troncos 3 6/10

WILMA MARTINS

Flores e troncos III, 1960
Xilogravura,
29,5 × 53 cm
Coleção da artista,
Rio de Janeiro

WILMA MARTINS

Aranha, 1960
Xilogravura,
48 × 20 cm
Coleção da artista,
Rio de Janeiro

Besouro, 1960
Xilogravura,
20 × 48 cm
Coleção da artista,
Rio de Janeiro

Flores e troncos IV, 1960
Xilogravura,
48 × 20 cm
Coleção da artista,
Rio de Janeiro

Flor, 1960
Xilogravura,
48 × 20 cm
Coleção da artista,
Rio de Janeiro

Flor, 1960
Xilogravura,
47,7 × 23 cm
Coleção da artista,
Rio de Janeiro

CLARICE, OS ANIMAIS E AS PLANTAS: A INTERTROCA E A ENCARNAÇÃO DO OUTRO

EVANDO NASCIMENTO

Não ter nascido bicho parece ser uma de minhas secretas nostalgias. Eles às vezes clamam do longe de muitas gerações e eu não posso responder senão ficando desassossegada. É o chamado.
CLARICE LISPECTOR, *A descoberta do mundo*

O instante é semente viva.
CLARICE LISPECTOR, *Água viva*

A RELAÇÃO ENTRE OS VIVENTES SEGUNDO C.L.

O título deste texto alinha três formas de existência na obra de Clarice Lispector: a humana, a animal e a vegetal. Poderia ser acrescentada uma quarta forma: as coisas. Aqui, todavia, me limitarei aos viventes. Ou melhor, interessa sobremodo a relação do humano com os outros viventes na obra da autora. Não se trata de descrever exaustivamente, como faria a crítica tradicional, o modo como as imagens de bichos e plantas comparecem na literatura clariciana. O importante é perceber como essa *ficção* só acontece exatamente por dar corpo ("encarnar", como veremos) às outras formas de vida em sua escrita. Mais do que símbolos, analogias, figuras, alegorias, símiles, imagens e fábulas, há um modo de *pensamento* singular que se articula na reinterpretação dos diversos viventes, os quais comparecem em todos os livros publicados sob essa assinatura. E é dessa maneira justamente que se perfaz o que chamo de *literatura ou escrita pensante* de Clarice Lispector,[1] ou seja, aquela que permite pensar o impensado e até mesmo o impensável nas culturas ocidentais, indo muito além do pensamento humano em sentido corriqueiro: "Estou atrás do que fica atrás do pensamento". (AV, p. 10)

1 A primeira vez que utilizei as expressões "literatura pensante" e "escrita pensante" foi na tese de doutorado, defendida em 1995, na Universidade Federal do Rio de Janeiro, e publicada em livro em 1999 (cf. NASCIMENTO, Evando. *Derrida e a literatura: "notas" de literatura e filosofia nos textos da desconstrução.* 3. ed. São Paulo: É Realizações, 2015). Desenvolvi amplamente essas duas categorias em: NASCIMENTO, Evando. *Clarice Lispector: uma literatura pensante.* Rio de Janeiro: Civilização Brasileira, 2012. Nesses estudos, há uma série de referências teóricas e críticas, porém não há espaço para explicitá-las aqui, ficando, portanto, subentendidas.

Este é o movimento mais geral da invenção clariciana: o encontro entre as alteridades humanas e não humanas, que ocorre como verdadeira forma de *acontecimento*. Alguns críticos nomearam esse acontecimento como "epifania". Embora a questão do divino sem dúvida faça parte do funcionamento da escrita, prefiro renomear isso como "a descoberta dos outros viventes", que nada mais é do que *a descoberta do mundo*, como está no título da coletânea de crônicas organizada pelo filho da escritora, Paulo Gurgel Valente. Descoberta não como se entendeu a descoberta do chamado Novo Mundo, que deu origem à violência colonial. Ao contrário, o pensamento que se elabora por meio de Clarice é fortemente descolonizador, visando a desnaturalizar as relações entre masculino e feminino, por exemplo; bem como entre humanos, de um lado, plantas, animais e coisas, do outro.

Se os grandes intérpretes da obra perceberam e descreveram, cada um em sua perspectiva, a importância do animal, praticamente ninguém se deu conta da igual relevância dos vegetais na ficção clariciana. É claro que contos como "Amor" e "A imitação da Rosa", ambos de *Laços de família*, foram objetos de análise, não se ignorando a força vegetal dessas histórias. No entanto, nenhum discurso, pelo que saiba, apontou integralmente a potência das plantas nessa literatura. Um dos objetivos aqui é justamente colocar no mesmo patamar, por assim dizer, existencial todos os viventes humanos, vegetais e animais, não para reduzi-los a uma homogeneidade anódina, mas para vê-los em sua rutilante diferença não opositiva. Não cabe, tampouco, num espaço reduzido, analisar e descrever todas as formas de vida que comparecem nas sucessivas publicações da autora, mas sim escolher alguns desses momentos para interpretar como se dá a relação entre as espécies viventes. O método é sem dúvida metonímico: a parte valerá pelo todo, sem esgotá-lo, todavia, pois o Todo fechado da Obra inexiste. Os exemplos colhidos visam a expor como se conectam as potências vitais que sustentam o tecido textual.

DOS ANIMAIS

Não recorrerei ao termo "bestiário" para falar dos bichos de Clarice Lispector. Bestiário é um gênero que remonta às origens das culturas ocidentais, mas também às origens de diversas outras culturas. E "gênero não me pega mais". (AV, p. 10) Prefiro recorrer à palavra "fauna", a qual reúne em si inúmeras espécies que povoam essas páginas: cães, galinhas, cavalos e baratas, entre as mais conhecidas. Mas há também galos, macacos, micos, ratos, esperanças, coelhos, búfalos, panteras, tigres, quatis e outros mais. Escolhi abordar mais de perto duas histórias, uma com rato, outra com macacos, as quais se conectam necessariamente com toda a ficção clariciana.

Em "Perdoando Deus", uma espécie de crônica de *Felicidade clandestina*, publicada originalmente no *Jornal do Brasil*, em 19 de setembro de 1970 (reunida também em CO, pp. 403-407), a narradora e protagonista conta sobre um dia em que passeava por Copacabana, sentindo-se totalmente livre. Esse raro estado de liberdade provinha da contemplação dos prédios, de nesgas do mar, das pessoas em torno. O êxtase do momento é substituído brutalmente por um rato morto em que ela inadvertidamente pisa. A narrativa se sustenta no conflito entre duas forças: o estado de graça em que se encontrava e o estado de pavor ao qual o roedor a lança, fazendo-a confessar seu "medo desmesurado de ratos". (CO, p. 404) Então, deflagra-se a rejeição do próprio Deus, indiciado como culpado por aquele encontro brutal. Como se a divindade quisesse confrontá-la com o pior, depois de tê-la feito experimentar o sublime. Esse contato com o abjeto se assemelha ao ato de comer a barata em *A paixão segundo G.H.*, detendo a força trágica que faz acontecer o inexorável. "E a revolta de súbito me tomou: então não podia eu me entregar desprevenida ao amor?" (CO, p. 404) Todavia, tal como acontece em "O ovo e a galinha", também de *Felicidade clandestina*, e na história intitulada justamente "Amor", de *Laços de família*, a relação com a alteridade que o rato representa se dá por uma reavaliação intensa do significado de "amor". Essa palavra perde sua conotação romântica para se referir à força que aproxima contrários, sem, no entanto, ocasionar uma identificação plena, mas sim um contato parcial, suficiente para engendrar uma mudança profunda nas percepções e sensações do indivíduo. Amor que, sem dúvida, representa "o erotismo próprio do que é vivo" e "está espalhado no ar, no mar, nas plantas, em nós". (AV, p. 33)

No caso de "Perdoando Deus", a narradora é obrigada a descobrir que "o mundo também é rato". (CO, p. 405) E, sobretudo, ela repensa o significado do amor: "Porque eu fazia do amor um cálculo matemático errado: pensava que, somando as compreensões, eu amava. Não sabia que, somando as incompreensões, é que se ama verdadeiramente. Porque eu, só por ter tido carinho, pensei que amar é fácil." (CO, p. 405)

Se amar fosse simplesmente somar compreensões, à personagem bastaria conhecer e reconhecer os viventes e as coisas do mundo para amá-las. O problema é que as coisas e os viventes resistem à fácil compreensão, nunca se deixam compreender de todo, mesmo quando geram tal ilusão. As pessoas, as plantas, os animais e os objetos são sempre diferentes do que sentimos, percebemos ou imaginamos. É essa *alteridade radical* que dá força e forma ao amor, e não a compreensão, a qual tende a domesticar tudo. Somente posso amar o outro ou a outra se puder aceitar sua fundamental diferença. Como diz "O ovo e a galinha", "amor é a desilusão do que se pensava que era amor". (CO, p. 309)

Nesse sentido, "Deus" é o nome máximo da alteridade. Em vez de se confundir de forma simplista com o Deus ou os deuses da tradição religiosa e mística (embora isso não seja de todo descartado), a divindade clariciana é signo do Outro incompreensível e, portanto, irredutível ao Mesmo, ao conhecido ou familiar. Qualquer projeção de Deus como feito à imagem do homem falha porque Deus não é nem superior ao humano (ou seja, a suprema bondade, tal como prega o cristianismo) nem a sua identidade negativa (o Deus tirânico do Antigo Testamento): "Enquanto eu imaginar que 'Deus' é bom só porque eu sou ruim, não estarei amando a nada: será apenas o meu modo de me acusar". (CO, p. 406)

Se amar não é um ato narcísico, em que o eu se vê espelhado no outro, o que torna então possível, segundo C.L., o ato de amar? Como posso amar o outro ou a outra em sua mais radical diferença? A resposta se encontra num singelo termo de *A hora da estrela*: o verbo "intertrocar": "Vejo a nordestina se olhando ao espelho e — um ruflar de tambor — no espelho aparece meu rosto cansado e barbudo. *Tanto nós nos intertrocamos*." (HE, p. 19, grifos meus) A intertroca entre o narrador-escritor Rodrigo S.M. e sua personagem Macabéa não é um simples intercâmbio, ou seja, não é dar algo de si à outra e receber algo de volta. Essa seria a troca normal das relações humanas, popularmente chamada de toma lá dá cá. A intertroca é um mecanismo ficcional: é ser ou estar *como* outro ou outra momentaneamente. Quando no espelho aparece o rosto de Rodrigo em vez do de Macabéa (e também podemos imaginar o contrário), isso não quer dizer que ela se metamorfoseou integralmente nele.

A metamorfose, se há, é apenas parcial e efêmera. O *devir* ou *tornar-se outro* (para recorrer até certo ponto a uma categoria de Gilles

Deleuze) não é nem mera identificação, nem transformação absoluta, mas provisória. Seria mais um colocar-se no lugar do outro, assumindo por instantes a *persona* alheia, sem jamais se converter de fato. É uma experiência da alteridade que somente os momentos mais fortes de uma ficção conseguem encenar. Como bem ilustra a seguinte micronarrativa incrustada em *Água viva*: "Uma vez olhei bem nos olhos de uma pantera e ela me olhou bem nos meus olhos. *Transmutamo-nos*." (p. 66, grifo meu) Radicalizo essa hipótese: o *como se* que estrutura o ficcional em Clarice Lispector, por meio do recurso à sensibilidade e à imaginação, à imaginação sensível, funciona para tornar possível uma experiência quase impossível: o sentir-se outro, ou melhor, o sentir-se *como* o outro ou a outra se sentiriam em tais ou quais circunstâncias. É essa passagem transitória pelo ser e estar do outro que a literatura clariciana em diversos momentos encena, dando vez a uma vivência rara, que também é uma forma de liberdade: o outro ou a outra não me aprisionam em seu "ser", mas, ao contrário, me deixam livre para retornar a meu estado, porém alterado. Não se sai isento dessas experiências, por isso "amor é a grande desilusão de tudo o mais". ("O ovo e a galinha", CO, p. 309)

Há em *Felicidade clandestina* mais uma história genial que dramatiza bem essa passagem instantânea pela alteridade como forma de amar, "Encarnação involuntária", publicada originalmente em 4 de julho de 1970, no *Jornal do Brasil*. (reunida em CO, pp. 428-430) Logo na abertura, explica-se como funciona o mecanismo de "encarnação": "Às vezes, quando vejo uma pessoa que nunca vi, e tenho algum tempo para observá-la, eu me encarno nela e assim dou um grande passo para conhecê-la. E essa intrusão numa pessoa, qualquer que seja ela, nunca termina pela sua própria autoacusação: ao nela me encarnar, compreendo-lhe os motivos e perdoo. Preciso é prestar atenção para não me encarnar numa vida perigosa e atraente, e que por isso mesmo eu não queira o retorno a mim mesma." (CO, p. 428) Passa, então, a descrever a encarnação que sofreu ao ver uma missionária no avião. No princípio, a narradora oferece resistência, depois inevitavelmente se entrega ao processo com uma espécie de prazer involuntário, porém revestido de ironia. A questão subjacente no episódio seria: como encarnar a pureza da religiosa, quando se é tão impura?

Encarnação, nesse contexto, é praticamente sinônimo de *intertroca*, ambos os procedimentos são *atos de fingir* que sustentam a ficção clariciana. Como ficará bem claro ao final de "Encarnação involuntária", os corpos são habitados por fantasmas. O problema é que essas "casas vazias" corporais não têm uma identidade própria. Cada fantasma lhe dá uma *persona* diferente. Claro, ao longo da vida humana, imaginamos que somos um único fantasma para cada casa-corpo. Isso para alguns pode até ser verdade, mas não é o caso da narradora que encarna à maravilha o papel de "ficcionista" — em sentido literal, ficcionista é aquela ou aquele que "finge" ser o que não é, colocando-se momentaneamente no lugar do outro ou da outra. É um fingidor nato, como Fernando Pessoa bem definiu o poeta, mas isso serve para qualquer escritor imaginativo. Importa entender que, na origem, não há identidade. Daí o risco de não retornar "a si mesma", por parte dessa protagonista narradora que vive transgredindo limites entre si mesma e os outros ou as outras: "Já sei que só daí a dias conseguirei recomeçar enfim integralmente *a minha própria vida. Que, quem sabe, talvez nunca tenha sido própria, senão no momento de nascer, e o resto tenha sido encarnações*." (CO, p. 429, grifos meus) Na maior parte da existência, encarnamos e desencarnamos papéis, que constituem *personas* existenciais.

O que há de jocoso nessa curtíssima história é o fato de ela começar falando da encarnação numa santa (a missionária) e, no final, acabar se lembrando do dia em que quis encarnar uma prostituta, sem êxito. O amor da intertroca e da encarnação confunde contrários, sem gerar identidade definitiva. Chamo a atenção para o fato de que as metáforas implicadas em intertrocar e em encanar não são a mesma, porém os modos como Clarice agencia os dois verbos em sua textualidade são inteiramente convergentes.

Uma das histórias mais tocantes envolvendo animais é "Macacos". (CO, pp. 300-302) Trata-se de mais um conto-crônica (essa indefinição de gênero é constante em Clarice) em que o dia a dia da autora se mistura com seus viventes ficcionais — sem que fique claro o limite entre vida e literatura. Diria que a obra clariciana ficcionaliza a vida tanto quanto vivifica a ficção, por força de intertroca e encarnação amorosa. A curta história fala de dois macacos. Na verdade, um macaquinho, que parecia grande e se assemelhava a um homem ou a um "gorila", por isso não ficou muito tempo na casa, e uma macaquinha de nome Lisette, a verdadeira protagonista.

Era no tempo em que animais silvestres podiam ser vendidos livremente nas ruas do país. As crianças ficam felizes com aquela bonequinha viva, que a mãe trouxe para casa, vestida de baiana — numa paródia sutil de Carmen Miranda. Depois de alguns dias, a mãe percebe, contudo, que a macaquinha está muito quieta e se dá conta de que ela está doente. Ao levá-la ao veterinário, este profere a sentença: "Não se compra macaco na rua". (CO, p. 302) Ele acaba ficando com o animal, a fim de tratá-lo e em seguida devolvê-lo à dona.

Tempos depois, chega a notícia de que Lisette morrera. Passada uma semana, o filho mais velho diz à mãe: "Você parece tanto com Lisette". Ao que ela responde: "Eu também gosto de você". (CO, p. 302) Há nessa cena uma série de transferências e transmutações amorosas. Ao fazer a macaquinha reencarnar na própria mãe, o garoto está declarando seu amor por ambas — mulher e animal se aproximam e se intertrocam por força do amor filial. A mãe compreende perfeitamente o gesto do menino e lhe devolve a declaração na mesma "moeda": o amor materno. Esse delicado texto expõe, com várias nuanças, as relações afetivas complexas entre humanos e animais.

A *encarnação* ou a *intertroca* é a forma mais acabada do *pensamento* em Clarice. Por não ser nem puramente abstrato, embora dotado de inúmeras reflexões, nem puramente concreto, embora "encarnado" das mais diversas maneiras, esse pensamento implica uma relação intensa com as alteridades humanas (mãe, missionária e prostituta, por exemplo), animais (rato, barata, macaco etc.) e, igualmente, vegetais (rosas, lírios, pitangas etc.). Pensar, nesse caso, não se confunde com raciocinar, definindo-se como ser capaz de sentir e amar o outro ou a outra enquanto *outros*, diferentes.

A VIDA VEGETAL

Não por acaso, a crítica literária ignorou, em grande medida, o papel fundamental dos vegetais na literatura clariciana. Esse fato não é aleatório, mas estrutural. Na história das culturas ocidentais, à diferença das culturas ameríndias e africanas, as plantas seriam viventes inferiores em relação aos animais, sobretudo em relação ao animal humano. Sintomaticamente, o verbo "vegetar", que, em sua origem latina, significava "animar, vivificar; dar movimento a; aumentar, fortalecer, fazer crescer", passou a ter o sentido negativo de "viver sem consciência, passivamente". Essa significação depreciativa comparece em português, francês, inglês, espanhol e provavelmente noutras línguas, sendo sintomático da ignorância e do desprezo sistemáticos em relação ao universo vegetal. Apenas recentemente um grupo de cientistas e filósofos passou a valorizar a vida das plantas em sua autonomia específica. Autores como Stefano Mancuso, Michael Marder, Francis Hallé, Emanuele Coccia e Anthony Trewavas, entre diversos outros, têm desenvolvido pesquisas no sentido de expor a sensibilidade e a inteligência vegetal. O mesmo ocorre na literatura e nas artes, sobretudo a partir do século XX: ficcionistas, poetas e artistas têm dado destaque a esse universo silencioso que nos cerca, mas que ignoramos completamente. Todo um mundo, portanto, a ser redescoberto via Clarice Lispector, por exemplo. Mais uma pequena crônica-conto de *Água viva* dará uma ideia dessa riqueza temática.

O título do texto é "Cem anos de perdão", publicado originalmente em 25 de julho de 1970, no *Jornal do Brasil* (reunido em CO, pp. 408-410). A narrativa reproduz as lembranças de uma mulher que, quando pequena, criou o hábito de roubar rosas. De maneira similar ao que ocorre noutras histórias infantis de Clarice, como "Os desastres de Sofia", "A legião estrangeira" e "Felicidade clandestina", a vivência da criança é marcada pela sexualidade. De modo que os limites entre vida adulta e vida infantil se veem problematizados. É como se a adulta, revendo sua própria história anos depois, percebesse os germens da mulher que ela se tornaria. E o que move a infante tanto quanto a outra, a mais velha, não é nada menos do que a *paixão*. Esta, como se sabe, é um grau a mais de afeto. A paixão é sustentada por forças que a psicanálise nomeia como *pulsões*.

A primeira vez que a personagem cometeu um roubo foi ao se deparar com uma linda rosa atrás dos portões de uma mansão no Recife, o que evidencia o aspecto autobiográfico da narrativa: "Bem, mas isolada no seu canteiro estava *uma rosa apenas entreaberta cor-de-rosa-vivo*. Fiquei feito boba, olhando com admiração aquela rosa altaneira *que nem mulher feita ainda não era*. E então aconteceu: do fundo de meu coração, eu queria aquela rosa para mim. Eu queria, ah como eu queria. E não havia jeito de obtê-la." (CO, p. 408, grifos meus)

A descrição do furto é minuciosa: "O plano se formou em mim instantaneamente, *cheio de paixão*". (CO, p. 409, grifos meus) Com a cumplicidade de uma amiguinha, que ficou de vigia, ela entreabriu o portão e penetrou no jardim proibido com o coração batendo de pura excitação. Viu-se, então, diante do objeto de seu fascínio, qualificado como "perigoso", e quebrou-lhe o talo, arranhando-se nos espinhos e chupando o sangue dos dedos. Depois levou a rosa para casa e a pôs num copo d'água. A descrição da flor é plena de sensualidade, tecendo analogias evidentes com o sexo feminino: "*Pétalas grossas e aveludadas, com vários entretons de rosa-chá. No centro dela a cor se concentrava mais e seu coração quase parecia vermelho*." (CO, p. 409, grifos meus) Em seguida, ela conta que se tornou uma verdadeira ladra de rosas, mas que também costumava roubar pitangas: "Eu esmagava uma pitanga madura demais com *os dedos que ficavam como ensanguentados*". (CO, p. 410, grifos meus)

A relação entre rosa/pitanga/sexo feminino (com uma forte homologia entre a forma-cor da flor e a cor da fruta, a vulva e a vagina, a perda do hímen e a menstruação) é magistralmente resumida na última linha da história: "As pitangas, por exemplo, *são elas mesmas que pedem para ser colhidas, em vez de amadurecer e morrer no galho, virgens*". (CO, p. 410, grifos meus) A equação analógica se expressa tanto no papel da mulher que a menina se tornou quanto no do homem que pôde tê-la sexualmente pela primeira vez, tal como se colhem flores e frutos. A narradora-autora mescla em si mesma todos os papéis, rompendo com o binarismo opositivo entre masculino e feminino, bem como entre menina e adulta, e mostrando como a sexualidade brota já na infância, para mais tarde amadurecer e frutificar, tal como acontece com os vegetais.

Expõe-se, desse modo, a arte de "roubar" flores e frutos ficcionalmente, que Clarice desenvolveu à perfeição; tal como no final de uma outra história, em que o desejo sustenta o gesto de apanhar a maçã: "Porque eu, meu filho, eu só tenho fome. E esse modo instável de pegar no escuro uma maçã — sem que ela caia." (ME, p. 387) O fruto máximo do desejo, em nossas culturas judaico-cristãs, o sexo, gera culpa, pois é considerado pecado. Todavia, parodiando o dito popular, a narradora-menina-mulher se autoatribui 100 anos de perdão por não resistir à tentação de roubar rosas e pitangas, afirmando seu apaixonado desejo.

É em *Água viva* que os planos humanos, animais e vegetais se misturam inapelavelmente. Essa obra configura um *não livro*, um livro que se assemelha mais a plantas, bichos e coisas sensitivas do que ao objeto-livro tradicional. É de fato uma "água-viva", como já indica o título: "Este não é um livro porque não é assim que se escreve". (AV, p. 9)

É no contexto desse volume, atravessado por devires e mutações parciais, que brotam flores e animais de papel. Uma fauna e uma flora exuberantemente verbais, dentro de uma selva selvagemente luxuriante, pois "todos os seres vivos, que não o homem, são um escândalo de maravilhamento: fomos modelados e sobrou muita matéria-prima — *it* — e formaram-se então os bichos"; (AV, p. 45) e formaram-se também as plantas, acrescento. A diferença floral é expressa desde logo como diferença sexual, mas sem oposição simples, antes como lugares móveis do discurso, muito além das dicotomias tradicionais:

> Agora vou falar da dolência das flores para sentir mais a ordem do que existe. Antes te dou com prazer o néctar, suco doce que muitas flores contêm e que os insetos buscam com avidez. Pistilo é órgão feminino da flor que geralmente ocupa o centro e contém o rudimento da semente. Pólen é pó fecundante produzido nos estames e contido nas anteras. Estame é o órgão masculino da flor. É composto por estilete e pela antera na parte inferior contornando o pistilo. Fecundação é a união de dois elementos de geração — masculino e feminino — da qual resulta o fruto fértil. (AV, p. 46)[2]

Nesse éden, reinventado pelo "sexo vegetal", que é o texto ramificado de *Água viva*, *pintam-se* rosas, cravos, girassóis, violetas, sempre-vivas, margaridas, orquídeas, tulipas, flores do trigo, angélicas, jasmins, estrelícias, damas-da-noite, edelvais, gerânios, vitórias-régias, crisântemos e, por fim, tajá, "uma planta que fala", (AV, p. 49) da Amazônia. Utilizei propositalmente o verbo "pintar" em vez de "descrever", pois a narradora-autora se declara pintora, e o aspecto visual das imagens é fortemente explorado no texto. O leitor, "você", é convidado explicitamente a "mudar-se para reino novo", (AV, p. 47) onde tudo vem ao modo de quadros: "Quero pintar uma rosa". (AV, p. 47) Será preciso um dia comparar estas duas pintoras: C.L., pintora de palavras mas também de tintas e telas nas horas vagas, e a anônima de *Água viva*, que exclama (feito gente), ruge (feito bicho) e farfalha (feito planta), intertrocando as esferas do humano e do não humano.

2 Todo o trecho em que a personagem-narradora-escritora--pintora de *Água viva* explora de forma hipersensível o universo vegetal é um remanejamento estético do texto "De natura florum", publicado em 3 de abril de 1971, *no Jornal do Brasil* (reunido em CR, p. 384).

A rosa e o cravo, as primeiras flores a serem nomeadas e pintadas, configuram as marcas do feminino e do masculino: "Rosa é a flor feminina que se dá toda e tanto que para ela só resta a alegria de se ter dado"; "já o cravo tem uma agressividade que vem de certa irritação". (AV, p. 47) Enquanto o girassol suscita a dúvida: "Será o girassol flor feminina ou masculina? Acho que masculina." (AV, p. 47)

Ressalta a leveza da violeta: "Não grita nunca o seu perfume. Violeta diz levezas que não se podem dizer." (AV, p. 47) Seguem-se outras indefinições, que brincam com o nome próprio e comum das flores: "A sempre-viva é sempre morta". (AV, p. 48) Já "a formosa orquídea é exquise e antipática. Não é espontânea. Requer redoma", significando o artifício da natureza: "Adoro orquídeas. Já nascem artificiais, já nascem arte." (AV, p. 48) "Uma única tulipa simplesmente não é. Precisa de campo aberto para ser." (AV, p. 48) "Flor dos trigais só dá no meio do trigo." (AV, p. 48) "Mas angélica é perigosa. Tem perfume de capela. Traz êxtase. Lembra a hóstia." (AV, p. 48) "O jasmim é dos namorados. Dá vontade de pôr reticências agora." (AV, p. 48) "Estrelícia é masculina por excelência. Tem uma agressividade de amor e de sadio orgulho." (AV, p. 48) "Dama-da-noite tem perfume de lua cheia. É fantasmagórica e um pouco assustadora e é para quem ama o perigo." (AV, p. 48) "Estou com preguiça de falar de edelvais. É que se encontra à altura de três mil e quatrocentos metros de altitude. É branca e lanosa. Raramente alcançável: é a aspiração." (AV, p. 49) "Gerânio é flor de canteiro de janela"; cosmopolita, "encontra-se em S. Paulo, no bairro de Grajaú e na Suíça." (AV, p. 49) "Vitória-régia está no Jardim Botânico do Rio de Janeiro. Enorme e até quase dois metros de diâmetro. Aquáticas, é de se morrer delas. Elas são o amazônico: o dinossauro das flores. Espalham grande tranquilidade. A um tempo majestosas e simples." (AV, p. 49) "O crisântemo é de alegria profunda. Fala através da cor e do despenteado. É flor que descabeladamente controla a própria selvageria." (AV, p. 49) Por fim, a personagem narra a história de um homem chamado João, que lhe contou ter uma planta falante, originária da Amazônia, a referida tajá; certa noite, chegando em casa, a planta o chamou pelo nome. Eis uma forma inaudita de chamado... vegetal.

Essas foram algumas pinceladas da *natureza floral*, que se pinta como paisagem a um só tempo natural e artificial. Trata-se uma *anthologia* clariciana, remetendo-nos à etimologia do nome: "*ánthos*" é "rebento, broto; flor", em grego; assim, uma antologia poética como essa de *Água viva*, que acabei de sintetizar, é um buquê de poemas em prosa.

A escrita desse não livro, a um só tempo delirante e lúcida — bem próxima do selvagem coração da vida —, se transforma numa floresta de signos, fazendo convergir num mesmo espaço letras, folhas, raízes e seivas. É o que nomeio como "a estética das sensitivas". Sensitiva ou dormideira é o nome do que cientificamente se nomeia como *Mimosa pudica*. A dormideira é referida explicitamente no conto "A legião estrangeira". (CO, pp. 349-365) E como define primorosamente a escrita selvática de *Água viva*: "Entro lentamente na escrita como já entrei na pintura. É um mundo emaranhado de cipós, sílabas, madressilvas, cores e palavras." (AV, p. 12) Um mundo hipersensorial, no qual pululam inúmeras formas de vida, sobretudo a das "plantas, plantas". (AV, p. 14) Num lampejo se esclarece a dificuldade de entender esse mundo novo, que se subtrai à própria linguagem verbal: "Estou entrando sorrateiramente em contato com uma realidade nova para mim que ainda não tem pensamentos correspondentes e muito menos ainda alguma palavra que a signifique: *é uma sensação atrás do pensamento*". (AV, p. 39, grifos meus)

É nesse emaranhado que corpo feminino e vegetação formam um híbrido, "e para me enfeitar nascem entre os meus cabelos folhas e ramagens". (AV, p. 19) Igualmente desse "âmago" advém "a estranha impressão de que não pertenço ao gênero humano", (AV, p. 23) fazendo-se diversas vezes o registro da encarnação ou da intertroca com o reino vegetal: "Sou uma árvore que arde com duro prazer"; (AV, p. 32) e "meu impulso se liga ao das raízes das árvores". (AV, p. 35) Finalmente, para não esquecer, como já testemunhava *A cidade sitiada*, é também no escuro e em segredo que as plantas vicejam: "Na fria escuridão entrelaçavam-se gerânios, alcachofras, girassóis, melancias, zínias duras, ananases, rosas". (CS, p. 87)

A LEITURA PENSANTE

Todas essas histórias animais e vegetais a que me referi carregam consigo a paixão da escrita segundo C.L. Uma paixão que se transfere para as leitoras e os leitores no momento em que abrem esses formidáveis volumes, dando-lhes nova vida. A literatura pensante de Clarice nos faz redimensionar a relação entre nós, humanos, e esses outros tão estranhos quanto muito familiares: os bichos e as plantas. Tal literatura só adquire sua real dimensão ao encontrar intérpretes igualmente pensantes.

LYGIA
CLARK

Quero o plasma

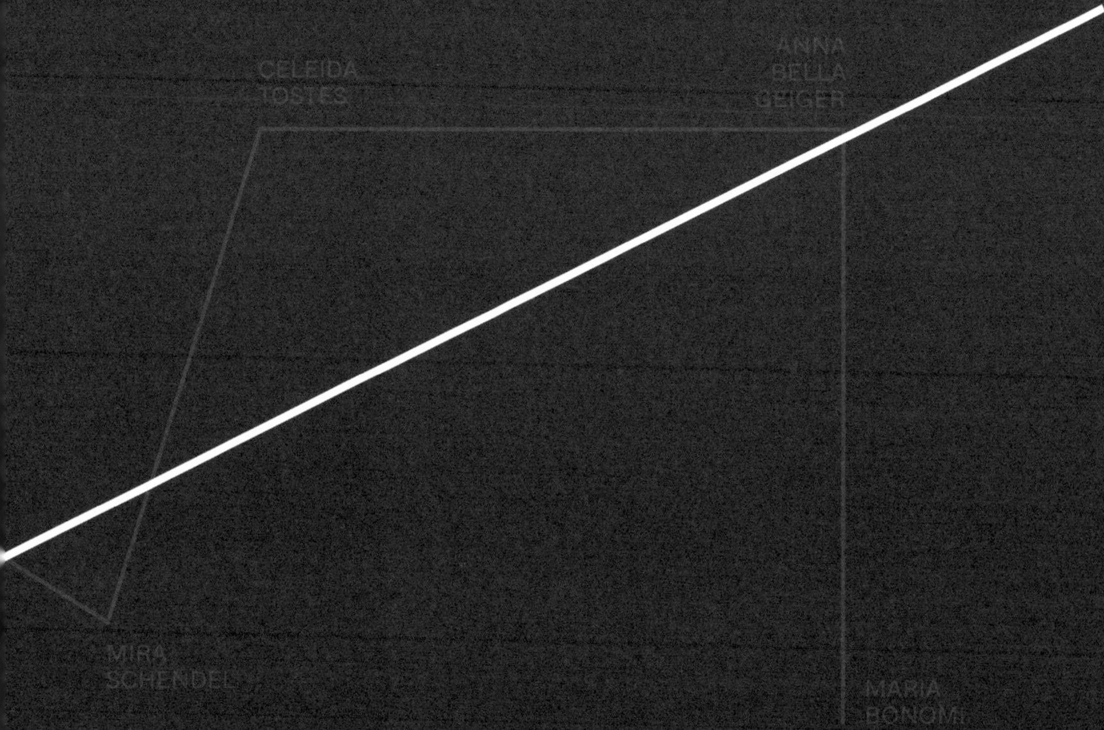

O plasma é a porção líquida do sangue, mas também um mineral (uma espécie de quartzo) e um dos estados da matéria. Assim, o termo nos dá a chave para pensar a oscilação constante entre o orgânico e o inorgânico na obra de Clarice Lispector. Diante da barata que encontra no quarto da empregada, diz G.H.: "Eu ia me defrontar em mim com um grau de vida tão primeiro que estava próximo do inanimado". Não por acaso, em "A quinta história", conto publicado em *A legião estrangeira*, livro do mesmo ano de *A paixão segundo G.H.*, a barata (matéria orgânica) se torna estátua (matéria inorgânica) no receituário da dona de casa para exterminar esses insetos: "Que misturasse em partes iguais açúcar, farinha e gesso". Assim "a farinha e o açúcar as atrairiam, o gesso esturricaria o de-dentro delas".

Tudo o que existe respira e exala um finíssimo resplendor de energia. **ÁGUA VIVA**

MARIA BONOMI

Pedra Robat, 1975
Xilogravura,
110 × 100 cm
Coleção particular,
São Paulo

O protoplasma e o sêmen e a proteína são de um neutro vivo.
A PAIXÃO SEGUNDO G.H.

MIRA SCHENDEL

Sem título – da série
Droguinhas, 1986
Papel de arroz,
38 × 15,2 × 10,2 cm
Coleção Jones Bergamin

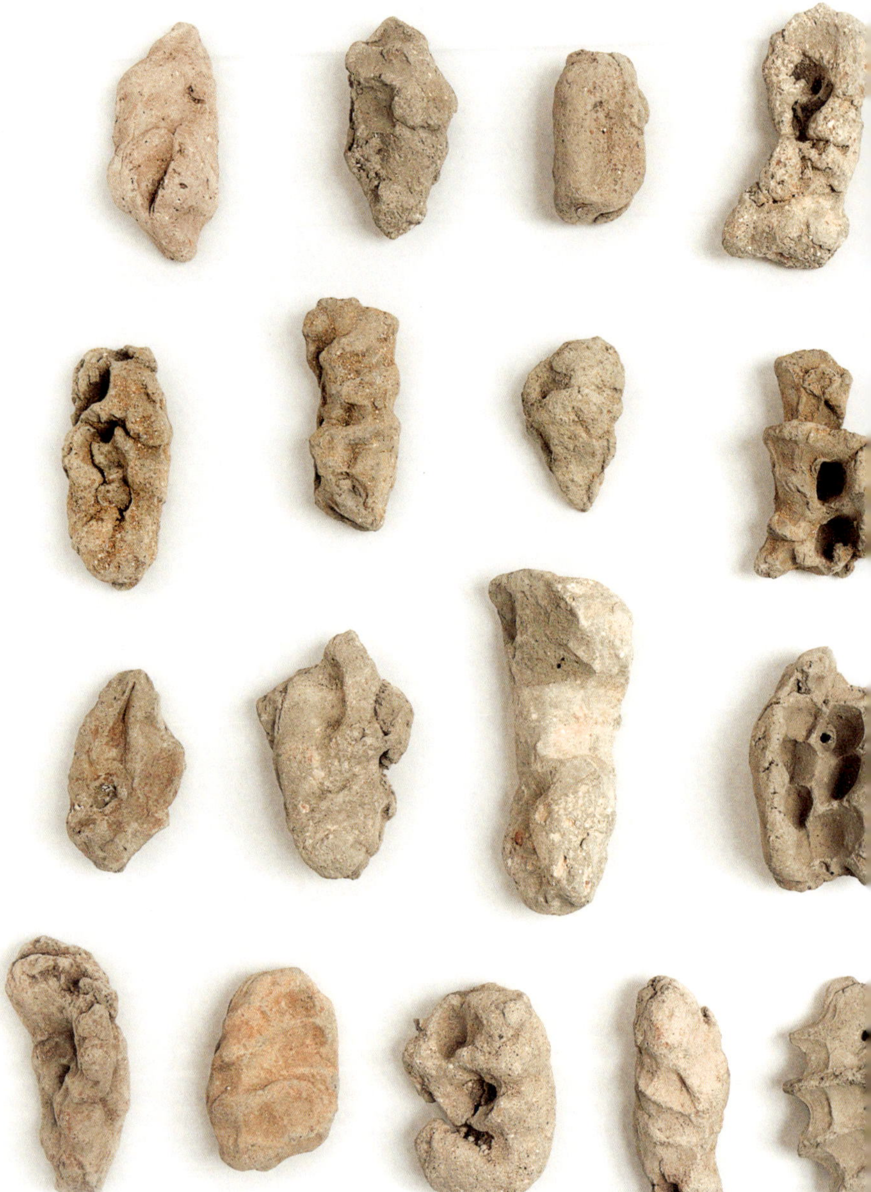

CELEIDA TOSTES

Amassadinhos, s.d.
Barro, medidas variáveis
Acervo Luiz Áquila,
Petrópolis (RJ)

Estudei matemática que é a loucura do raciocínio – mas agora quero o plasma – quero me alimentar diretamente da placenta.
ÁGUA VIVA

ANNA BELLA GEIGER

Sem título, 1965
Aguada de café,
bico de pena e nanquim
sobre papel, 35 × 45 cm
Acervo Anna Bella Geiger,
Rio de Janeiro

ANNA BELLA GEIGER

Corpo humano — Estômago, 1965
Gravura em metal,
38 × 52 cm
Acervo Anna Bella Geiger,
Rio de Janeiro

Como se antes eu estivesse estado com o paladar viciado por sal e açúcar, e com a alma viciada por alegrias e dores – e nunca tivesse sentido o gosto primeiro. E agora sentia o gosto do nada.
A PAIXÃO SEGUNDO G.H.

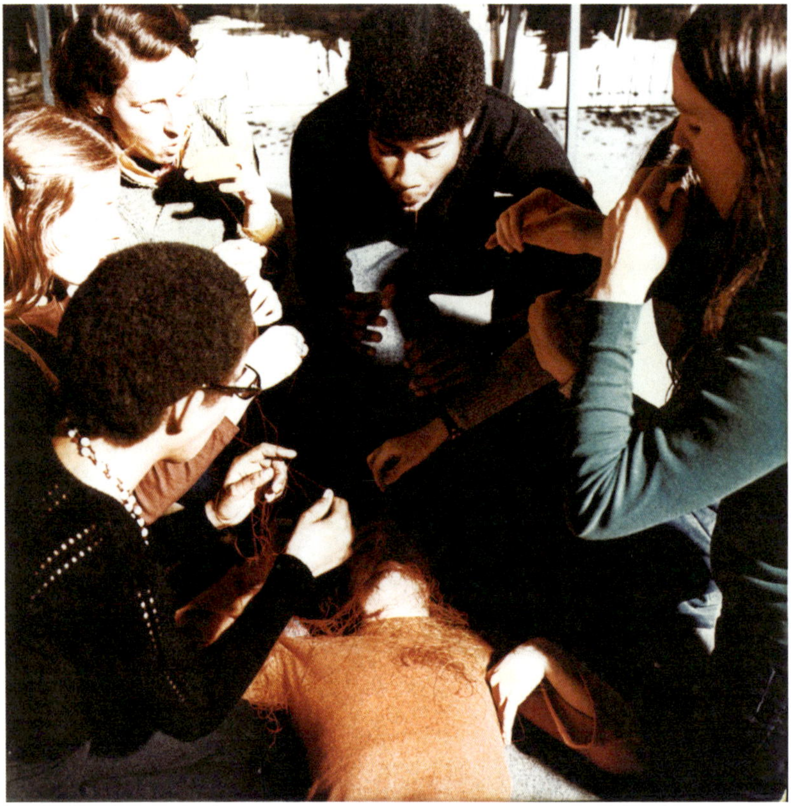

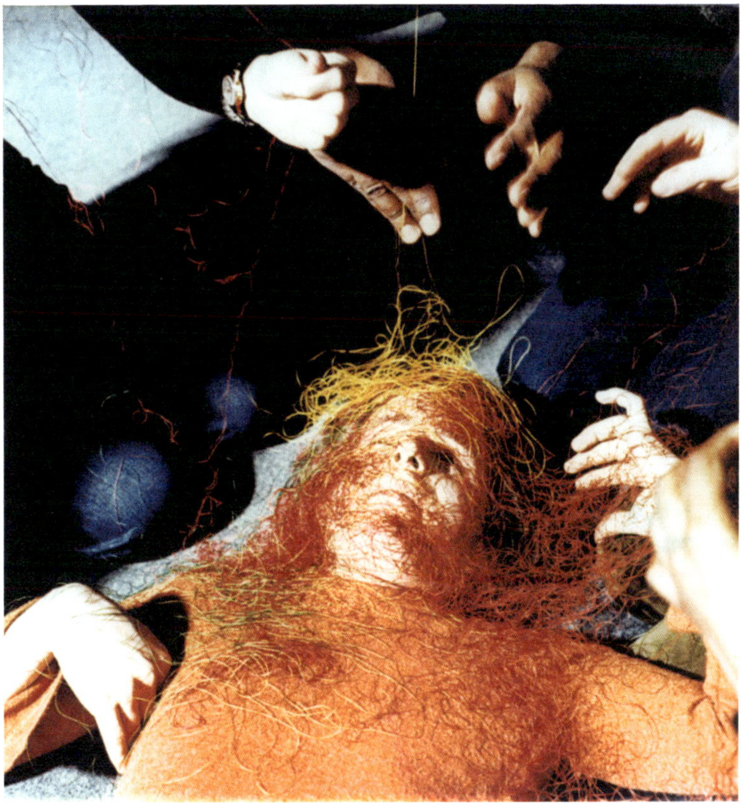

LYGIA CLARK

Baba antropofágica, 1973
Registro fotográfico
de performance
Acervo Associação
Cultural Lygia Clark

ORGÂNICO/INORGÂNICO

ALEXANDRE NODARI

1

Na obra de Clarice Lispector, dois contos formam uma espécie de par, tanto pelo seu caráter hermético quanto pela estratégia de formalização adotada. Sobre um deles, "O ovo e a galinha", a própria autora afirmou, em sua última entrevista, concedida ao programa *Panorama*, da TV Cultura, em 1977, que constituía "um mistério pra mim", obrigando-a a rever a negativa quanto a ser uma escritora hermética: "Eu me compreendo, de modo que eu não sou hermética, para mim. Bom, tem um conto meu que eu não compreendo muito bem".[1] Sobre o outro, "O relatório da coisa", verdadeiro *objecto textual*, como o definiu Raúl Antelo,[2] a frase de abertura já enuncia: "Esta coisa é a mais difícil de uma pessoa entender. (CO, p. 494) Ambos possuem, no plano do enredo, a estrutura arquetípica dos escritos clariceanos: o estranhamento radical produzido pelo encontro inusitado, porém banal, com um outro, que, ao ser olhado, olha de volta. Esse outro pode ser alguém de uma classe social distinta (um mendigo, uma empregada doméstica) em relação às personagens, geralmente mulheres de classe média, pode ser um bicho (uma barata, um rato), pode ser um espaço (um jardim botânico, um zoológico), como também pode ser, embora mais raramente, uma máquina, como o despertador Sveglia, o "relógio eletrônico" de "O relatório da coisa". Assim, "O ovo e a galinha" se inicia com a seguinte frase: "De manhã na cozinha sobre a mesa vejo o ovo", (CO, p. 303) para mais adiante inverter a relação: "O ovo me vê". (CO, p. 304) E, do mesmo modo, ao refletir sobre o relógio, a narradora do outro conto logo coloca: "Será que o Sveglia me vê? Vê, sim, como se eu fosse um outro objeto", (CO, p. 495) pois "é mais gente do que gente". (CO, p. 494) Trata-se, aqui, de uma clara referência crítica à inversão entre sujeito e objeto que a tentativa de domesticar o tempo produz: ao inventarem um objeto ("Nós dividimos o tempo quando ele na realidade não é divisível. Ele é sempre e imutável. Mas nós precisamos dividi-lo. E para isso criou-se uma coisa monstruosa: o relógio" [CO, p. 494]), os homens é que se objetificaram ("Sou uma coisa?", se perguntará a narradora, após constatar, dirigindo-se a

1 ROCHA, Evelyn (org.). *Encontros — Clarice Lispector*. Rio de Janeiro: Azougue, 2011, p. 178.

2 ANTELO, Raúl. *Objecto textual*. São Paulo: Memorial da América Latina, 1997.

Sveglia, que "nada lhe acontece. Mas é você que faz acontecerem as coisas" [CO, p. 495]). Também a banalidade do que é estranhado aparece nas duas narrativas, descrita de modo semelhante, como uma *obviedade*, num claro jogo com a acepção mais usual da palavra (o que é evidente) e sua etimologia (*ob-via*, o que está no meio do caminho, que dificulta a passagem), como se o mais simples fosse ao mesmo tempo o mais difícil de atravessar: "Como o mundo, o ovo é óbvio"; (CO, p. 303) "parecerá óbvio". (CO, p. 494) Isso para não falar da temática do tempo, comum aos dois textos (e à obra clariceana como um todo), já que a pergunta central que move "O ovo e a galinha" é aquela "infantil", de qual veio primeiro, e que só pode receber uma resposta circular, ovalar, ela mesma a pergunta redobrada: "Quanto a quem veio antes, foi o ovo que achou a galinha". (CO, p. 306) Todavia, o estatuto da *coisa*[3] em jogo nas duas narrativas — na primeira, um ovo, índice do orgânico, do nascimento da vida, e que abunda nas ficções de Clarice em várias declinações, como os óvulos, as sementes etc.; na segunda, um instrumento tecnológico, digital, índice do inorgânico — poderia situar um nas antípodas do outro. Mas não é bem assim. O que essa diferença (radical, não se pode negar) produz são movimentos contraditórios, porém paralelos e talvez convergentes, já que ambos tentam formalizar, de maneira invertida, a relação entre contínuo e descontínuo, e também coisas (mundo) e palavras (linguagem). Desse modo, "O ovo e a galinha" transmuta a palavra em coisa, por meio de um procedimento analógico de materialização do texto, que transforma o descontínuo da linguagem no contínuo do mundo vivo, e a descontinuidade das espécies em sua sobreposição: não só a estrutura da narrativa é ovalar, análoga a um ovo (e "ovo" é um palíndromo, não custa relembrar), como também a narradora, ela mesma, se torna análoga a uma galinha, na medida em que não cessa de botar ovos ao longo do texto, pela presença massiva de "o"s — "**O**lh**o** **o** **o**v**o** c**o**m um s**ó** **o**lhar", "C**o**m**o** **o** mund**o**, **o** **o**v**o** é **ó**bvi**o**", (CO, p. 303) formulações que *apresentam*, mais do que representam, a obviedade do ovo (e "ovo" está em "**ó**b**v**i**o**") e sua analogia de forma, mas também verbal, com o **o**lh**o** —, e até mesmo a cacarejar definições do que é o ovo de modo paratático e paradoxal, produzindo, pela multiplicação, a

3 Cf. PENNA, João Camillo. "Das Ding". *Revista Letras*, v. 98, 2018, pp. 31-55.

indeterminação de sentido do texto: analogamente ao ovo, um ser em potência, o texto não se reduz a *um* sentido atual.[4] Por sua vez, "O relatório da coisa" opera por meio de um procedimento de digitalização, de textualização da realidade, em que o mundo (as coisas) é binarizado, dividido no que "é Sveglia" e no que "não é Sveglia", ou ainda, numa elipse significativa, no que "é" e no que "não é", ou seja, em um sistema binário de 0 e 1 (deve-se notar que "O ovo e a galinha" também faz isso, embora menos, e ainda a similaridade — a analogia? — entre "O" e "o"). Ainda que, por um lado, em "Literatura e magia", texto que apresentou "O ovo e a galinha" no Congresso de Bruxaria de Bogotá em 1975, Clarice tenha postulado uma analogia entre o ovo, na forma da semente (o nascimento), e a literatura (a inspiração), logo, entre o conto e a literatura, e, por outro, o próprio "relatório" se defina como "a antiliteratura da coisa", (CO, p. 494) não se pode perder de vista que ambos se constituem como conversores de sinais, de registros, entre texto e mundo, contínuo e descontínuo. Não é um acaso, assim, que Hélio Pólvora tenha dito de *Água viva* que "romance certamente não é. [...] É mais uma de suas coisas, das muitas coisas que Clarice Lispector tem perpetrado sob o rótulo de romance".[5] Literatura e antiliteratura formam um contínuo na escrita de Clarice Lispector, que talvez constitua um esforço incessante de converter sinais. Ao menos, é o que lemos em *A paixão segundo G.H.*:

> Precisarei com esforço traduzir sinais de telégrafo — traduzir o desconhecido para uma língua que desconheço, e sem sequer entender para que valem os sinais. Falarei nessa linguagem sonâmbula que se eu estivesse acordada não seria linguagem.
>
> Até criar a verdade do que me aconteceu. [...] Os sinais de telégrafo. O mundo eriçado de antenas, e eu captando o sinal. Só poderei fazer a transcrição fonética. (GH, pp. 19-20)

4 Cf. CIXOUS, Hélène. "'The Egg and the Chicken': Love Is Not Having". *In Reading with Clarice Lispector.* Tradução de Verena Andermatt Conley. Minneapolis: University of Minnesota Press, 1990, pp. 98-122; GONÇALVES, Mateus Toledo. "Notas sobre 'O ovo e a galinha'". *Humanidades em diálogo*, n. 7, 2016, pp. 69-80; e PONTIERI, Regina. *Clarice Lispector: uma poética do olhar.* 2. ed. Cotia: Ateliê, 2001.

5 *Apud* ANTELO, Raúl. "Prefácio". *In* ANTELO, Raúl (ed.). *Crítica e ficção, ainda*. Florianópolis: Pallotti, 2006, p. 5.

"Eu ia me defrontar em mim com um grau de vida tão primeiro que estava próximo do inanimado". (GH, p. 21) É assim que a narradora e protagonista de *A paixão segundo G.H.* descreve a sua descida ao inferno, ou melhor, ao que ela chama de "neutro", muito semelhante ao que em *Água viva* recebe o nome de "it" e ao qual voltaremos. Isso quer dizer que a "descese", como Berta Waldman[6] se refere a ela, parece consistir na chegada a um ponto de *quase* contato entre o vivo e o não vivo, e, poderíamos dizer, entre o orgânico e o inorgânico. Por um lado, é a própria G.H. que seguidamente define sua experiência como uma morte, mas uma morte em continuidade com a vida:

> Não compreendo o que vi. E nem mesmo sei se vi, já que meus olhos terminaram não se diferenciando da coisa vista. Só por um inesperado tremor de linhas, só por uma anomalia na continuidade ininterrupta de minha civilização, é que por um átimo experimentei a vivificadora morte. A fina morte que me fez manusear o proibido tecido da vida. [...] Minha vida fora tão contínua quanto a morte. A vida é tão contínua que nós a dividimos em etapas, e a uma delas chamamos de morte. (GH, pp. 13, 63)

Por outro, isso se dá pelo abandono de sua "*organização* humana", isto é, de seu *organismo* humano, o que lhe permite "entrar nessa *coisa monstruosa* que é a minha neutralidade viva" (mesma caracterização de Sveglia, cabe ressaltar):

> Não era usando como *instrumento* nenhum de meus atributos que eu estava atingindo o misterioso fogo manso daquilo que é um plasma — foi exatamente tirando de mim todos os atributos, e indo apenas com minhas entranhas vivas. Para ter chegado a isso, eu abandonava a minha organização humana — para entrar nessa coisa monstruosa que é a minha neutralidade viva. (GH, pp. 96-97; grifo nosso)

6 WALDMAN, Berta. *Clarice Lispector: a paixão segundo C.L.* 2. ed. São Paulo: Escuta, 1992, p. 166.

Aqui, é evidente que Clarice está remetendo à etimologia de "órgão" (*instrumento*), como também à definição, consagrada por Bichat, do organismo ou da vida como "o conjunto das *funções* que resistem à morte". O que ela aponta, porém, é que a vida não se confunde com os organismos (enquanto organização ou conjunto ou forma individuados, logo, descontínuos entre si, de órgãos, instrumentos), nem mesmo com o estar vivo, já que viver forma um contínuo com a morte (o que o romance ressalta por duas vezes ao falar em "vida-morte" [GH, p. 124]). E o vislumbre dessa continuidade faz com que G.H. redefina o milagre:

> Mas o que eu antes queria como milagre, o que eu chamava de milagre, era na verdade um desejo de descontinuidade e de interrupção, o desejo de uma anomalia: eu chamava de milagre exatamente o momento em que o verdadeiro milagre contínuo do processo se interrompia. (GH, p. 170)

Trata-se de uma variante da concepção spinozista da unidade da substância, partilhada por Clarice e enunciada já no seu primeiro livro, *Perto do coração selvagem*,[7] e, ligado a isso, de uma definição paradoxal do milagre e seus correlatos, o mágico e o sobrenatural, não como aquilo que fere ou não pode ser explicado pelas leis naturais (a acepção usual), e sim como a própria existência ou natureza. Assim, por exemplo, em "Literatura e magia", ela dirá: "O que quer que exista, existe por algum tipo de mágica [...], os fenômenos naturais são mais mágicos do que os sobrenaturais"; (OE, p. 124) em *Uma aprendizagem ou O livro dos prazeres*, a protagonista Lóri se dará conta de que "a vida era sobrenatural"; (AP, p. 136) e, numa entrevista, a autora, ao ser perguntada "como encara o sobrenatural em sua vida?", responderá:

7 "Tudo é um, tudo é um..., entoara. A confusão estava no entrelaçamento do mar, do gato, do boi com ela mesma. A confusão vinha também de que não sabia se entrara 'tudo é um' ainda em pequena, diante do mar, ou depois, relembrando. No entanto a confusão não trazia apenas graça, mas a realidade mesma. Parecia-lhe que se ordenasse e explicasse claramente o que sentira, teria destruído a essência de 'tudo é um'. Na confusão, ela era a própria verdade inconscientemente, o que talvez desse mais poder-de-vida do que conhecê-la. A essa verdade que, mesmo revelada, Joana não poderia usar porque não formava o seu caule, mas a raiz, prendendo seu corpo a tudo o que não era mais seu, imponderável, impalpável." (PC, pp. 44-45)

"Olha, o natural é sobrenatural também. Não pense que está longe, não. O natural já é um mistério..." (OE, p. 176) Todavia, isso não é tudo, pois, contrastando essas formulações, a narradora de *A paixão segundo G.H.* também definirá o milagre como os *intervalos* do contínuo: "A continuidade tem interstícios que não a descontinuam, o milagre é a nota que fica entre duas notas de música, é o número que fica entre o número um e o número dois". (GH, p. 170) E é justamente a entrada nesses interstícios do contínuo, no milagre, que G.H. relata:

> Vou agora te contar como entrei no inexpressivo que sempre foi a minha busca cega e secreta. De como entrei naquilo que existe entre o número um e o número dois, de como vi a linha de mistério e fogo, e que é linha sub-reptícia. Entre duas notas de música existe uma nota, entre dois fatos existe um fato, entre dois grãos de areia por mais juntos que estejam existe um intervalo de espaço, existe um sentir que é entre o sentir — nos interstícios da matéria primordial está a linha de mistério e fogo que é a respiração do mundo, e a respiração contínua do mundo é aquilo que ouvimos e chamamos de silêncio. (GH, p. 96)

Como entender essa aparente contradição? Devemos tentar ler as passagens em conjunto, ou seja, pensar os interstícios como algo diferente das descontinuidades — o que implica modular o que dissemos no começo: onde falávamos de descontinuidades, leia-se intervalos. Os intervalos, ali onde se situa o milagre (que é milagre da continuidade), não constituem interrupções do contínuo; antes, são o que possibilitam toda continuidade ("a respiração *contínua* do mundo"). A individuação orgânica ou a quantificação eletrônica ou ainda os fonemas e as letras da linguagem não convertem o mundo contínuo em uma série discreta e finita. De novo, é G.H. quem o diz:

> Minhas antigas construções haviam consistido em continuamente tentar transformar o atonal em tonal, em dividir o infinito numa série de finitos, e sem perceber que finito não é quantidade, é qualidade. E meu grande *desconforto* nisso tudo tinha sido o de sentir que, por mais longa que fosse a série de finitos, ela não esgotava a qualidade residual do infinito. (GH, p. 141; grifo nosso)

Curiosamente, como no caso dos dois contos com que iniciamos, *A paixão segundo G.H.*, que tem como eixo o encontro com uma barata, forma um par com uma das suas mais enigmáticas e densas crônicas, publicada em 29 de novembro de 1969, e que em seu título, "Da natureza de um impulso ou Números um ou Computador eletrônico", já se apresenta como a reflexão sobre uma máquina inorgânica, um mecanismo binário. Que se trate de uma retomada, em outra chave, do que está em jogo em G.H. se deixa ver não só pela menção ao número "um" entre dois números "um", como também pela caracterização dele como "atonal", e a reprodução quase *ipsis litteris* de alguns trechos que citamos do romance. Contudo, aquilo que antes era chamado de "milagre" agora se define como "impulso", descrito como uma "natureza intransitiva", (CR, p. 259) como "aquilo que não se *conclui*, o que não se *finda*": "o impulso *ia* sempre". (CR, p. 259; grifos no original) Advertindo sobre o "desconforto que vem de se confundir a aplicação do impulso com o impulso propriamente dito", (CR, p. 259) a seguir, uma série de nomenclaturas é sobreposta e o par impulso/aplicação é redobrado em quatro outros, existência/fato, atonal/tonal, infinito/finito e, finalmente, ser/uso do ser:

> Mas, considerando que nós somos um fato, quer dizer, cada um de nós é um fato — ou, pelo menos, como lidar conosco mesmos sem, como andaime necessário, não nos tratarmos como um fato? — como eu ia dizendo, considerando que cada um de nós é um fato, a tendência é transformarmos o que é (existe) em fatos, em transformarmos o impulso em sua aplicação. E fazermos com que o atonal se torne tonal. E darmos um *finito* ao infinito, numa série de finitos (infinito não é usado aqui como quantidade imensurável, mas como *qualidade* imanente). O grande desconforto vem de que, por mais longa que seja a série de *finitos*, ela não esgota a qualidade residual de infinito (que na realidade não é residual, é o próprio infinito). O fato de não esgotar não acarretaria nenhum desconforto se não fosse a confusão entre *ser* e o uso do ser. O uso do ser é temporário, mesmo que pareça continuado: é continuado no sentido em que, acabado um uso, segue-se imediatamente outro. Mas a verdade é que seria mais certo dizer: segue-se *mediatamente* e não imediatamente: até entre o número um e o número um, há, como se pode adivinhar, um *um*. Esse um, entre os dois uns, só se chamaria de resíduo se quiséssemos chamar arbitrariamente os dois números *um* mais importantes que o "um entre". Esse "um entre" é atonal, é impulso. (CR, p. 260; grifos no original)

A passagem tenta definir um princípio (ou movimento) subjacente a tudo o que existe, animado ou não — a ponto de colocar em xeque tal distinção. Afinal, que se trate também de uma explicação do "Computador eletrônico", como afirma um dos possíveis títulos, é sintomático, e nada gratuito, neste sentido: o impulso não designa apenas aquilo que a psicanálise chama de "pulsão" ou "instinto" (até porque extrapola ou não se enquadra em nenhuma forma de circuito, *indo* sempre), mas também, numa naturalização do milagre, o impulso elétrico, ou, melhor dizendo, aquilo que, estando *entre* dois dígitos binários ("um" e outro "um"), ao mesmo tempo, os conecta e os separa, fazendo o computador funcionar. A quantificação não pode operar sem um resíduo, uma qualidade residual, o finito descontínuo não pode operar sem o infinito da continuidade, que não se reduz a uma série quantitativa de finitos. Além disso, não se pode perder de vista que a distinção entre ser e uso do ser não remete apenas àquela de Spinoza entre, por um lado, a infinitude da substância e, por outro, as afecções desta que resultam nos distintos modos (algo que se pode depreender facilmente pela associação entre o "impulso" clariceano e o *conatus* do filósofo), mas também à definição do que é orgânico. Os órgãos, os organismos, seriam apenas instrumentos, para usar os termos da crônica, "aplicações" ou "usos" finitos do ser infinito e contínuo. Contudo, de novo temos que olhar mais de perto e em conjunto as passagens citadas. Se o milagre é o milagre da continuidade, isso quer dizer, por um lado, que os interstícios entre os usos do ser são o contínuo, o ser, mas também, por outro, que os usos do ser são, por sua vez, interstícios do ser, do contínuo, como se pode depreender deste trecho de uma belíssima crônica: "Quem sabe se Deus conta a nossa vida em termos de dois segundos: um para nascer e outro para morrer. E o intervalo, meu Deus, talvez seja a maior criação do Homem: a vida, uma vida". (CR, p. 135)[8] Não se trata de paradoxo, mas de uma ontologia reversível dos intervalos: se, por um lado, o interstício entre os usos do ser é o ser contínuo e infinito, por outro, os interstícios do ser são os usos do ser, as aplicações do impulso. O intervalo se diz de mais de um modo, tornando reversíveis ser e uso do ser.

8 Tomei conhecimento dessa passagem ao orientar o trabalho de Renan Tlumaski (*Deuses, santos, diabos, padres e freiras em* A descoberta do mundo, *de Clarice Lispector.* Trabalho de conclusão de curso, graduação em letras, Universidade Federal do Paraná, Curitiba, 2018).

3

Uma cena de *Uma aprendizagem ou O livro dos prazeres* retoma essas reflexões. À beira da piscina, no "silêncio do entardecer", Lóri vislumbra a "homogeneidade do cosmo" e percebe que "ser era infinito, de um infinito de ondas do mar": "Tudo era infinito, nada tinha começo nem fim: assim era a eternidade cósmica". (AP, p. 65) Logo a seguir, porém, ela capta o instante exato (o "instante-já", diria a narradora de *Água viva*) em que o infinito começa a se tornar uma série de finitos, em que o atonal ganha tonalidades, em que o contínuo começa a se intervalar:

> Daí a um instante *a visão da realidade se desfazia*, fora apenas um átimo de segundo, a homogeneidade desaparecia e os olhos se perdiam numa multiplicidade de tonalidades ainda surpreendentes: à visão aguda e instantânea seguira-se algo mais reconhecível na terra. Quanto a Ulisses, nessas novas cores que enfim Lóri tinha a capacidade de ver, quanto a Ulisses estava agora a um tempo sólido e transparente [...]. Sob a nova luz, Ulisses *estava irreal e no entanto verossímil*. (AP, p. 65; grifos nossos)

Há, ainda, o que parece ser um terceiro movimento, mas que talvez consista na mesma transição, mas vista de outro ângulo, a saber, a do finito para o infinito:

> Então *estranhou-se a si própria* e isso parecia levá-la a uma vertigem. É que ela própria, por estranhar-se, estava sendo. [....] Ser era infinito, de um infinito de ondas do mar. Eu estou sendo, dizia a árvore do jardim. Eu estou sendo, disse o garçom que se aproximou. Eu estou sendo, disse a água verde na piscina. Eu estou sendo, disse o mar azul do Mediterrâneo. Eu estou sendo, disse o nosso mar verde e traiçoeiro. Eu estou sendo, disse a aranha e imobilizou a presa com o seu veneno. Eu estou sendo, disse uma criança que escorregara nos ladrilhos do chão e gritara assustada: mamãe! Eu estou sendo, disse a mãe que tinha um filho que escorregava nos ladrilhos que circundavam a piscina. Mas a luz se aquietava para a noite e eles estranharam, a luz crepuscular. Lóri estava fascinada pelo *encontro de si mesma*, ela se fascinava e quase se hipnotizava. (AP, pp. 67-68; grifos nossos)

Tentemos destrinchar essas passagens. Primeiro, tudo aparece para Lóri, fazendo uso da expressão de "Menino a bico de pena", como "um ponto no *infinito*", (CO, p. 417; grifo nosso) tudo parece compor "a homogeneidade do cosmo", no que é descrito como uma "visão da *realidade*". Porém, essa visão logo se desfaz para dar lugar à da multiplicidade de existentes distintos. Nesse ponto de contato, entre a homogeneidade do cosmo (o contínuo infinito do ser) e a "multiplicidade de *tonalidades* ainda surpreendentes" (de usos do ser), há, por um lado, uma diferenciação em relação ao contínuo, individuações em que a intensidade do impulso ganha distintas aplicações (ou o ser ganha distintos usos), e, por outro, uma diferenciação de Lóri em relação à sua identidade, que *se estranha*, se transforma e — como o resto do mundo ao seu redor — passa a ser, ou seja, *encontra a si mesma*, num movimento rumo ao contínuo: não é um acaso que todas as tonalidades distintas digam a "mesma" coisa, numa sequência das *mesmas* afirmações por parte de *muitas* pessoas e coisas *diferentes*, orgânicas e inorgânicas (árvore, garçom, água verde — e frise-se o fato de humanos e não humanos *falarem*). "*Eu* estou sendo": aqui, é importante atentar para a formulação repetida, que marca um ponto em que a diferença (enunciação) e o indiferenciado (enunciado) se encontram. Afinal, a linguagem também conhece um ponto em que a homo e a heterogeneidade se encontram, formando um contínuo (não ausente de interstícios): os dêiticos, mais especificamente, o "eu" (ou melhor, o seu *uso*, a enunciação). Identificando *qualquer um* que a diz, mas também *só aquele* que a diz, a palavra "eu" marca ao mesmo tempo e paradoxalmente tanto a impessoalidade quanto a pessoalidade mais extremas em contraste com o nome: todo mundo é "eu" quando o diz (não se trata de um nome *próprio*), mas só *eu* o sou quando o digo (de um modo que não sou quando profiro meu *próprio* nome). Não é um acaso, assim, que um dos aprendizados de Lóri tenha sido o de que ela, ao "lhe perguntarem seu nome, não respondesse 'Lóri' mas [...] 'meu nome é eu'". (AP, p. 12) E também não é coincidência que, logo a seguir, a protagonista enuncie "involuntariamente" "sua alma": "Um dia será o mundo com sua impersonalidade soberba *versus* a minha extrema individualidade de pessoa mas seremos um só". (AP, p. 68) *Eu estou sendo*. *A comunidade da existência*, a comunhão do que existe[9] em Clarice, consiste no *ressoar* dessa multiplicidade de

9 Outro nome para ela é, simplesmente, *mundo*: "Tudo se resumia ferozmente em nunca dar um primeiro grito — um primeiro grito desencadeia todos os outros, o primeiro grito ao nascer desencadeia uma vida, se eu gritasse acordaria milhares de seres gritantes que iniciariam pelos telhados um coro de gritos e horror. Se eu gritasse desencadearia a existência — a existência de quê? a existência do mundo". (GH, p. 61)

tonalidades (eus distintos) que afirmam (falam) a sua existência comum no infinito, ou seja, consiste em, na finitude ("*estou sendo*" e não "sou") da multiplicidade, *ser* infinitamente, ser um *ponto* no infinito.

4

A comparação entre a infinitude do ser e o mar não me parece gratuita. A água, enquanto elemento inorgânico, mas essencial à vida, desempenha um papel importante na obra de Clarice. No próprio *Uma aprendizagem*, a cena citada se dá à beira da piscina, e, mais adiante, Lóri estabelece com a chuva uma relação semelhante à que acabamos de analisar:

> Estava à porta do terraço e só acontecia isto: ela via a chuva e a chuva caía de acordo com ela. Ela e a chuva estavam ocupadas em fluir com violência. [...] Apenas isso: chovia fortemente e ela estava vendo a chuva e molhando-se toda. [...] A chuva e Lóri estavam tão juntas como a água da chuva estava ligada à chuva. [...] Nem sequer agradecendo ao Deus ou à Natureza. A chuva também não agradecia nada. Sem gratidão ou ingratidão, Lóri era uma mulher, era uma pessoa, era uma atenção, era um corpo habitado olhando a chuva grossa cair. Assim como a chuva não era grata por não ser dura como uma pedra: ela era a chuva. Talvez fosse isso, porém exatamente isso: viva. (AP, pp. 137-138)

Mas é no mar que Lóri realiza um "corpo a corpo com a vida", (AP, p. 73) uma fecundação de seu corpo com a água salgada que bebe, "o mar por dentro como o líquido espesso de um homem", (AP, p. 76) passagem descrita em termos muito próximos aos que vimos acima:

> Seu corpo se consola de sua própria exiguidade em relação à vastidão do mar porque é a exiguidade de um corpo que o permite tornar-se quente e delimitado, e o que a torna pobre e livre gente, com sua parte de liberdade de cão nas areias. Esse corpo entrará no ilimitado frio que sem raiva ruge no silêncio da madrugada. (AP, pp. 74-75)

O mar, pelo seu caráter ilimitado, apresenta-se assim como índice do ser infinito, um espaço, mais ontológico que topográfico, no qual os diferentes corpos delimitados ou usos finitos do ser estão mergulhados, ao mesmo tempo em contato e separados uns dos outros pelo espaço intervalar da água — ou seria o inverso, os corpos delimitados sendo intervalos da infinitude do mar? Além disso, não se pode perder de vista que se trata do espaço inorgânico que deu origem à vida orgânica na Terra, ponto de contato entre o orgânico e o inorgânico. Nesse sentido, cabe retomar uma passagem de *Perto do coração selvagem* em que Joana também bebe a água do mar. Ali, ao olhar o horizonte da praia, ela vê "apenas a linha verde comprida, unindo seus olhos à água infinitamente": "Lá embaixo o mar brilhava em ondas de estanho, deitava-se profundo, grosso, sereno. Vinha denso e revoltado, enroscando--se ao redor de si mesmo. Depois, sobre a areia silenciosa, estirava-se... estirava-se como um corpo vivo, [...] como um bichinho transparente. Transparente e vivo..." (PC, p. 37) *Água viva*: o título do mais difícil dos livros de Clarice (se é que é possível escolher um) aponta, assim, não só para esse bicho "transparente e vivo", quase indistinguível da água, e também chamado de medusa, como a esse ponto de encontro entre o orgânico e o inorgânico, o animado e o inanimado, o delimitado e o ilimitado. Tomemos o que em *A paixão segundo G.H.* era chamado de "neutro" e que aqui aparece como "it", "o mistério do impessoal". Por um lado, o "it" é definido como a "matéria-prima" (AV, p. 45) a partir de que tudo é feito, e da qual são modelados os seres, e, por outro, também como o princípio vital, o centro vivo de todas as coisas: "O âmago é it mole e vivo, perecível, periclitante. Vida de matéria elementar." (AV, p. 37) Essa dupla acepção, matéria e princípio vital, coisa e espírito, transparece nos usos do próprio vocábulo: pronome neutro do inglês, como que a designar uma coisa, porém também usado, no português brasileiro, para, digamos, designar a Coisa, o excesso de algo em relação a si mesmo (*sex-appeal*, carisma, o-não-sei-quê), ou seja, um significante excedente que marca um excesso da coisa ou da pessoa em relação a si mesma, à sua forma, algo que transborda ou não cabe em seus limites, em sua definição, em sua figura. Como fonte de toda forma, solo de onde toda forma nasce, brota, e que toda forma guarda em si, o "it" marca a inadequação de tudo que existe com seus limites, o fato de que nada se reduz às suas formas, e por isso mesmo pode se modificar. A todo instante, as coisas estão se deformando, reformando, transformando, e é isso que a narradora de *Água viva* quer captar: o "instante-já", o instante da refeitura das coisas, da feitura do fazer-se das coisas: "Fixo os instantes de metamorfose", (AV, p. 11) "o instante é semente viva". O "it", então, talvez indique a qualidade residual do infinito (o contínuo) que existe em toda finitude — e o que permite que toda coisa finita possa devir outra (orgânica ou não, viva ou não), pois tudo é feito dele. Uma evidência nesse sentido transparece na ideia do "X", da variável, da incógnita, que a narradora pergunta se seria "o sopro do it", a "sua irradiante respiração fria": (AV, p. 66)

> "X" — eu me banho nesse isto. É impronunciável. Tudo que não sei está em "X". A morte? Morte é "X". Mas muita vida também pois a vida é impronunciável. "X" que estremece em mim e tenho medo de seu diapasão: vibra como uma corda de violoncelo, corda tensa que quando é tangida emite eletricidade pura, sem melodia. O instante impronunciável. [...] "X" não é bom nem ruim. Sempre independe. Mas só acontece para o que tem corpo. Embora imaterial, precisa do corpo nosso e do corpo da coisa. Há objetos que são esse mistério total do "X". Como o que vibra mudo. Os instantes são estilhaços de "X" espocando sem parar. O excesso de mim chega a doer e quando estou excessiva tenho que dar de mim como o leite que se não fluir rebenta o seio. Livro-me da pressão e volto ao tamanho natural. A elasticidade exata. Elasticidade de uma pantera macia.
>
> Uma pantera negra enjaulada. Uma vez olhei bem nos olhos de uma pantera e ela me olhou bem nos meus olhos. Transmutamo-nos. Aquele medo. Saí de lá toda ofuscada por dentro, o "X" inquieto. (AV, pp. 65-66)

5

Dentre as muitas coisas que G.H. deve perder (ou abandonar) em sua descida, na retirada de seu invólucro, está o nome, ou melhor, a nomeação como um todo. Assim, se a sua história prévia havia sido, nas palavras da própria, o "modo como pouco a pouco eu havia me transformado na pessoa que tem o meu nome. E acabei sendo o meu nome", (GH, p. 23) a transformação leva-a para um espaço em que *tudo* perde seu nome *próprio*: "De agora em diante, eu poderia chamar qualquer coisa pelo nome que eu inventasse: no quarto seco se podia, pois qualquer nome serviria, já que nenhum serviria". (GH, p. 94) A consequência da entrada no neutro, no que é "sem qualidades nem atributos", (GH, p. 84) não implica, porém, ou não se limita àquilo que G.H. chama de "despersonalização", abrindo também campo para a multiplicidade, a transformação, a experimentação de outros modos de ser, para que se possa declinar "eu estou sendo" sob o modo de *outros* seres: "A vida em mim não tem o meu nome. E eu também não tenho nome, e este é o meu nome. E porque me despersonalizo a ponto de não ter o meu nome, respondo cada vez que alguém disser: eu" (GH, p. 176) — e, poderíamos completar, todo (o) mundo responde a cada vez que G.H. diz "eu". Aqui, estamos diante de uma elaboração ao mesmo tempo próxima e distinta daquela de Lóri dizendo "meu nome é eu" e ouvindo todas as pessoas e coisas afirmarem "eu estou sendo". Aqui, como lá, "eu" *indica* quem fala, mas não o *identifica* como o nome o faz. Mas aqui, e não lá, o dêitico "eu" não funciona como uma autoindicação proferida pelo próprio sujeito (Lóri dizendo "meu nome é eu"), nem uma alter-indicação proferida por outro (cada coisa dizendo "eu estou sendo"), mas um curto-circuito da indicação que produz a alteração, em que *o outro-eu sou eu (os outros eus sou eu)*. Não se trata apenas de a infinitude do ser se afirmar, ou de a comunidade dos existentes se declinar diferencialmente em cada indivíduo (que afirma "eu estou sendo"), mas de cada um desses (eus) poder se declinar (declinar o ser) infinitamente na multiplicidade dos outros eus, de cada eu se diferenciar de si na declinação de todos os outros, de cada eu se *inclinar* nos outros, afirmar "eu estou sendo" (e ser) quando é *outro que está sendo*. Afirmar "eu estou sendo" implica aqui não a afirmação da existência de si, do ser, mas a existência de todos os outros, a existência do mundo, a existência de si enquanto mundo. Se Lóri estranha a si mesma, sua identidade, e acessa o ser, se abandona o nome para ser "eu", G.H. vai mais além: descobre que "'eu' é apenas um dos espasmos instantâneos do mundo", (GH, pp. 180-181) ou seja, que a continuidade (o milagre) de tudo o que existe não só implica a contingência de todo organismo, aplicação do impulso ou uso do ser, como também que a entrada nela, o mergulho nesse mar infinito, possibilita experimentar outros modos de ser, permite responder a cada vez que alguém diz "eu", permite ser um *outro espasmo instantâneo do mundo* — não apenas o ser contínuo e infinito, mas os diferentes usos finitos do ser (eu).

6

Poderíamos arriscar dizer que a literatura consiste, para Clarice, em uma experiência desse gênero, a saber, de, a partir de um mergulho no "neutro" infinito, poder responder a cada vez que alguém diz "eu", experimentar outros usos do ser. Em certo sentido, é isso que a própria G.H. enuncia, apontando para a escrita como modo de possibilitar a experiência da transformação:

> Só ao me reviver é que vou viver.
> Mas como me reviver? [...] Terei que fazer a palavra como se fosse criar o que me aconteceu?
> Vou criar o que me aconteceu. Só porque viver não é relatável. Viver não é vivível. Terei que criar sobre a vida. E sem mentir. Criar sim, mentir não. Criar não é imaginação, é correr o grande risco de se ter a realidade. (GH, pp. 18-19)

Além disso, em uma crônica intitulada "Ficção ou não", de 14 de fevereiro de 1970, e que visa a responder aos críticos que negavam o rótulo de romance para *A paixão segundo G.H.*, Clarice afirma: "O que é ficção? É, em suma, suponho, a criação de seres e acontecimentos que não existiram realmente mas de tal modo poderiam existir que se tornam vivos". (CR, p. 274) Não se trata de uma *proximidade* ou *aparência* de verdade ou realidade (uma verossimilhança interna ou externa, entre, por exemplo, os personagens inorgânicos e seres vivos), mas de uma *entrada na vida*: a criação ficcional tem, para Clarice, *o poder de tornar vivos os outros em nós (escritores ou leitores)*. Assim, no texto escrito para a Conferência de Bruxaria de Bogotá, a literatura, por meio da "inspiração", é aproximada à semente ("não existe resposta para o fato de haver, numa simples semente de árvore, essa promessa de vida, o fenômeno de uma semente que contém vida é totalmente impossível") pelo seu caráter inexplicável, mágico ou milagroso, pelo seu caráter de impulso: "Escrever, e falo de escrever de verdade, é completamente mágico. As palavras vêm de lugares tão distantes dentro de mim que parecem ter sido pensadas por desconhecidos, e não por mim mesma". (OE, p. 126) Todavia, para fazer viver o outro em si, é preciso que o sujeito perca sua organização, mergulhe no contínuo neutro, como lemos numa famosa passagem da autora: "Escrever é tantas vezes lembrar-se do que nunca existiu. Como conseguirei saber do que nem ao menos sei? Assim: como se me lembrasse. Com um esforço de *memória*, como se eu nunca tivesse nascido. Nunca nasci, nunca vivi: mas eu me lembro, e a lembrança é em carne viva." (CR, p. 368, grifo no original) Nesse sentido, a "Encarnação involuntária" de que fala um conto/crônica parece ser um bom nome para a ficção segundo Clarice:

> Às vezes, quando vejo uma pessoa que nunca vi, e tenho algum tempo para observá-la, eu me encarno nela e assim dou um grande passo para conhecê-la [...]. Já sei que só daí a dias conseguirei recomeçar enfim a minha própria vida. Que, quem sabe, talvez nunca tenha sido própria, senão no momento de nascer, e o resto tenha sido encarnações. (CO, pp. 428-429)

Exemplificada pela encarnação em uma missionária e depois numa prostituta (um par sempre presente na obra de Clarice), a operação seguidamente ocorre diante de, ou em relação com, figuras de uma alteridade radical. Trata-se de adotar a perspectiva do outro e, desse modo, estranhar a própria (daí a importância da intensidade da diferença), como no "Seco estudo de cavalos" ("E veria as coisas como um cavalo as vê" [CO, p. 474]), ou em "A partida do trem", na qual a inversão da perspectiva se enuncia de maneira plena:

> Ulisses, se fosse vista a sua cara sob o ponto de vista humano, seria monstruoso e feio. Era lindo sob o ponto de vista de cão. Era vigoroso como um cavalo branco e livre, só que ele era castanho suave, alaranjado, cor de uísque. Mas seu pelo é lindo como o de um energético e empinado cavalo. Os músculos do pescoço eram vigorosos e a gente podia pegar esses músculos nas mãos de dedos sábios. Ulisses era um homem. Sem o mundo cão. (CO, p. 467)[10]

Todavia, o movimento não termina aí: não estaríamos diante de uma verdadeira transformação se tal encarnação não nos modificasse, não nos fizesse *reviver*, como diz G.H. É preciso, portanto, que a transformação perspectivística seja um modo de reciprocamente olharmos

10 O livro infantil *Quase de verdade* puxará ainda mais esse fio, sendo narrado pelo "mesmo" Ulisses, nome de um cachorro de Clarice, cabendo a ela a conversão de seus latidos em escrita.

pelos olhos dos outros e *sermos olhados por eles*, não só vermos o mundo pelos olhos dos outros, como também vermos a nós mesmos por esse olhar, nos vermos de outro modo, modificando-nos. Ao menos, essa parece ser a "experiência maior" de que fala Clarice, e que suas ficções não cessam de buscar: "Eu antes tinha querido ser os outros para conhecer o que não era eu. Entendi então que eu já tinha sido os outros e isso era fácil. Minha experiência maior seria ser o âmago dos outros: e o âmago dos outros era eu". (CR, p. 460) A experiência maior, enquanto *tornar-se outro a partir do contato com o outro* não se reduz a *ser os outros* (experiência não eivada de egotismo às avessas); antes, constitui um experimento da subjetividade ancorado na transfiguração, pelo qual, atravessando o não nascimento de si e o nascimento do outro em nós, acessamos aquela "terra em que se *revive*" (SV, p. 175; grifo nosso) de que fala *Um sopro de vida,* em que nos recriamos — ou somos recriados. *A ficção torna o outro vivo em nós, para tornar a nossa vida outra.*

MIRA
SCHENDEL

Em muitas de suas narrativas, Clarice Lispector propõe uma reflexão sobre a própria escrita. Talvez o exemplo mais eloquente seja *Água viva*, que se apresenta como um texto em fluxo, um texto que se dobra sobre si mesmo ao referir o tempo todo a sua própria construção. Para Clarice, a escrita é pensamento, mas também inscrição – como se ferisse a matéria. Há algo de corporal no embate com a palavra. Por isso, ao escrever, ela tenta fazê-lo "com o corpo todo" – expressão que utiliza tanto em *Água viva* quanto em *A hora da estrela*. Anota a narradora do primeiro: "Quero como poder pegar com a mão a palavra". E Rodrigo S.M., de *A hora da estrela*, afirma que escrever é "duro como quebrar rochas".

CLARICE
LISPECTOR

FAYGA
OSTROWER

LYGIA
CLARK

Mais um grafismo que uma escrita

Então escrever é o modo de quem tem a palavra como isca: a palavra pescando o que não é palavra. Quando essa não palavra – a entrelinha – morde a isca, alguma coisa se escreveu. Uma vez que se pescou a entrelinha, poder-se-ia com alívio jogar a palavra fora. Mas aí cessa a analogia: a não palavra, ao morder a isca, incorporou-a. O que salva então é escrever distraidamente.

ÁGUA VIVA

MIRA SCHENDEL

Objeto gráfico, c. 1967
Óleo sobre papel de
arroz e acrílico,
100 × 100 cm
Coleção Rose e Alfredo
Setúbal, São Paulo

FAYGA OSTROWER

Matrizes de xilogravura,
85 × 30 cm
Acervo Instituto Fayga
Ostrower, Rio de Janeiro

FAYGA OSTROWER

Matrizes de xilogravura,
85 × 30 cm
Acervo Instituto Fayga
Ostrower, Rio de Janeiro

FAYGA OSTROWER

Matrizes de xilogravura,
80 × 35 cm
Acervo Instituto Fayga
Ostrower, Rio de Janeiro

FAYGA OSTROWER

Matrizes de xilogravura,
60 × 40 cm
Acervo Instituto Fayga
Ostrower, Rio de Janeiro

Quero a experiência de uma falta de construção. Embora este meu texto seja todo atravessado de ponta a ponta por um frágil fio condutor – qual? o do mergulho na matéria da palavra? o da paixão? Fio luxurioso, sopro que aquece o decorrer das sílabas.

ÁGUA VIVA

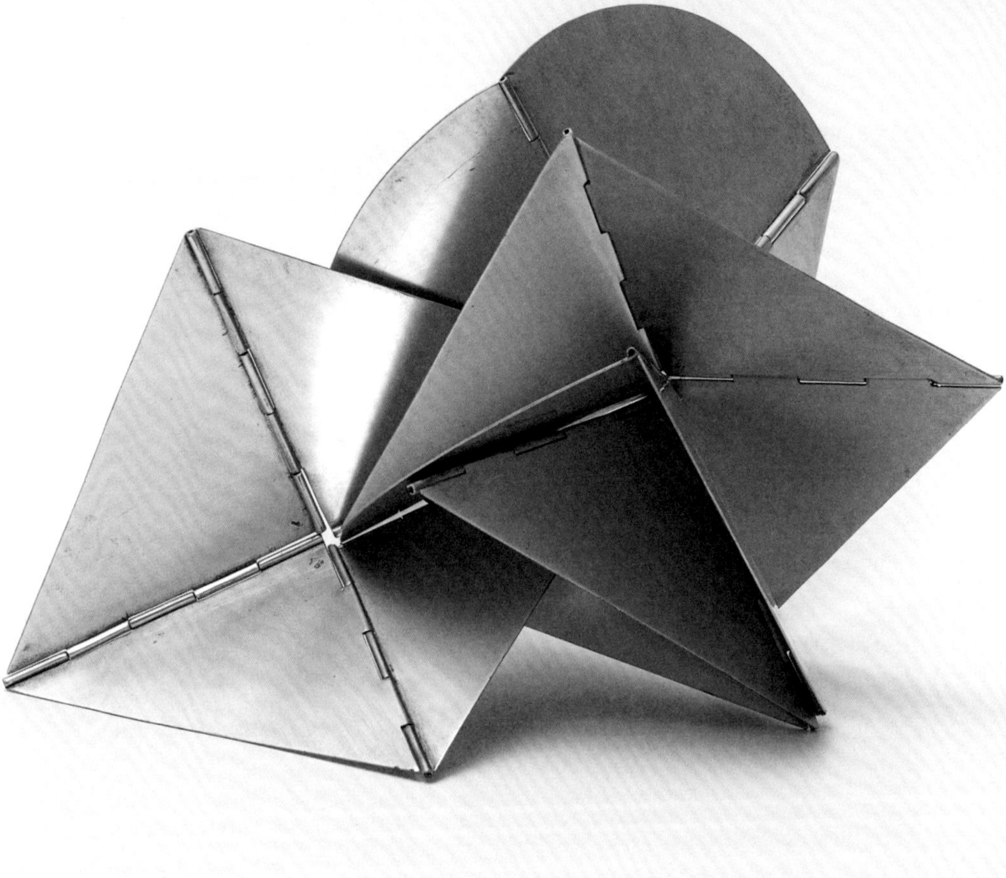

LYGIA CLARK

Bicho, 1960
Alumínio,
20 × 20 × 18 cm
Coleção Marta e Paulo Kuczynski, São Paulo

LYGIA CLARK

Bicho, 1961
Alumínio,
18 × 20 × 20 cm
Coleção Fernanda
Feitosa e Heitor Martins,
Rio de Janeiro

Entro lentamente na escrita assim como já entrei na pintura. É um mundo emaranhado de cipós, sílabas, madressilvas, cores e palavras – limiar de entrada de ancestral caverna que é o útero do mundo e dele vou nascer. **ÁGUA VIVA**

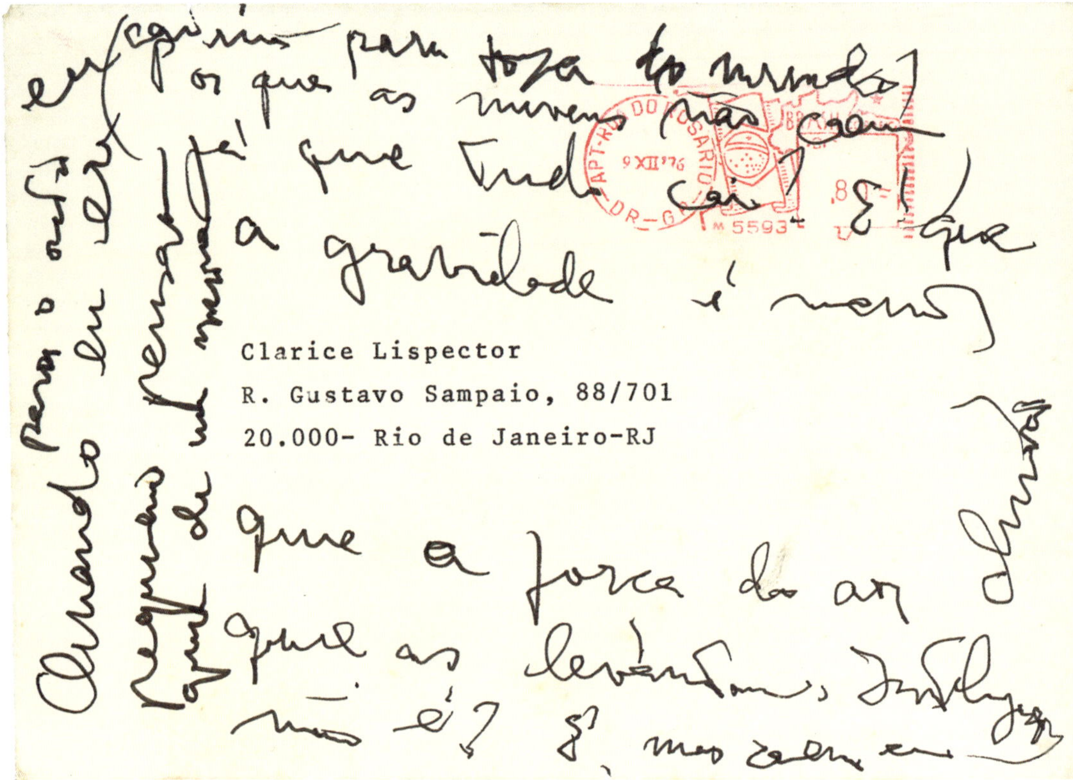
Clarice Lispector
R. Gustavo Sampaio, 88/701
20.000- Rio de Janeiro-RJ

CLARICE LISPECTOR

Partes do manuscrito de
A hora da estrela, c. 1976
Papel, medidas variadas
Arquivo Clarice Lispector/
Instituto Moreira Salles,
Rio de Janeiro

(1)

Como começar pelo início
se as coisas acontecem
antes de acontecer?
Se antes da pré-pré-
história já havia
os monstros apoca-
lípticos?

(Autor no começo)

*

— Me desculpe eu perguntar:
Ser feia dói?

Sra. ~~Clarice Lispector~~

— ~~Não, não mesmo.~~

— Nunca pensei nisso
mas acho que dói
um pouquinho. Mas
eu lhe pergunto se você quer

Será possível que a morte se
parecesse com uma intensa ânsia
sexual? porque ao morrer o
rosto de Macabéa lembrava o
seu esgar esfuziante e
doido desejo de ser possuída na hora da morte
virara mulher.

NA CONTRAMÃO DA PALAVRA: A ESCRITA DE CLARICE

YUDITH ROSENBAUM

Quem sabe se comecei a escrever tão cedo na vida porque, escrevendo, pelo menos eu pertencia um pouco a mim mesma. O que é um fac-símile triste. (CR, p. 115)

É conhecida a crônica "Pertencer", de onde retirei a epígrafe acima. Nela, Clarice conta seu anseio de pertencimento, uma "fome humana" que a acompanha desde o berço "como um destino". Essa "vontade intensa de pertencer", nem que seja a si mesma, é associada, pela cronista, ao impulso da ficção — uma resposta orgânica à "solidão de não pertencer".

Ainda na mesma crônica, a escrita parece nascer, para Clarice, de uma dupla necessidade que conjuga a sede de "quem está no deserto e bebe sôfrego os últimos goles de água de um cantil" (CR, p. 117) e, também, a "própria força", que busca doar-se ao outro para que a força da escrita "não seja inútil e fortifique uma pessoa ou uma coisa". (CR, p. 116) Desamparo e apelo de salvação, sim. Mas, igualmente, potência e doação. Duas fontes, portanto, parecem gestar a palavra de Clarice: de um lado, demanda de amor, alimento e preenchimento; de outro, o vetor ético, que busca servir aos homens, ao mundo. Privação e excesso movimentam uma escrita nascida da contradição. Note-se, ainda, que a autora quer fortificar "uma pessoa ou uma coisa" — sendo os entes, as coisas e os seres igualmente tocados pelo efeito da ficção.

O primeiro polo de onde emana a pulsão ficcional marca a fome, a sede, a carência, a vacuidade do corpo. O registro da falta e das ausências encontra na criação um abrigo, um refúgio. A literatura clariciana, já se vê, é uma questão de vida ou morte. À pergunta do jornalista José Castello "por que escreve?", ela responde com outra pergunta: "Por que bebo água?"... Ressoa aqui sua conhecida frase: "Escrever é uma maldição, [...] mas uma maldição que salva, [...] um vício penoso do qual é impossível se livrar, pois nada o substitui." (CR, p. 143) Pelo segundo polo, o da ética da alteridade, exteriorização e expansão apontam para uma entrega ao outro, aos outros. Assim, a escrita ultrapassa os limites de um eu faminto para nutrir a fome alheia.

Que escrita é essa que é água, comida, aconchego, vício e comunhão? Dor e prazer, veneno e remédio? Como é possível, através dessa trama agônica entre sobreviver e viver mais, fazer a "palavra pescar a não palavra para usar uma expressão da autora? E, ainda, o mais importante: que linguagem resulta desse embate de extremos?

Sem querer responder o irrespondível, talvez ajude visitar, ainda que em sucinta cartografia, certos núcleos que rondam os textos claricianos, seja pela voz testemunhal da autora, seja pelo exame de pequenos trechos de sua obra. Quem sabe, então, algo se *desenhe* com alguma nitidez.

A LETRA-IMAGEM

Começo justamente pela palavra grafada acima em itálico (*desenhe*). Escrever rivaliza com desenhar em muitos textos de Clarice. Por quê? Pensemos em "Menino a bico de pena",[1] (CO, pp. 417-420) conto/crônica que condensa de forma notável a construção da subjetividade na sociedade humana moderna. O narrador observa uma criança em seu início de aprendizagem da fala e almeja desenhar/capturar sua "atualidade". Mas o advérbio de abertura já antecipa o fracasso da empreitada: "Como conhecer jamais o menino?". Esse ser em processo, "um ponto no infinito", imerso em um "hoje" inapreensível, é mais um dos objetos indecifráveis para a ânsia da escrita.

> Não sei como desenhar o menino. Sei que é impossível desenhá-lo a carvão, pois até o bico de pena mancha o papel para além da finíssima linha de extrema atualidade em que ele vive. Um dia o domesticaremos em humano, e poderemos desenhá-lo. Pois assim fizemos conosco e com Deus. (CO, p. 417)

Já se sabe que Clarice mira o Real (o lacaniano mesmo), sempre rebelde a toda significação; por isso, a flecha da linguagem deve atingi-lo com algo ainda mais ínfimo do que a ponta fina do bico de pena, uma técnica de desenho cuja delicadeza tentaria superar o impacto, talvez

1 Inicialmente publicado em 1964 com o título "Desenhando um menino", na seção "Fundo de gaveta" da primeira edição de *A legião estrangeira*, o texto reaparece em 1969 no *Jornal do Brasil*, renomeado como "Menino a bico de pena", e republicado, com o mesmo título, em *Felicidade clandestina*, de 1971.

bruto demais, da palavra. Mas mesmo o bico de pena mancharia o papel. Para tocar de leve a "extrema atualidade" do ser, diz a cronista, deve-se aguardar que ele se deteriore, que seja domesticado "em humano". Ora, quando isso se der, o ser já não será mais o ser em sua "meditação" profunda. Com o advento da fala, nosso menino terá sido capturado pela rede imaginária e simbólica que o envolve. Só aí, então, segundo Clarice, o objeto intangível poderá ser conhecido. Ou o que restar dele... E antes o será pelo desenho, mais do que pela palavra. A não ser que essa se contorça, se enrole qual um caracol e, quase de soslaio, possa dizer as coisas sem traí-las, sem trespassá-las para não ferir de morte seu núcleo indevassável.

A primeira marca dessa escrita, portanto, é lutar contra as próprias palavras, driblando sua condição adversa de adulterar as coisas: "O que atrapalha ao escrever é ter de usar palavras. É incômodo." (CR, p. 298) Na sequência dessa mesma crônica, o desenho se afirma ainda mais como modo imediato e não discursivo de expressão:

> É como se eu quisesse uma comunicação mais direta, uma compreensão muda como acontece às vezes entre as pessoas. Se eu pudesse escrever por intermédio de desenhar na madeira ou de alisar uma cabeça de menino ou de passear pelo campo, jamais teria entrado pelo caminho da palavra. Faria o que tanta gente que não escreve faz, e exatamente com a mesma alegria e o mesmo tormento de quem escreve, e com as mesmas profundas decepções inconsoláveis: viveria, não usaria palavras. O que pode vir a ser a minha solução. Se for, bem-vinda. (CR, p. 298)

Também o viver se mostra, agora, na contramão do uso das palavras ("viveria, não usaria palavras")... Já alertava o narrador de *A hora da estrela*, Rodrigo S.M., que "não é fácil escrever. É duro como quebrar rochas. Mas voam faíscas e lascas como aços espelhados". (HE, p. 16) A prática da escrita é uma "alegria", mas também um "tormento", um duro combate; e Drummond — ao lado de toda a geração moderna — não negaria. Para Clarice, desenhar na madeira e alisar uma cabeça de menino (aquele da crônica anterior?) se aproximam mais entre si do que a escrita e a vida. O que conta é a "compreensão muda", a mesma que o narrador que contempla o menino gostaria de captar e expressar, sem romper a tênue linha da "atualidade absoluta" na qual se situa seu objeto impossível. É preciso esperar sua domesticação, longa aprendizagem que faz o menino abdicar de seu "tempo atual" e adentrar o "tempo cotidiano", ou seja, o tempo da História.

Domesticar, lembremos, é cercear, coibir, conter, limitar. O mal-estar que advém dos processos culturais, que nos impelem a renúncias, parece aqui suposto como base da travessia para o humano. Freud de "O mal-estar na cultura" (1930) não diria melhor. Apequenamos até mesmo Deus para torná-lo signo e assim adorá-lo ("pois assim fizemos conosco e com Deus"). Perde-se o estar-aí do puro acontecimento, seja ele Deus ou um menino sentado. A hierarquia que organiza os valores do mundo é inútil quando se trata da escrita. No entanto, ela também, a escritura, luta entre se render ao limite que a todos domestica ou romper a barreira verbal. Assim constrangida, a palavra transgressiva salta do campo textual e invade o espaço pictórico (*Água viva*) ou escultórico (*A paixão segundo G.H.*), de modo a se experimentar na matéria que lhe é estranha:

> A verdade é que simplesmente me faltou o dom para a minha verdadeira vocação: a de desenhar. Porque eu poderia, sem finalidade nenhuma, desenhar e pintar um grupo de formigas andando ou paradas — e sentir-me inteiramente realizada nesse trabalho. Ou desenharia linhas e linhas, uma cruzando a outra, e me sentiria toda concreta nessas linhas que os outros chamassem de abstratas. (CR, pp. 228-229)

A concretude das linhas, dada pela visibilidade inconteste da imagem — enquanto a palavra inefável se abriria a mil mediações —, configura um desenho "sem finalidade nenhuma" e satisfaria a autora mais do que a difícil sina da palavra arisca. Da falta de dom para o desenho, a sobra é a palavra, prêmio de consolação para o impulso de escrever. Este sim, o impulso, mesmo sem tema, objeto ou fim, não pode sucumbir à deterioração inevitável do Real. Ao contrário. É por essa mesma impossibilidade de dizer o Real inteiramente que ele, "impulso puro", toma forma, esgueirando-se pelo desfiladeiro da linguagem.

Podemos dizer que na dinâmica escritural desse "menino a bico de pena" duas linhas paralelas se cruzam: de um lado, o narrador almejaria uma volta aos primórdios de um sujeito sem fala, puro "ponto no infinito" — e para tal regressão é o desenho esboçado quem fala mais alto —; de outro, sua personagem empreende a importante jornada da árdua subjetivação, mirando adiante e não atrás. São direções opostas, portanto. Na primeira linha de força, há o desejo de desenhar e se aproximar de um estado não fraturado, pura pulsação de uma pré-palavra, em que o devir civilizacional ainda não fez suas marcas. Na outra, o anseio do menino para se constituir como sujeito no mundo pela linguagem simbólica. Nas duas experiências, trata-se de um inacabamento constitutivo, tanto do signo quanto do sujeito, apenas esboçados e fugidios. Como invisível movimento, ambos são inapreensíveis em sua totalidade, impalpáveis em sua atualidade. Na tensão entre palavra e imagem, a escrita clariciana almeja ser e não dizer, pulsar e não representar, mesmo que para isso ela precise compactuar com a palavra, efetuar a sublime (e dramática) troca de um todo impossível pelos limites do signo.

A NEBULOSA E A EXPLOSÃO

Não são poucas as frases ou fragmentos esparsos em que o ato criativo se assemelha a uma nebulosa que aos poucos se torna palavra. Em "Escrever ao sabor da pena" (de novo a *pena* com que se escreve e a *pena* da dor da perda...), Clarice explicita o processo: "Estou falando de procurar em si próprio a nebulosa que aos poucos se condensa, aos poucos se concretiza, aos poucos sobe à tona — até vir como num parto a primeira palavra que a exprima". (CR, pp. 284-285)

Reitera-se o advérbio "aos poucos", que sugere uma espera difícil, própria de quem vai parir. Ou, como afirma em outro trecho, a "paciência de recompor por escrito paulatinamente a visão inicial que foi instantânea. Recuperar a visão é muito difícil". (CR, p. 297) Escrever é "recompor a visão" fugaz de algo que já não está mais lá. Por isso tantas repetições, hipérboles, antíteses e imagens insólitas povoam seus textos, sempre na mira do que escapa. O caminho da frase é uma procura, uma errância, em que o processo de experimentar os vocábulos em sua miríade de combinações é tanto intuitivo quanto artesanal e minucioso. Implica a espera da palavra justa e da ação empenhada feita de escolhas conscientes e inconscientes, como se lê na frase do fragmento "Sobre escrever", de 1969: "É na hora de escrever que muitas vezes fico consciente de coisas, das quais, sendo inconsciente, eu antes não sabia que sabia". (CR, p. 501)

Quando Clarice simula uma entrevista consigo mesma e indaga como nascem suas histórias, se são planejadas antes do ato de escrever, a resposta traz novamente a imagem de uma neblina: "Não, vão se desenvolvendo à medida que escrevo, e nascem quase sempre de uma sensação, de uma palavra ouvida, de um nada ainda nebuloso". (CR, p. 501)

Esse "nada ainda nebuloso" poderia, aparentemente, acenar a algo genesíaco, mítico, um vazio primordial, o caos de onde se erguesse uma ordem possível. Mas a comparação cosmológica, que caberia melhor para um escritor como Guimarães Rosa, aqui não vai muito longe. Trata-se, antes, da palavra nascida da materialidade sensória ("sensação", "palavra ouvida"), do elemento orgânico. Qualquer indício da tal "coisa" que anda errante e nua pode movimentar a escrita. Há uma "visão instantânea", raio luminoso e obscuro, fugidio e transitório, que antecede a desordem nebulosa. Existe uma intuição do mistério da "coisa", que oferece à escritora apenas uma névoa indefinida e indeterminada. E nela conteúdo e forma já se encontram misturados, não havendo a anterioridade do sentido sobre a figuração. O corpo da palavra é pressentido, sentido e gestado "à medida que escrevo", diz a autora, sem plano, sem método. Como se lê na crônica "Dois modos":

> Escrevendo, tenho observações por assim dizer *passivas*, tão interiores que *se escrevem* ao mesmo tempo em que são sentidas, quase sem o que se chama processo. É por isso que no escrever eu não escolho, não posso me multiplicar em mil, me sinto fatal a despeito de mim. (CR, pp. 338-339, grifos da autora)

Mas, ainda que haja o que a autora nomeou de "submissão ao processo" (título de outro fragmento de 20/1/1973), em que "de repente aquilo que se pensou que era 'nada' — era o próprio assustador contato com a tessitura do viver", não se deve desconsiderar em sua escrita o fato de Clarice ser intensamente "ativa nas observações", observando muito de perto as mínimas coisas que a rodeiam e só assim podendo intuir o universo. Ou seja, o nada, o vazio e o silêncio carregam a própria vida que a escrita quer tocar.

O poder explosivo da palavra aparece nítido no trecho final da crônica "Palavras apenas fisicamente" (12/12/1970):

> Para passar de uma palavra física ao seu significado, antes destrói-se-a em estilhaços, assim como o fogo de artifício é um objeto opaco até ser, no seu destino, um fulgor no ar [...]. Na passagem de simples corpo

a sentido de amor, o zangão tem o mesmo atingimento supremo: ele morre. (CR, p. 352)

A expressão "palavra física" mostra como Clarice quer lidar com as palavras como matéria bruta, que será destruída e fragmentada em pedaços para dela evolar o significado. Quase como um rito sacrificial. A metáfora dos fogos de artifício concretiza ainda mais a imagem, já que neles se daria a mesma passagem do objeto material para as luzes que fulguram no céu. Em meio a tais metamorfoses, irrompe o sentido da morte, ponto de chegada "supremo" na transformação do limitado ao ilimitado, pela visão de Clarice. E é também o que se pode ler na imagem do zangão, uma vez que o macho da espécie das abelhas morre após fecundar a fêmea rainha. E sua morte se dá pela explosão do pênis durante a cópula...

Sexualidade e morte, portanto, se conjugam no ato de escrever. A palavra morre para dar lugar aos sentidos desprendidos dela. Curioso que, para Maurice Blanchot, o que morre é o real ao qual as palavras acenam, dando vida à linguagem, testemunha do mundo, que morre para nascer o texto, um outro do mundo. Mas Clarice não se satisfaz com a realidade mágica do universo sígnico, ainda que dependa dele visceralmente. Ela vai mais longe ao dizer que a palavra, tão duramente gestada, precisa também morrer para o que nela se aprisiona poder ser libertado. No limite, Clarice desejaria aniquilar a própria literatura em nome de algo que corre à sua sombra e só é visível quando a palavra desaparece.

O PERIGO DA ESCRITA

As palavras que enformam os textos claricianos parecem feitas tanto para atingir seus leitores com flamas incendiárias quanto para os submergir em águas profundas. Não se lê Clarice impunemente. Suas inquietas combinações de substantivos e adjetivos inesperados deslocam sentidos habituais e provocam o conhecido efeito de estranhamento, tão comentado pelos críticos. Alguns exemplos espalhados por sua obra: "horrível mal-estar feliz", "alegria difícil", "ardor de burra", "náusea doce", "malignidade de ser feliz"... Às vezes é uma definição avessa ao dicionário, criando um curto-circuito na leitura e impedindo o leitor de habitar o senso comum: "O que é uma janela senão o ar emoldurado por esquadrias?". (AV, p. 21) A prosa poética é inequívoca. A cada pontuação desregrada (como a vírgula que inicia o romance *Uma aprendizagem ou o livro dos prazeres*; os dois pontos que o finalizam), a cada imagem *nonsense* ("nunca se inventou nada além de morrer", da crônica "Temas que morrem"), a cada fusão de pronomes ("A vida se me é", ao final de *A paixão segundo G.H.*), entre tantos procedimentos para desfazer as formas constituídas, saímos de seus textos portando novos objetos, novas paisagens, vivenciando inéditas experiências.

Mas é uma poética de risco, porque, ao destituir as palavras de seu sentido ordinário, abre-se espaço para significações imprevistas e ameaçadoras para quem lê e para quem escreve. Clarice afirma que "as coisas não são fáceis, mas é preciso dizê-las". No ato de enunciar o que se furta às palavras, corre-se o risco de acordar o que deveria ficar calado, e aí "é o horror de tocar numa palavra que desencadearia milhares de outras, não desejadas". (CR, p. 227) Aqui se teme a potência de contágio da escrita através de seu rastro de pólvora. Já em outra crônica, "A perigosa aventura de escrever", é o imprevisto que emerge das palavras o que assombra Lispector, "porque nunca se sabe o que virá — se se for sincero":

> Pode vir o aviso de uma destruição, de uma autodestruição por meio de palavras. Podem vir lembranças que jamais se queria vê-las à tona. O clima pode se tornar apocalíptico. [...] Não se brinca com a intuição, não se brinca com o escrever: a caça pode ferir mortalmente o caçador. (CR, pp. 212-213)

Mas não só o caçador, se este for entendido como o autor. Também o leitor caminha em terreno minado, tropeçando em frases incandescentes ou despidas em demasia. Ele busca o conhecido e encontra a estranheza. Os extremos se tocam de forma provocativa e geram um fulgor incômodo, mas revelador (por exemplo, a frase "Amor tão forte que só esgotava sua paixão na força do ódio", [PC, p. 59] do romance *Perto do coração selvagem*; ou, ainda: "O Jardim era tão bonito que ela teve medo do Inferno", no conto "Amor" [CO, p. 151]). E, como essas, várias outras expressões invertem perigosamente as trilhas já gastas da linguagem, pondo o mundo de ponta-cabeça. "Um escritor vivo é risco constante", (CR, p. 241) declara a autora em "Medo de errar" (12/9/1970).

A escrita carrega em si o poder de fisgar o leitor, seduzindo-o como a dona de casa e narradora do conto "A quinta história", (CO, pp. 335-337) que aniquila baratas com açúcar (que as atrai) e com gesso (que "esturricaria o de-dentro delas"). O que se "mata" no leitor são suas convicções ilusórias, suas visões absolutas, suas crenças ortopédicas. Sobretudo, surpreende-se o leitor desavisado, como se lê na magistral abertura do conto "Os obedientes", do volume *A legião estrangeira*, de 1964:

> Trata-se de uma situação simples, um fato a contar e esquecer. Mas se alguém comete a imprudência de parar um instante a mais do que deveria, um pé afunda dentro e fica-se comprometido. (CO, p. 342)

Talvez Clarice escreva para propiciar uma parada por "um instante a mais" em quem lê seus textos, para assim comprometê-lo. Com o quê? Com a consciência de se estar vivo, com a imanência da existência, com a presença iniludível e incontornável do outro, aquele a quem a escrita busca fortificar. Ao sermos enlaçados pela linguagem, feita também de ironias e sobressaltos, de compaixão e acusação, paga-se um preço pelo compromisso ao qual a autora nos convoca. Não retornamos do mergulho os mesmos que éramos. Nós nos desconhecemos, descobrimos que somos feitos de muitos outros e perdemos a imagem asseguradora de um eu estável e idêntico a si mesmo.

ESCRITA QUE DESENTENDE

A certo momento de sua obra, Clarice afirma: "Embora representando grande risco, só é bom escrever quando ainda não se sabe o que acontecerá". (CR, p. 318) O não saber é positivado pela escritora, um caminho em negativo, para aceder ao que o entendimento apaziguador não pode alcançar. Chega-se ao ser pelo que dele se desentende, como no notável conto/ensaio de "O ovo ou a galinha":

> Olho o ovo na cozinha com atenção superficial para não quebrá-lo. Tomo o maior cuidado para não entendê-lo. [...] Sei que se eu o entender é porque estou errando. Entender é a prova do erro. Entendê-lo não é o modo de vê-lo. [...] O que eu não sei do ovo é o que realmente importa. O que eu não sei do ovo me dá o ovo propriamente dito. (CO, p. 304)

"Não entender" e "errar" remetem à "travessia do oposto", no preciso título do livro de Olga de Sá.[2] Se a escrita do desentendimento é acerto, o fracasso da linguagem é conquista, permitindo que algo não acessível às palavras se inscreva no texto. Assim está dito pela narradora G.H., em alguma medida, eco oblíquo da autora: "O indizível só me poderá ser dado através do fracasso de minha linguagem. Só quando falha a construção, é que obtenho o que ela não conseguiu." (GH, p. 177) Ao mesmo tempo que o escrever se movimenta pelo desacerto, pelo incerto (pelo que "tenta um pequeno voo e cai sem graça no chão", segundo Lispector em "Fundos de gaveta"), o processo da escrita gera um outro saber. Por não entender (assim mesmo, intransitivamente), a autora abre um espaço inusitado em sua literatura que entende que não entende... "Sinto que sou muito mais completa quando não entendo. Não entender, do modo como falo, é um dom." (CR, p. 197)

O saber que importa, aquele que olha pelo avesso e pode desorganizar os andaimes da estrutura consolidada, advém, então, da via da não compreensão e ganha corpo justamente no ato presente da escrita: "Escrevo pela incapacidade de entender, sem ser através do processo de escrever". (CR, p. 247) A ficção de Clarice interpela as palavras bem-comportadas e lança a obra no limite de frases inconclusas, desmontadas, cujo inacabamento põe em cena uma "pedagogia" do desentendimento. O porto seguro do enredo linear e progressivo, de definições reconhecíveis e confortáveis, de personagens monolíticas e seguras, é flagrantemente desrespeitado por nossa autora. *Água viva*, de 1973, é um marco exemplar dessa desconstrução, em que texto, enredo, personagem e leitor são criados simultaneamente pelo gesto escritural e mantidos como esboços incompletos, descontínuos. E esse gesto é essencialmente desequilibrador, sem garantias, até simulando um palco circense: "Escrevo por acrobáticas e aéreas piruetas". (AV, p. 10) De fato, a abertura do romance é uma frase sem complemento — "É com uma alegria tão profunda" (AV, p. 7) —, que só ganha algum sentido na desarticulação do conjunto. De suspensão em suspensão, o leitor acumula perguntas nesse jorro sem trégua e entra com a narradora na "vida vista pela vida. Posso não ter sentido mas é a mesma falta de sentido que tem a veia que pulsa". (AV, p. 11)

2 SÁ, Olga de. *A travessia do oposto.* São Paulo: Annablume, 1983.

Palavras pulsantes, como espasmos rítmicos, povoam esse "objeto gritante", um dos títulos anteriores de *Água viva*. O campo ainda é o do desconhecido: "Escrevo-te porque não me entendo", (AV, p. 23) diz a narradora. E mais adiante: "Verifico que estou escrevendo como se estivesse entre o sono e a vigília". (AV, p. 39) No limiar entre o saber consciente e a vida onírica, desenrola-se uma fala autorreferente, que não cessa de olhar para o seu próprio fazer. Escrever é se escrever, enquanto se quer, com esforço, romper a casca da primeira pessoa e adentrar a terceira, em busca do "it" impessoal.

Como se vê, a escrita é o tema de si mesma e suga a narrativa, absorvendo qualquer tentativa de esboço figural. Sem rumo, a narradora/pintora rimbaudiana se deixa levar pelo fluxo instável das frases e "entregar-se ao instante". E nesse fluir, paradoxalmente, tudo se fragmenta sem totalização possível. Escrever é agônico e insolúvel. "Escrevo-te em desordem, bem sei. Mas é como vivo. Eu só trabalho com achados e perdidos." (AV, p. 60) Perder-se na escrita, sem entender, é também um imenso prazer.

• • •

Propôs-se, no início desta sondagem, uma cartografia capaz de apresentar núcleos da escrita clariciana. É possível que o mapa final tenha se tornado bem mais uma constelação, dispersa e diversa. São múltiplas faces do escrever que perpassam a ficção de Lispector. Se escavarmos cada "acrobacia" e cada "pirueta" que a autora faz com a letra, seria como descascar as inúmeras camadas de que é feita uma cebola, sem encontrar seu cerne. Esse descascamento ficcional, até o limite elástico e infindável, no entanto, erige-se em matriz de uma busca maior da escritora. Desfolhar o signo para des-significá-lo e fazer ressoar o que a palavra não capturou. Esse procedimento já foi identificado por João Camillo Penna[3] como a "escrita nua" da autora. É a mesma estratégia que acomete a representação do sujeito em sua obra, desfeito até o bagaço, decomposto e desconstruído para reconectá-lo a forças primevas. Segundo o crítico Anatol Rosenfeld,

3 PENNA, João Camillo. "O nu de Clarice Lispector". *Alea Estudos Neolatinos*, v. 12, n. 1, Rio de Janeiro: UFRJ, jun. 2010, pp. 68-96.

a dessubjetivação é típica de épocas de crise e transição, como foi o das vanguardas artísticas do fim do século XIX, das quais Clarice não deixa de ser herdeira.

Haveria, portanto, uma direção predominante no trabalho de sua escrita. Ainda que se multipliquem textos, desdobrem-se metáforas, paradoxos, paranomásias e recursos incontáveis da língua, o que se almeja é a nadificação da palavra, o cultivo de seu vazio, de sua vacuidade. “Meu livro melhor acontecerá quando eu de todo não escrevê-lo”, vaticina a escritora. Como, por sorte nossa, cada escrito mostrou-se insuficiente para calar a palavra, Clarice seguiu escrevendo até a morte em perene procura do silêncio final, potencializador de toda a linguagem.

> Sinto que já cheguei quase à liberdade. A ponto de não precisar mais escrever. Se eu pudesse, deixava meu lugar nesta página em branco: cheio do maior silêncio. E cada um que olhasse o espaço em branco, o encheria com seus próprios desejos. (CR, p. 404)

Na obra de Clarice Lispector, o sobrenatural – que, muitas vezes se associa ao divino – encontra-se no que é mais prosaico. Ela chega a identificar a "matéria do Deus" ao que chama de "a parte coisa da gente" – aquilo que, em nós, se aproximaria do animal. Assim, a busca pelo divino não vai em direção ao mais alto; é, ao contrário, uma descida, em certa medida, de volta à terra, fundo comum de humanos e animais, elemento de vida e morte. Clarice recorre também com frequência a temas e figuras bíblicas. Embora ligada à cultura judaica, não menos constantes são as alusões ao universo do cristianismo. Seus textos também evocam a mística popular em suas mais variadas formas: das superstições e simpatias à astrologia e cartomancia.

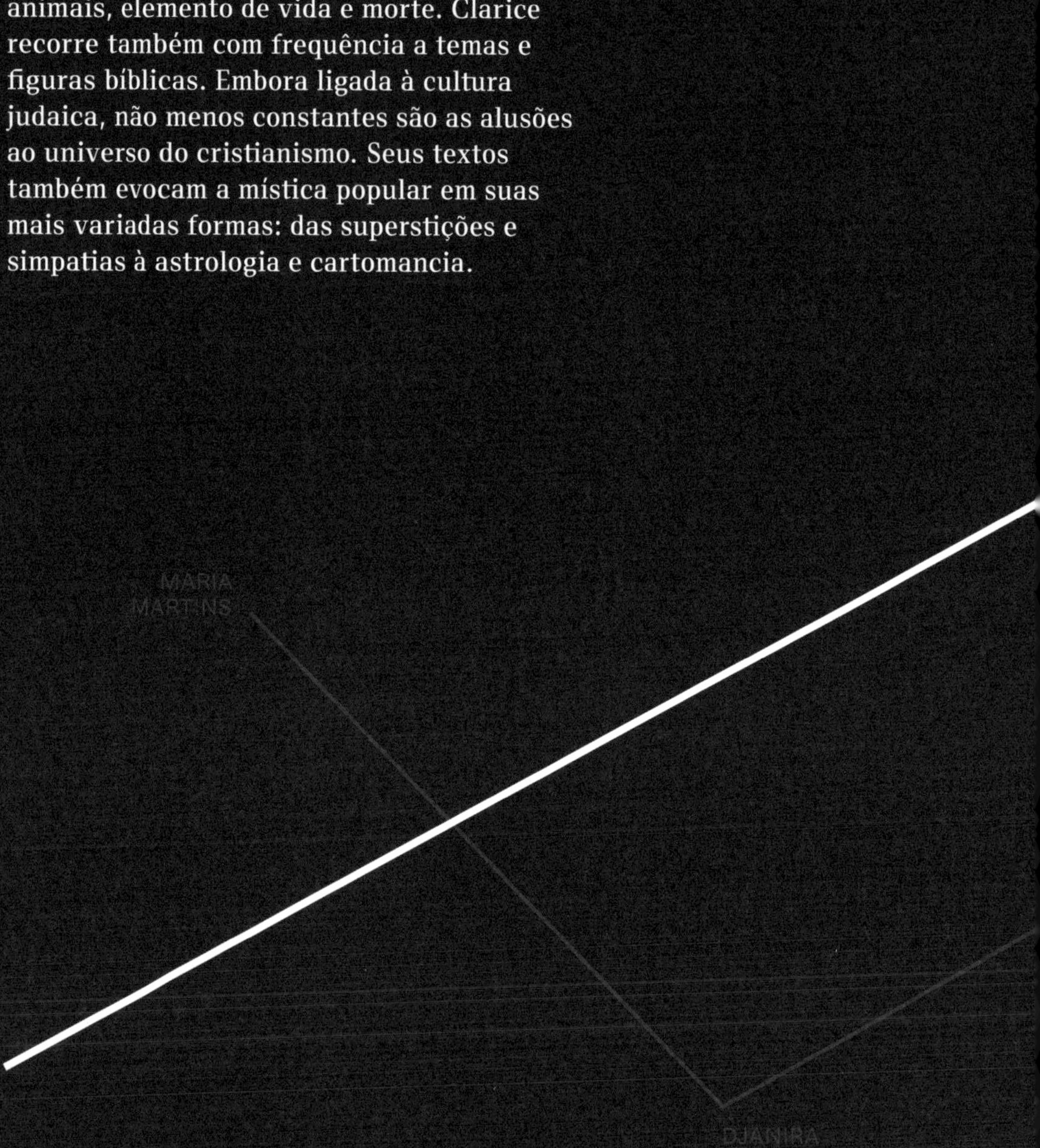

A vida é sobrenatural

LETÍCIA PARENTE

HILDA HILST

MIRA SCHENDEL

1
HOMENAGEM
AO DEUS-PAI DO OCIDENTE

2

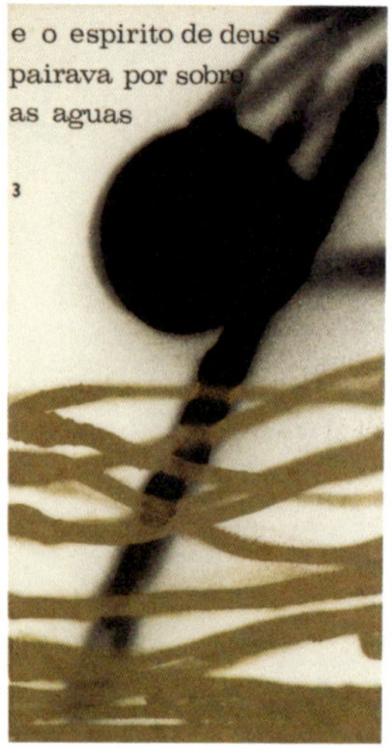
e o espirito de deus
pairava por sobre
as aguas
3

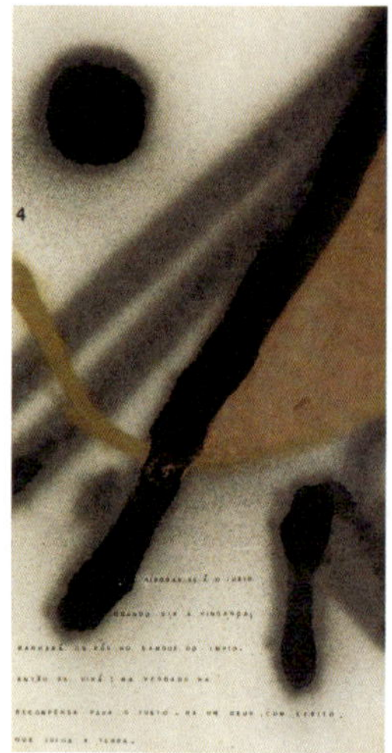
4

9
the courage to accept acceptance

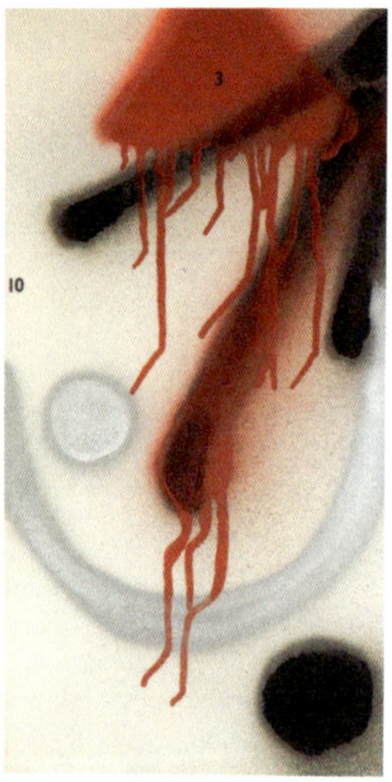
3
10

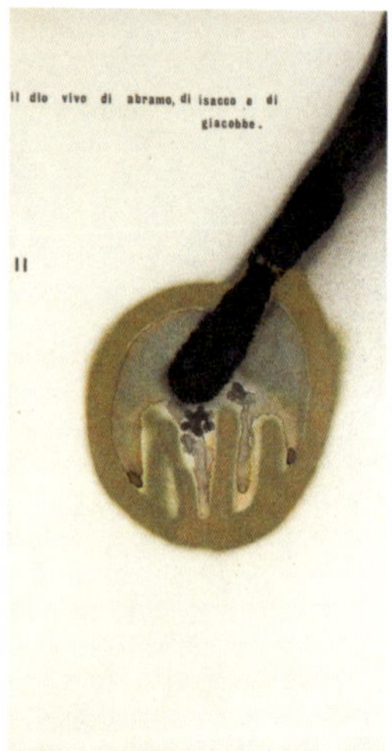
il dio vive di abramo, di isacco e di
giacobbe.
11

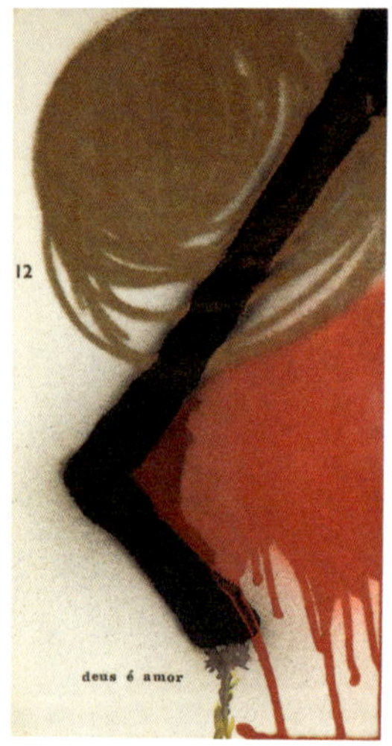
12
deus é amor

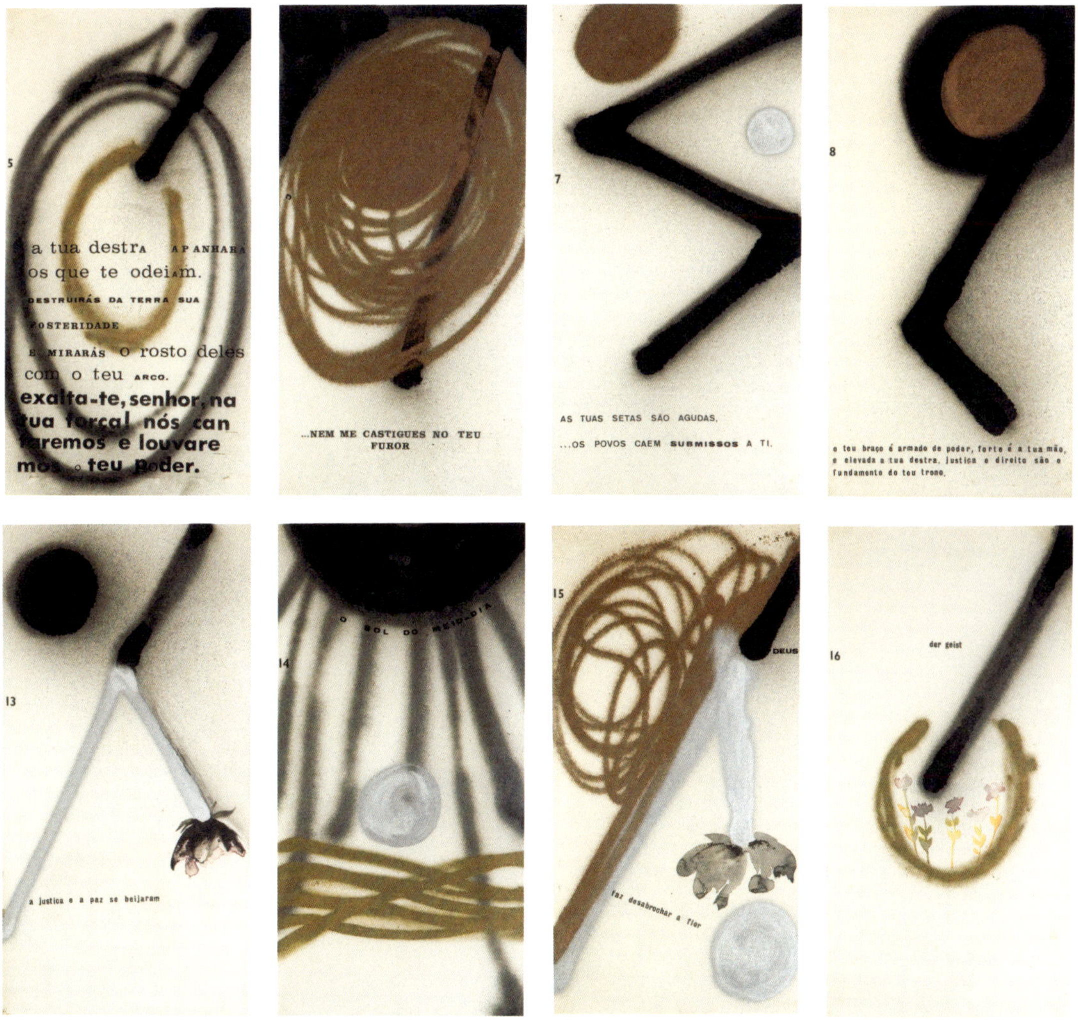

MIRA SCHENDEL

Homenagem a Deus-Pai do ocidente, 1975
Decalque, escrita datilografada e *spray* sobre papel, 50,2 × 26 cm (cada)
Coleção particular,
Rio de Janeiro

A realidade é mais inatingível que Deus – porque não se pode rezar para a realidade. **UM SOPRO DE VIDA**

MARIA MARTINS

Anunciação, 1952
Bronze,
180 × 200 × 100 cm
Coleção André Lara Resende, São Paulo

ANUNCIAÇÃO

Tenho em casa uma pintura do italiano Savelli – depois compreendi muito bem quando soube que ele fora convidado para fazer vitrais no Vaticano.

Por mais que olhe o quadro não me canso dele. Pelo contrário, ele me renova.

Nele, Maria está sentada perto de uma janela e vê-se pelo volume de seu ventre que está grávida. O arcanjo, de pé ao seu lado, olha-a. E ela, como se mal suportasse o que lhe fora anunciado como destino seu e destino para a humanidade futura através dela, Maria aperta a garganta com a mão, em surpresa e angústia.

O anjo, que veio pela janela, é quase humano: só suas longas asas é que lembram que ele pode se transladar sem ser pelos pés. As asas são muito humanas: carnudas, e seu rosto é o rosto de um homem.

É a mais bela e cruciante verdade do mundo.

Cada ser humano recebe a anunciação: e, grávido de alma, leva a mão à garganta em susto e angústia. Como se houvesse para cada um, em algum momento da vida, a anunciação de que há uma missão a cumprir.

A missão não é leve: cada homem é responsável pelo mundo inteiro.

Jornal do Brasil, 21.12.1968. *In: Todas as crônicas*, pp. 179-180.

ANGELO SAVELLI

Anunciação, 1944
Óleo sobre papel,
36 × 28 cm
Coleção Paulo Gurgel
Valente, Rio de Janeiro

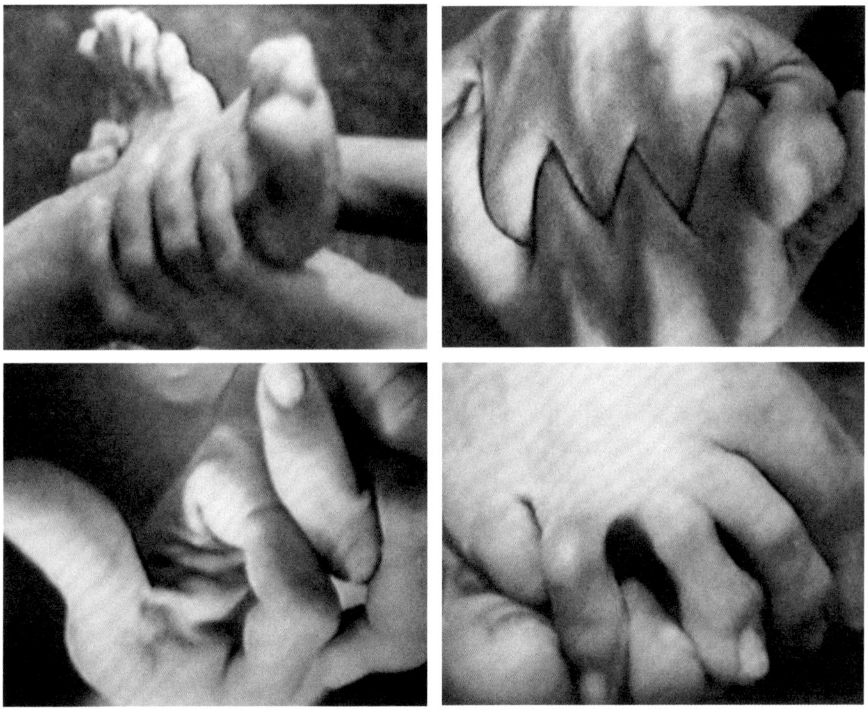

LETÍCIA PARENTE

De aflicti, 1978
Stills de vídeo, 3' 54"
Coleção André Parente/
Galeria Jaqueline
Martins, São Paulo

1
HILDA: Alô, alô, povo cósmico, contato. Hilda tentando contato. Eu queria saber de alguns amigos meus, eu queria falar com alguém aí do espaço, eu gostaria de saber como Clarice Lispector está se sentindo aí. Clarice, é Hilda Hilst, como você está se sentindo? Clarice, você não tem nenhum recado, algo que você queira dizer para o Mora Fuentes?

2
HILDA: Osman Lins, como é que você está? Já tem uma ideia definitiva sobre a morte? Clarice Lispector, nenhum recado para o Jose Luis Mora Fuentes? Cacilda Becker, você ainda não se lembra de mim? Arnaldo Pedroso Horta, você ainda acha que eu sou uma fêmea desejosa de homens, hein? Ainda sou vista tão terrivelmente por você?

HILDA HILST

Hilda Hilst pede contato, s.d.
Transcrição de áudio, 3' 09"
Acervo Instituto Hilda Hilst, São Paulo
(Áudios organizados por Gabriela Greeb)

Entre 1974 e 1978, Hilda Hilst realizou experiências com o que ficou conhecido então como "transcomunicação instrumental", baseada principalmente nos estudos de Friedrich Juergenson, cujo livro *Telefone para o além* Hilda leu quando de seu lançamento no Brasil em 1972. Com um gravador de rolo conectado a um rádio sintonizado fora de qualquer estação, ela buscava registrar vozes do além. Era uma tentativa de comunicação com os mortos. (Em 2018, a cineasta Gabriela Greeb lançou o filme *Hilda Hilst pede contato*, a partir de pesquisa que envolveu a recuperação das fitas com as gravações de Hilda junto ao arquivo da escritora: cerca de 100 horas de material registrado.)

MIRA SCHENDEL

Sem título, 1963
Gesso e têmpera sobre tela,
100 × 100 cm
Coleção particular,
Rio de Janeiro

E sou assombrada pelos meus fantasmas, pelo que é mítico, fantástico e gigantesco: a vida é sobrenatural. **ÁGUA VIVA**

DJANIRA

Onírico, 1950
Óleo sobre tela,
70,5 × 89,5 cm
Coleção particular,
Rio de Janeiro

DJANIRA. 950.

SANTIDADE DE CLARICE

JOÃO CAMILLO PENNA

A correspondência entre Clarice Lispector e Fernando Sabino, em 1956 — mesmo ano da publicação de *Grande sertão: veredas*, de João Guimarães Rosa, as cartas dão notícia da publicação — documenta o processo de escrita de *A maçã no escuro*, sem dúvida o seu romance mais trabalhado (ela diz tê-lo escrito 11 vezes), mais longo, e aquele onde transparece pela primeira vez um esforço "matemático" de construção e engenharia. Sua escrita ocorre simultaneamente aos contos que serão em seguida enfeixados em *Laços de família*. O romance traduz algo das mesmas preocupações dos contos. É nesse ponto que Clarice vira Clarice, quando adquire os traços pelos quais será a partir de então reconhecida. Fernando Sabino lê o manuscrito e escreve 30 páginas de sugestões de alterações, a maioria das quais Clarice acata fielmente. Uma observação vinda de Clarice interessa particularmente. Uma espécie de queixa de seu cuidadoso amigo, uma suspeita de omissão daquele que vira tudo, mas talvez não tivesse visto o essencial. "Uma coisa que me espantou é que você não falou de algo que me preocupava: 'o tom maior' do livro. Bem que tentei evitar, mas 'foi mais forte do que eu.'"[1]

Outras duas observações, relacionadas ao mesmo ponto, traem um certo conservadorismo literário da parte de Sabino. Ele aconselha Clarice a fugir da primeira pessoa, o que dá ao romance um tom "conceituoso", tornando problemática a sua classificação no gênero romance: "Afinal de contas isso é romance mesmo, e não ensaio".[2] Clarice obedece ao conselho, exceto onde a mudança implicaria reescrever muito o seu texto, que na altura a cansava. Corta também um prefácio em primeira pessoa no qual explica o romance. Atrasa assim por alguns anos a descoberta da enunciação, presente em virtualmente todos os seus textos dos anos 1960 e 1970, posteriores a *Maçã*, e já escritos no Brasil. A ressalva de Sabino força o encaixe no gênero

1 SABINO, Fernando e LISPECTOR, Clarice. *Cartas perto do coração*. Rio de Janeiro/São Paulo: Record, 2001, p. 141.

2 *Ibidem*, p. 161.

romanesco, concebido de maneira bastante tradicional (terceira pessoa, uso obrigatório do pretérito...), cego para a verdadeira invenção de gênero contida na escrita de Clarice, que naquele momento se esboçava, o ato discursivo em processo e em situação com marcas, sim, "conceituosas", do ensaio.

Na mesma página, ele se queixa do abuso da expressão "aquele homem". Clarice acata o conselho, altera a maioria das inscrições da expressão, embora ainda sobrem muitas, colocando ao invés simplesmente, "o homem". "Aquele homem", no entanto, traz marcas importantes para a lógica do projeto do livro e da escrita de Clarice que se configura a partir daquele ponto. De um lado, o dêitico inscreve a enunciação, trazendo o referente para perto. Mas, talvez ainda mais profundamente, "aquele homem" é a tradução clariciana do *ecce homo* crístico da Vulgata, "eis o homem". Como podemos perceber claramente em "O ovo e a galinha": "Uma vez um homem foi acusado de ser o que ele era, e foi chamado de Aquele Homem. Não tinham mentido: Ele era. Mas até hoje ainda não nos recuperamos, uns após os outros." (CO, p. 305)

O "tom maior do livro" que incomodava Clarice e que ela fazia repercutir na reação de seu primeiro leitor transparecia de modo particularmente intenso na cena do ajoelhamento de Martim diante de Vitória, ao final do romance. Clarice explica que a cena a "constrange um pouco — mas teve que ser assim". Porém, e aqui tocamos no essencial, explica ela, "para dizer a verdade, quando eu relia, me emocionava horrivelmente". A cena "tinha que ser".[3] De que trata essa cena de mau gosto ("inestética", ela dirá no romance), que constrange e emociona, que se impõe à autora contra o seu próprio gosto estético, como o mandato de uma exigência da escrita, que não admite concessões, mas diante da qual ela hesita ao se buscar? De que trata a cena que "era" como "Aquele Homem" também "era"? A cena consiste na "mímica da ressureição", esse o nome do último "símbolo" que pontua a trajetória do "herói", no momento de se entregar à polícia, e ser levado à prisão pelo crime de feminicídio, o assassinato da esposa que não cometeu. Esse era o "milagre do perdão", a "tragédia" essencial, arcaica e prometida, a antiga e inescapável imagem esculpida, que se cumpria, incompreendida pelos protagonistas, mas se fazendo

3 SABINO, Fernando e LISPECTOR, Clarice. *Op. cit.*, p. 141.

mesmo assim, levando Vitória a sentir uma dor no ventre "aonde por destino uma mulher dói". Ela, que temia a vida, afinal podia viver a vida, ao dar à luz aquele homem "esfrangalhado, desamparado", essa a cena essencialmente "inestética", "coberta de ridículo e trapos", que foi a maneira como a ressurreição se cumpriu, "glória a Deus, glória a Deus, amém", já que "Deus é nossa tarefa, nós não somos a tarefa de Deus". (ME, p. 379) Como entender essa escrita que se dá como tarefa *escrever Deus*, nesse romance que é também uma reescrita de *Crime e castigo*, de Dostoiévski, um dos livros favoritos do pai de Clarice, judeu ucraniano, um romance que, portanto, dentre outras coisas, trazia algo da Rússia de origem, de onde a família tivera que fugir?

O "tom maior" a que se refere aqui Clarice não está relacionado à música (o modo maior...). O "maior" de Clarice se refere ao *sublime*, uma longa tradição codificada pelo tratado de autoria do pseudo-Longino, um obscuro retórico helenista do século I, o *Peri Hypsous*, mal traduzido como "Do sublime". Uma tradução melhor seria: "Do elevado", "Do altíssimo". O tratado versa basicamente sobre o "grande dizer", a "grandeza", "o falar sobre o que é alto".[4] Algo do sublime está contido na expressão: "grande arte" ou "grande literatura".

Ora, desde o pseudo-Longino o sublime designa a apresentação do metafísico como tal;[5] ele versa sobre o divino em suas diversas formas. O termo *ho hypsous*, já na primeira diáspora judaica na Grécia, é associado ao "altíssimo" Deus da Bíblia.[6] Um dos exemplos citados por Longino é o performativo do Gênese, escrito pelo "legislador dos judeus": "Deus disse [...] 'Que se faça a luz', e a luz se fez. 'Que se faça a terra', e a terra se fez".[7] Kant dá dois exemplos de sublime: o mandamento contido no "código civil dos judeus", "Tu não deves fazer-te nenhuma efígie nem qualquer prefiguração, quer do que está no céu ou na terra ou sob a terra etc.";[8] e a inscrição do templo de Ísis (a "mãe

4 DEGUY, Michel. "Le grand-dire. Pour contribuer à une relecture du pseudo-Longin". *In* COURTINE, Deguy, ESCOUBAS et al. *Du sublime*. Paris: Belin, 1988.

5 LACOUE-LABARTHE, Philippe. "A verdade sublime". *In A imitação dos modernos*. Tradução de Virginia de Figueiredo. Rio de Janeiro: Paz e Terra, 2000, p. 227.

6 *Ibidem*, p. 239.

7 LONGINUS. "On the Sublime". *In Aristotle XVIII. The Poetics*. Tradução de W. Hamilton Fyfe. Cambridge/ Londres: Harvard University Press/ Willian Henemann, 1982, p. 149.

8 KANT, Immanuel. *Crítica da faculdade do juízo*. 2. ed. Tradução de Valerio Rohden e António Marques. Rio de Janeiro: Forense Universitária, 1995, p. 121.

natureza", nos explica Kant): "Eu sou tudo o que é, que foi e que será, e nenhum mortal descerrou o meu véu".[9]

Trata-se, em ambos os casos, de um enunciado divino; é um deus que fala, mas cuja voz é transmitida por uma inscrição indireta.[10] Nos dois casos, o Deus manda ou declara que não pode ser representado. Tanto no exemplo de Longino quanto nos dois de Kant, a voz de Deus é transmitida pela escrita, consignando-se assim a vocação da escrita de transmitir a voz divina. Mas, com a passagem dos séculos, algo mudou: enquanto no performativo de Longino o Deus, ao fazer a luz (*fiat lux*), produz o limite e a condição do visível e da própria aparição, nos de Kant, o Deus, por assim dizer, comparece para dizer que não pode comparecer ou ser visto, transformando-se em lei ou princípio legal transcendental. Trata-se de uma "apresentação negativa", nos diz Kant. O que ocorre com Kant é que a metafísica se transfere para o interior do sujeito, transformando-se em lei moral, e prestando testemunho da "disposição à moralidade em nós".[11]

Ora, o que define a mística é a prática de uma "experiência metafísica", o que frequentemente tem como corolário a aversão alérgica às religiões institucionalizadas.[12] Em que consiste ela? Na possibilidade sumamente paradoxal de que aquilo que por definição situa-se além do campo da experiência física, esse o sentido da meta-física, seja objeto de uma experiência. Consequentemente, que essa experiência se dê fora da trama da mediação da representação e do sujeito, de maneira, portanto, i-mediata.

O ponto interessa particularmente à crítica de Clarice. Certamente é a algo como uma "experiência metafísica" que ela se refere ao sublinhar a recorrência do que se convencionou chamar as suas "epifanias". Daí a pergunta: Clarice seria uma mística ou uma bruxa? Pergunta que não pode ser respondida sem um certo vagar. Sabemos que é enquanto "bruxa" que Clarice foi convidada a participar do Primeiro Congresso Mundial de Bruxaria realizado em Bogotá, Colômbia, em 1975. Sua re-

9 *Ibidem*, p. 162.
10 LACOUE-LABARTHE, Philippe. *Op. cit.*, p. 228.
11 KANT, Immanuel. *Op. cit.*, p. 121.
12 ADORNO, Theodor. *Dialética negativa*. Tradução de Marco Antonio Casanova. Rio de Janeiro: Jorge Zahar, 2009, p. 308. Cf. GUERREIRO, Eduardo. *Teologia negativa e Theodor Adorno*: *a secularização da mística na arte moderna*. Tese de doutorado em teoria literária no Programa de Pós-Graduação em Ciência da Literatura, Universidade Federal do Rio de Janeiro, 2007.

ticência em participar do congresso, e a maneira como se manifestou ou recusou-se a se manifestar a respeito, talvez contenha um início de resposta. Clarice comparece ao congresso, o que é sem dúvida significativo, escreve duas versões de uma conferência intitulada "Literatura e magia", com a qual ela planejava introduzir a leitura de seu conto "O ovo e a galinha". Ao final, não lê a conferência e pede a alguém para ler o conto para ela. Ou seja: coloca-se como testemunha ao mesmo tempo presente e exterior de seu texto e só dele, atenta, mas modesta quanto aos efeitos que ele porventura possa produzir sobre a plateia ("Se meia dúzia de pessoas realmente sentirem esse texto já ficarei satisfeita" [OE, p. 123]), mas recua manifestamente quanto a tratar diretamente da questão. O ensinamento configurado pelo texto é tido então como *esotérico*, em sentido estrito. Permanece a recusa de uma discussão "teórica" sobre a questão, deixando em seu lugar, solitário, o texto.

Nas conferências, Clarice explicita uma inversão característica de *sua* metafísica, entre o natural e o sobrenatural, a natureza e a magia. Para ela, "tudo que vive e que chamamos de 'natural' é, em última instância, sobrenatural". (OE, p. 123) Ou, dito de outra maneira, para ela, "o que quer que exista, existe por algum tipo de mágica. [...] Os fenômenos naturais são mais mágicos do que os sobrenaturais". (OE, p. 124) A mágica ou o sobrenatural *tout court* a que Clarice se refere é exemplificado por uma série de acontecimentos inexplicáveis do ponto de vista racional, embora, por outro lado, ela convoque a plateia de "O ovo e a galinha" a "ouvir a leitura apenas com o raciocínio", chamando a atenção para a "simbologia secreta" contida no conto. Nesses acontecimentos, atestam-se os momentos de "contato" ou de "relacionamento", diz ela: uma chuva propiciadora que veio, o sol, a própria existência milagrosa de Deus, a aparição de dois pombos, símbolos da paz. Mas a mágica mais profunda é o impossível e inexplicável ato de viver: "Eu pergunto, por quê? Para quê? [...] Não existe resposta para o fato de haver, numa pequena semente, numa simples semente de árvore, essa promessa de vida, o fenômeno de uma semente que contém vida é totalmente impossível". (OE, p. 126)

A pergunta recobre uma outra menos tingida pelas questões classicamente metafísicas sobre o sentido ou a finalidade do ser, mas uma constatação mais desavergonhada sobre a vida. Numa declaração sobre a sua participação no Congresso de Bruxaria, ela diz que mágico é, por exemplo, "o fato de uma escura e seca semente conter em si uma planta verde e brilhante". (OE, p. 121) Ou o próprio ovo. Impossível ou mágico é, portanto, o processo da vida inumana: o nascimento da planta, do animal, que alarga, é *maior*, e compreende a vida humana. Aqui começamos a nos aproximar do sentido do "tom maior" a que se referia Clarice na carta a Fernando Sabino.

Ao apresentar as versões da conferência, as editoras de Clarice, ligeiramente constrangidas, referem-se a um traço supersticioso seu: "A crença de Clarice em determinadas superstições era conhecida pelos amigos mais íntimos". (OE, p. 121) Ora, os termos "crença" e "superstição" correspondem ao regime mono-ontológico dos "modernos", para falar com Bruno Latour,[13] que só admite um modo de existência, a existência humana, e uma metafísica, a metafísica ocidental da religião pessoal. O Esclarecimento é nada mais nada menos do que a "libertação da superstição", esse momento passivo da razão que se deixa guiar por outros.[14] Os momentos de "contato" ou "relacionamento" a que se refere Clarice, ao contrário, parecem designar a intervenção de uma outra cosmologia, a "unidade transespecífica dos espíritos", identificada por Eduardo Viveiros de Castro nas cosmologias ameríndias, e localizadas no campo da "sobrenatureza", essa noção tão desacreditada pelas ciências que parece estar agora exigindo o direito de ser reabilitada.[15] Ela descreve a "dinâmica sobrenatural de alteração ontológica entre humanos e não humanos".[16] Ao inverter a relação entre natural e sobrenatural e identificar na própria natureza, ou o que proverbialmente chamamos assim, o sobrenatural, Clarice situa no sobrenatural, no mistério da natureza, na natureza enquanto mistério, o ponto de referência. É a sobrenatureza que é primeira e generalizada, é a partir dela que se pode entender a diferença, a duplicidade, a identidade entre natureza e sobrenatureza. Cabe então tentar entender o que seria a metafísica *de* Clarice.

Em um trecho de *Uma aprendizagem ou O livro dos prazeres* (1969), publicado inicialmente como crônica do *Jornal do Brasil*, sob o título de "Estado de graça", Clarice procede a uma explicação rigorosa do que

13 LATOUR, Bruno. *Jamais fomos modernos — Ensaio de antropologia simétrica*. 2. ed. Tradução de Carlos Irineu da Costa. São Paulo: Editora 34, 2009.
14 KANT, Immanuel. *Op. cit.*, p. 141.
15 CASTRO, Eduardo Viveiros de. *A inconstância da alma selvagem*. São Paulo: Cosac Naify, 2002, pp. 395-396.
16 VALENTIM, Marco Antonio. *Extramundanidade e sobrenatureza — Ensaios de ontologia infundamental*. Florianópolis: Cultura e Barbárie, 2018, p. 180.

entende pelo que estou chamando de "experiência metafísica". Clarice procede metodicamente, distinguindo judiciosamente o estado de graça de experiências semelhantes, mas em quase tudo distintas, como a inspiração artística e a graça dos santos. Ao contrário da inspiração artística, por exemplo, o estado de graça não serve para nada, embora tampouco seja justo dizer que seja inútil. A graça é o dom de saber "que realmente se existe", é a "dádiva indubitável de existir materialmente".[17] (CR, p. 93) A experiência de que fala Clarice, portanto, parece inicialmente não ter nada de metafísica; ela explicitamente chama de "bem-aventurança *física*". Clarice retira o sentido teológico e transcendente da *káris* do Novo Testamento e o aplica a uma dádiva puramente imanente. Embora o motivo metafísico reapareça com insistência, o que indicia o seu lugar de fronteira: no estado de graça surge a beleza antes inatingível de outra pessoa, as coisas ganham um nimbo que "vem do esplendor da irradiação quase matemática das coisas e das pessoas", quando se sente um "finíssimo resplendor de energia". "É como uma anunciação", porém uma anunciação que não fosse precedida por anjos, como supõe-se ser a anunciação dos santos, mas simplesmente a anunciação "do mundo". A anunciação não anuncia a aparição ou o nascimento de algo que não é deste mundo — o termo evoca o vocabulário do evangelho, como a "anunciação" angélica do nascimento de Cristo —, mas sinaliza a aparição do próprio mundo, já que é o próprio mundo que é sobrenatural, como vimos: é a natureza que é sobrenatural, é ela que é santa, ou por outra: é a física que é metafísica.

Esse mesmo motivo comparece com insistência em sua obra ao falar d'o Deus, escrito assim, como substantivo comum. Em *Água viva*, a narradora fala de comer o "it" que é uma ostra. "E eu estava comendo o it vivo. O it vivo é o Deus.// Vou parar um pouco porque sei que o Deus é o mundo. É o que existe. Eu rezo para o que existe?" (AV, p. 25) O "it" vivo e mole da ostra é a "transcendência dentro de mim". (AV, p. 25) A transcendência é embutida na imanência de um eu alargado, que é outro em si próprio, diferente em si e de si mesmo. Em *A paixão segundo G.H.*, o Deus se encarna na barata, aquele ser absolutamente nu, despojado dos disfarces narcísicos de uma hipótese demasiado reduzida de Deus. A barata está no "tamanho-grandeza do Deus". (GH, p. 122)

17 A crônica é de 6 de abril de 1968.

Ainda em *A paixão*, G.H. questiona o privilégio *especista* da "anomalia" humana sobre a barata.

> Só por uma anomalia da natureza é que, em vez de sermos o Deus, assim como os outros seres O são, em vez de O sermos, nós queríamos vê-Lo. [...] Se fôssemos tão grandes quanto Ele. Uma barata é maior que eu porque sua vida se entrega tanto a Ele que ela vem do infinito e passa para o infinito sem perceber, ela nunca se descontinua. (GH, pp. 126-127)

Observe-se que Clarice, ao mesmo tempo que torna Deus um substantivo comum, sempre o capitaliza, assim como aos pronomes que substituem o seu nome. A tentação do humano é ver, saber, sentir o Deus, enquanto a barata *é* o Deus. A barata O é, ou seja, a barata existe. Aqui estão os termos da ontologia de Clarice: o Deus é, o Deus existe; e nós, humanos ou baratas, somos apenas à medida que somos no interior infinito de Deus. Isso porque só existe um ser, o ser de Deus, Deus é, e nele nós somos. Deus está mais na barata do que em nós, porque o sujeito humano pessoaliza o ser, que na verdade é impessoal e maior. Problema delicado sobre o qual se debruça a milenar tradição da "filosofia primeira", a ontologia, ao separar dois sentidos do ser: o que as coisas são (a definição, a *quidditas*, diz a escolástica) por oposição ao fato de serem; a essência por oposição à existência, *quid est* por oposição a *quod est*, essência segunda por oposição à essência primeira. Diferença contida no próprio duplo sentido do verbo ser: como cópula, verbo de ligação e no sentido de existência. Para essa tradição, ser é um privilégio humano, apenas o humano existe, enquanto para Clarice todos os seres existem, e a essência dos seres corresponde à sua existência. Mais: o ser humano só existe enquanto alteração ao ser que é essencialmente inumano. É o que descobre G.H.: "Diante da barata viva, a pior descoberta foi a de que o mundo não é humano, e de que não somos humanos". (GH, p. 67) A ilusão da anomalia humana é querer se equiparar à grandeza de Deus, mas impossível ser maior do que o infinito de Deus, no qual está contido, menor, o humano. A barata é maior do que o humano, porque ela se entrega ao ser infinito que é Deus. A metamorfose em barata consiste evidentemente na "metamorfose de mim em mim mesma", porque tanto G.H. quanto a barata são em Deus. Comer a barata significa comer a si mesma, com a condição de entender a diferença radical embutida nesse eu alargado. G.H. precisa despojar-se de tudo o que era e transformar-se tão somente em ser: "Só tenho o que sou. E agora o que sou? Sou." (GH, p. 65)

Lóri, de *Uma aprendizagem*, explica essa gramática do Deus: "Deus é um substantivo [...], um substantivo como substância. Não existe um único adjetivo para o Deus." E a narradora conclui: "'Vós sois deuses.' Mas éramos deuses com adjetivos." Lóri faz ali uma tradução característica de Espinosa: deus ou a natureza é uma substância única, nós somos em Deus, modos de Deus, o que Lóri traduz como relação entre substantivo e adjetivo. Ou, citando o próprio Espinosa: "Tudo o que existe, existe em Deus, e sem Deus, nada pode existir nem ser concebido".[18] Ou ainda: "Todas as coisas [...] são em Deus e se movem em Deus".[19] Como a substância divina se comunica com seus modos? Através da existência: nós somos e nisso somos divinos.

Caminharíamos assim para a hipótese de um panteísmo de Clarice? Há nela uma *metaphysica specialis*, aquela que se refere ao conhecimento do ente supremo (o Deus), e uma *metaphysica generalis*, aquela que tem por objeto o ente em geral (a vida), mas justamente elas se dão em termos completamente inaceitáveis pela tradição filosófica que constitui essas duas metafísicas. A sua metafísica é todo o contrário de uma ciência acadêmica cujo fim explícito é "levar a cabo a antropogênese" (a "máquina antropológica da filosofia ocidental"), o "devir-humano do vivente"; ela é todo o contrário de um programa milenar de superação ou purificação (*metá*) da *physis* (natureza, animal, inumanidade) em direção à história humana.[20] Ela não se define pelo desprezo humano do não humano, exilado fora do ser.[21]

Talvez uma maneira de entender a tradução clariciana da metafísica espinosista seja traduzir a natureza em *Deus sive natura* ("Deus ou a natureza")[22] por *Deus ou a realidade*. E, para Clarice, a realidade é perfeita, acabada, não há como alterá-la ou melhorá-la. O erro da exceção humana é projetar sobre essa realidade (ou Deus) o modelo

18 ESPINOSA. *Ética*, I, prop.15. 2. ed. Tradução de Tomaz Tadeu. Belo Horizonte: Autêntica, 2008.
19 *Idem*. "Carta 73". *Complete Works*. Tradução de Samuel Shirley. Indianapolis/Cambridge: Hackett, 2002, p. 942.
20 AGAMBEN, Giorgio. *L'Ouvert — De l'homme et de l'animal*. Tradução de Joël Gayraud. Paris: Bibliothèque Rivages, 2002, pp. 119-120.
21 VALENTIM, Marco Antonio. *Op. cit.*, pp. 156-157. Marco cita aqui AGAMBEN. *Op. cit.*, p. 136.
22 ESPINOSA. *Ética*, IV, Prefácio.

do sujeito humano. Este, para Espinosa, é o pai de todos os preconceitos. Espinosa: "Por perfeição compreenderei [...] a realidade, isto é, a essência de uma coisa qualquer, enquanto existe e opera de uma maneira definida". Todas as coisas são iguais, explica Espinosa, pelo fato de existirem.[23] G.H.: "O divino para mim é o real.// Mas beijar um leproso não é bondade sequer. É autorrealidade, é autovida — mesmo que isso também signifique a salvação do leproso. Mas é antes a própria salvação. [...] A grande bondade do santo — é que para ele tudo é igual." (GH, p. 169) A ontologia de Clarice seria uma teologia, se fosse possível conceber uma teologia do Deus cósmico, impessoal e infinito, o que é na prática uma contradição em termos. Ainda em *Uma aprendizagem ou O livro dos prazeres*, encontramos a crítica mais extensa ao Deus pessoal analógico. Ali se narra a destituição do deus humanizado em direção a um "Deus cósmico", que se confunde com o corpo da terra. Nela nos aconchegamos, nos encostamos, por ela somos absorvidos em uma espessura opaca como na morte, numa "integração sem palavras". (AP, p. 61) O Deus "representado" pelos humanos é um Deus falso, porque "feito à sua própria imagem", conclui Lóri. (AP, p. 61)

> Descobriu que até agora rezara para um eu-mesmo, só que poderoso, engrandecido e onipotente, chamando-o de o Deus e assim como uma criança via o pai como a figura de um rei. (AP, p. 62)

O Deus humanizado, feito à sua imagem e semelhança, era na verdade uma versão magnificada, engrandecida e onipotente de si mesma. A matriz analógica e figural da teologia bíblica, inclusive em sua versão teológico-política-familiar-especista, está contida ali. A relação entre um Deus humanizado e a criatura humana é análoga à relação entre a criança e seu pai, ou a relação entre o povo e seu rei. O trabalho de Lóri é a "desmistificação" do Deus humanizado e sublime, o que implica uma guerra contra a forma humana do Deus. A falta do Deus humano, no entanto, dói, a faz sofrer, mas, ao mesmo tempo, ela "era uma célula dele". (AP, p. 62) Em *Uma aprendizagem*, como em *A maçã no escuro* ou *A paixão segundo G.H.*, e em todos os textos de Clarice a partir de *A maçã*, a polêmica se dá explicitamente com o monoteís-

23 *Ibidem.*

mo em especial em sua versão cristã: Cristo foi Cristo por nós, mas o Cristo do Cristo é o Deus, a quem Cristo tivera que "ir diretamente" (AP, p. 63), questiona Lóri. Seria preciso ultrapassar a "condição humana de Cristo". Embora isso talvez significasse um "medo de amar", porque o amor se dá na figura humana. O trabalho consistirá então em entender por meio da experiência o modo pelo qual o Deus se encarna no humano. O que permite o amor, como encarnação do infinito. "E é aceita a nossa condição como a única possível, já que ela é o que existe, e não outra. E já que vivê-la é a nossa paixão. A condição humana é a paixão de Cristo." (GH, pp. 176-177)

O drama da divindade tal qual visto por Clarice solicita a encarnação como matriz analógica do infinito, numa originalíssima versão de um Cristo revisto sobre o fundo espinosista de um deus infinito. Leiamos parte desse fragmento enigmático escrito por ela em resposta à pergunta feita por sua amiga e acompanhante, Olga Borelli: o que é Deus?

> Deus só é compreensível se a gente descobrir que Ele pensa em termos de milênios em matéria de tempo ou mesmo do infinito. Quanto a pessoas, Ele talvez só veja o nosso protótipo e não cada um de nós que é uma repetição do protótipo.
>
> Talvez não caiba a Ele nos procurar. Cabe a cada um de nós sorver dele uma misericórdia que Nele é impessoal e matemática. Nós temos o poder de transformar essa misericórdia em alma nossa. Ele criou o tipo e nos largou com ele.[24]

É impressionante a solicitação dos próprios termos históricos do platonismo e sua derivação religiosa cristã. "Protótipo" e "tipo" são termos que pertencem ao vocabulário platônico que depois serão recuperados pela reescrita figural cristã da Bíblia, que identifica no Velho Testamento prefigurações do Novo, cuja mecânica foi analisada por Erich Auerbach em *Figura*.[25] A história é vista da perspectiva impessoal, matemática e infinita de Deus, que nos lega o "tipo", isto é, a moldagem dos seres em espécies, e depois nos abandona. Colocada

24 BORELLI, Olga. *Clarice Lispector — Esboço para um possível retrato*. 2. ed. Rio de Janeiro: Nova Fronteira, 1981, pp. 37, 39.

25 AUERBACH, Erich. *Figura*. Tradução de Duda Machado. São Paulo: Ática, 1997.

na perspectiva "do infinito" temporal, "de milênios", cada pessoa é a repetição do tipo ou do protótipo; cada humano, por exemplo, é o humano de todo e qualquer humano, como cada galinha é a galinha de toda e qualquer galinha e assim por diante. Reconhecemos a fórmula característica de tantos textos de Clarice: "Ser a mulher de todas as mulheres", ser "a barata de todas as baratas", (GH, p. 175) a galinha que era "uma cabeça de galinha, a mesma que fora desenhada no começo dos séculos" (CO, p. 158) etc. É nesse ponto de despersonalização, quando a mulher é a mulher de todas as mulheres, a barata, a barata de todas as baratas, a galinha, a mesma galinha secular, que a mulher, a barata, a galinha existem. A essência delas coincide com a existência.

Ou nos termos de *Perto do coração selvagem*: ser "o símbolo da coisa na própria coisa". (PC, p. 137) A operação modifica radicalmente o sentido do *symballein* grego. ("Símbolo" vem do grego, *symballesthai* [*sym-*, com, e *ballein*, lançar, jogar], "pôr junto", "juntar", e nomeia a ligação [*sym*] natural com o todo [ser, terra, base]. Ele originalmente designa o jogo de encaixe de duas metades, que os latinos chamavam de "*tessera*".) O símbolo é o índice da "experiência metafísica". Mas o "símbolo da coisa na própria coisa" significa que não há diferença entre o símbolo e o simbolizado, a coisa. Não existe nenhuma diferença essencial entre *essa mulher* singular, a mulher-símbolo e toda e qualquer mulher, no ponto de impessoalidade a que as narrativas de Clarice chegam; elas são a repetição uma da outra, o que não tira nada de sua singularidade; elas repetem o tipo, vistas pela distância milenar e matemática de Deus.

O símbolo então paradoxalmente não simboliza, não expressa, ele é enigmático. Ela simboliza a humanidade precisamente porque ela é o mistério. Ela é o sobrenatural dentro da natureza.

Essas fórmulas de absoluta generalidade conduziriam a que tipo de política? A esse respeito, leia-se essa frase contida em um dos primeiros textos publicados por Clarice, em 1941: "Nada conheço que dê tanto direito a um homem como o fato dele estar vivendo". (CO, p. 111) Ou: "A mim me bastaria apenas a existência de uma criatura sobre a terra para satisfazer o meu desejo de glória, que não é senão um profundo desejo de vizinhança". (CO, p. 110) Viver configura um direito único, que diz mais e resume o código civil inteiro, o direito de viver e continuar vivendo, o antídoto contra o genocídio, a morte coletiva, mas sempre singular. Contra a desigualdade de direito entre os seres (uns que têm mais direitos do que outros), afirma-se a absoluta igualdade dos seres no existir. A existência singular confere o direito máximo, ilimitado, inquestionável. Não seria aparentemente muito: bastaria uma única criatura estar vivendo, esta criatura dêitica aqui, ao lado, na minha vizinhança. A existência é a existência de um outro, o que explica a antiga vontade de "salvar a humanidade". Todos os seres, não apenas os humanos, dirá Clarice adiante em sua obra, todos e cada ser têm o direito de existir e, portanto, precisam ser salvos.

"Estou cansada", escreve a narradora-pintora de *Água viva*, "meu cansaço vem muito porque sou pessoa extremamente ocupada: tomo conta do mundo". (AV, p. 50) Em seguida, o mundo é detalhado em fragmentos de visão diária: o pedaço de praia entrevisto, as amendoeiras, o céu estrelado e azul-marinho, o menino de nove anos vestido de trapos e magérrimo que talvez tenha tuberculose, as milhares de plantas do Jardim Botânico, especialmente as vitórias-régias... Tomar conta do mundo é olhar/escrever a realidade, tomar conta da realidade ao confirmar a cada dia sua existência é salvá-la. Há nisso uma espécie de santidade. "É que nasci incumbida", (AV, p. 50) explica a narradora.

Clarice faz em sua obra literária uma leitura desmitologizante da encarnação crística, que percorre os passos da figuração mítica da paixão para chegar a um sentido depurado, não transcendente, não subjetivo dela, como desconstrução do cerne de sua figura, que se confunde nesse momento com a realidade da existência. Salvar o mundo, já que disso se trata, ou "tomar conta dele" dele, conforme vimos na citação de *Água viva*, consiste no projeto mítico-heroico de subjetivação do mundo: é o que descobrem conformados e surpreendentemente alegres os protagonistas dessa saga, em suas muitas versões. Pois o fracasso desse programa quem sabe seja a maneira possível de realizar o projeto a que se propunha inicialmente o programa da escrita messiânica. A encarnação não é nada, nada ocorre nela, e disso se trata. Mas, ao aceitar-lhe o nada, quem sabe, nos salvemos e salvemos a realidade.

É paixão minha ser o outro

MIRA
SCHENDEL

ANNA
MARIA
MAIOLINO

Os muitos problemas decorrentes da injustiça social sempre estiveram presentes – explícitos ou menos flagrantes – na vida e na obra de Clarice Lispector. "Mineirinho" e *A hora da estrela* são os exemplos mais eloquentes e, por isso mesmo, os mais citados. Mas é preciso lembrar os muitos momentos em que nas crônicas – publicadas em jornais e revistas nas décadas de 1960 a 1970, em plena ditadura militar – Clarice assumiu um tom veemente de manifestação política. A jovem que se formou em direito com o intuito de reformar as condições de vida nos presídios brasileiros nunca deixou de trazer a seus textos os dramas oriundos da opressão, da injustiça e das desigualdades.

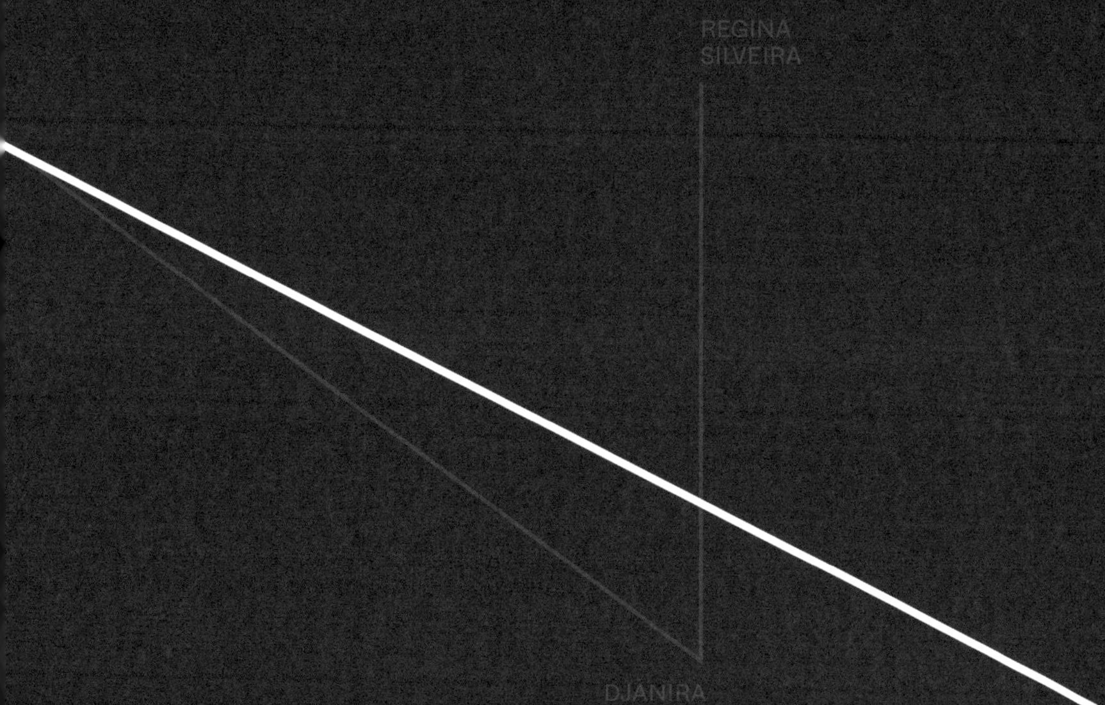

Recuso-me a ler o texto do mundo, as manchetes já me deixam em cólera. E comemora-se muito. E guerreia-se o tempo todo.

"DIES IRAE"

MIRA SCHENDEL

Sem título [*Todos*], *c.* 1964
Óleo sobre tela,
162 × 132 cm
Coleção Jones Bergamin

TODOS

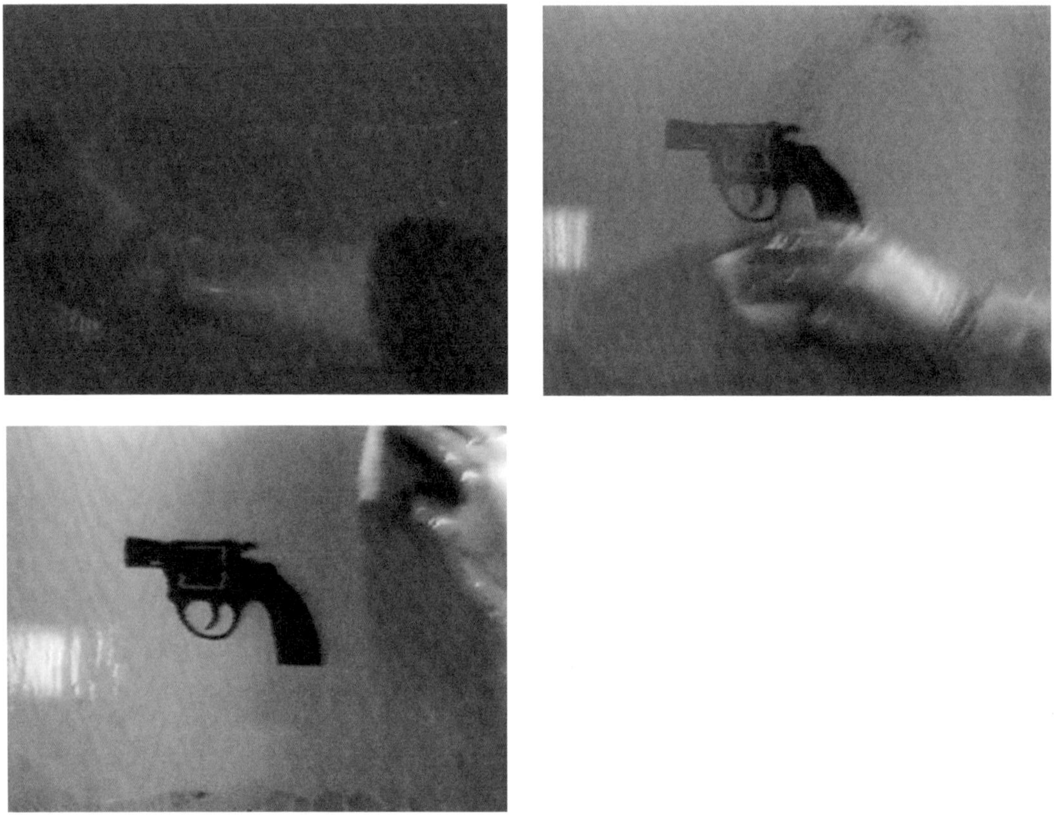

REGINA SILVEIRA

Videologia, 1978
Stills de vídeo, 2' 26"
Coleção Regina Silveira/
Luciana Brito Galeria,
São Paulo

ANNA MARIA MAIOLINO

S.O.S. no trópico de Capricórnio — da série *Mapas mentais*, 1974
Nanquim sobre papel em caixa de madeira, 51 × 42 × 6 cm
Coleção da artista, São Paulo

Se me viesse de noite uma mulher. Se ela segurasse no colo o filho. E dissesse: cure meu filho. Eu diria: como é que se faz? Ela responderia: cure meu filho. Eu diria: também não sei. Ela responderia: cure meu filho. Então – então porque não sei fazer nada e porque não me lembro de nada e porque é de noite – então estendo a mão e salvo uma criança. **"A LEGIÃO ESTRANGEIRA"**

DJANIRA

O sonho do menino pobre, 1948
Óleo sobre tela,
116,5 × 63 cm
Coleção particular,
Rio de Janeiro

DJANIRA. 48.

DJANIRA

Zona Norte, 1956
Óleo sobre tela,
60 × 81 cm
Coleção particular,
Rio de Janeiro

DJANIRA

Lapa, 1944
Óleo sobre tela,
81,5 × 101,5 cm
Coleção Fundação Edson
Queiroz, Fortaleza

A COISA SOCIAL

JOSÉ MIGUEL WISNIK

Num depoimento curto, lúcido e nu, chamado "Literatura e justiça" (CR, pp. 650-651), Clarice Lispector expõe sua culpa por não tratar a "coisa social", em seus escritos, com a contundência que lhe é devida. Por que não escancarar a miséria e a injustiça, pergunta-se ela, por que não combatê-las explicitamente, por que não vocalizar a indignação, se o sentimento de revolta diante dos mocambos no Recife, assim como "a beleza profunda da luta", anterior mesmo à descoberta da "arte", foram a sua "primeira verdade"? (CR, p. 650)

A resposta está contida na pergunta: é exatamente porque essa verdade já lhe é conhecida, porque é a premissa inerente a sua relação com o mundo, que não será a razão de ser de sua escrita. Também não é um fim, nem se converte num programa temático, porque consiste no próprio postulado de seu confronto com o real da vida coletiva: "O problema da justiça é em mim um sentimento tão óbvio e tão básico que não consigo me surpreender com ele — e, sem me surpreender, não consigo escrever". (CR, p. 650)

A declaração expõe o fato, aliás evidente, de que, para Clarice, escrever não se resume a *dizer o que se acha de alguma coisa*, mas, ao contrário, de achar o que se diz da *coisa* ou, mais propriamente, de achar *o dizer da coisa*, no sentido forte de sua "coisidade", isto é, daquilo que "recusa e resiste", na obscuridade da existência, à sua captura "pela instrumentalidade humana".[1] Em outras palavras, aquilo que "interpela o sujeito sem se deixar nomear; que se volta enigmaticamente para quem se volta para ele; que resiste a ser apreendido, designado, significado".[2] Pode ser o ovo, a barata, ou tantas outras coisas, mas não é sem consequências, em se tratando dessa escritora, que ela se refira à questão da injustiça usando, mesmo que quase casualmente, a expressão "*coisa* social". (CR, p. 650, o destaque é meu)

Ao afirmar que não há uma passagem automática da demanda por justiça à sua problematização literária, Clarice estava dando uma resposta estratégica, sem deixar de ser sincera, às cobranças por engajamento feitas a escritores e escritoras no início dos anos 1960. Ela não o diz nesses termos, mas a exigência de empenho social vinha geralmente empacotada em noções políticas que pressupunham a literatura como uma espécie de fábula com mensagem. Aqui, ela des-

1 PENNA, João Camillo. "Das Ding". *Revista Letras*, Curitiba, n. 98, jul./dez. 2018, p. 34.

2 WISNIK, José Miguel. "Diagramas para uma trilogia de Clarice". *Revista Letras*, Curitiba, n. 98, jul./dez. 2018, p. 296.

vencilha-se dessa armadilha afirmando, de maneira inesperada, a anterioridade radical do político em relação a tudo, inclusive à arte. O mal-estar social — o choque da menina ante os mocambos no Recife — é a "primeira verdade", a fratura exposta, gritante e inalcançável de tão real. A seu modo, a crônica recusa transformar esse mal-estar numa mistura de boa consciência com má literatura. *Isso*, essa coisa inominável de tão óbvia e tão entranhada na experiência traumática da cidade, grita por si só e cala em si mesma, exigindo outras estratégias de dizer, como veremos.

Entenda-se também que esse lugar conflituoso, em que Clarice Lispector se coloca, está longe de ser assumido como prerrogativa de uma superioridade qualquer sobre alguém. Ela se atormenta ao confessar que não sabe "como se aproximar de um modo 'literário' (isto é, transformado na veemência da arte) da 'coisa social'"; (CR, p. 650) ao afirmar que não consegue extrair surpresa do sentimento de revolta ante a injustiça (pois esse sentimento é uma de suas raras certezas); e ao não poder contribuir com ações consequentes para a luta política, pois o ofício de escrever, até onde ela alcança, não dispõe dessa capacidade (e porque ela mesma se perderia "ignorantemente" [CR, p. 651] nos domínios da política, caso se aventurasse por aí).

"Literatura e justiça" é, assim, uma declaração de impotência que envolve a culpa, a dor, a vergonha e a humilhação de não corresponder na justa medida à certeza de que a ordem social se constitui sobre o erro. Vergonha de não saber, de não conseguir e de não poder, mas *nenhuma vergonha por escrever*: envergonhar-se de escrever, diz ela numa última ironia, seria pecar por orgulho — dar importância demasiada, talvez, a si mesma. Muito mais que isso, fica implícito nessa passagem que se culpar pela aparente irresponsabilidade da escrita seria trair o compromisso, que lhe é inerente, de dar voz ao difícil, de nomear o não nomeado e o não nomeável.

Engana-se, pois, quem pensa Clarice como uma escritora desligada da inquietude e do fervor social, supostamente mergulhada nos desvãos existenciais e psicológicos de uma obra da qual a dimensão política estaria ausente. O que acontece é que o sentimento da injustiça está pulsando, sempre visceralmente, e com a "veemência da arte", (CR, p. 650) justamente ali onde é menos esperado.

Tomemos por exemplo o famoso conto "Amor", (CO, pp. 145-155) coração do livro *Laços de família*, no qual Ana, dona de casa, esposa e mãe, é arrebatada, em meio à rotina das compras domésticas, por um surto visionário que a desencaminha para um estado de graça e de náusea, levando-a ao recesso do Jardim Botânico. Ali onde "tudo era estranho, suave demais, grande demais", onde ruídos, cheiros e os menores movimentos se intensificam, fazendo em surdina seu "trabalho secreto"; (CO, p. 150) ali onde frutos, caroços, flores e raízes persistem e apodrecem em nojo e fascínio; ali onde "a crueza do mundo era tranquila", onde "o assassinato era profundo" e "a morte não era o que pensávamos"; (CO, p. 151) no meio desse lugar em que o Jardim do Éden confina com o Inferno, a revolta irrompe de dentro, de repente, numa golfada: "Quando Ana pensou que havia crianças e homens grandes com fome, a náusea subiu-lhe à garganta, como se ela estivesse grávida e abandonada". (CO, p. 151)

O gozo das propriedades sensíveis das coisas, muito mais que contemplativo, guarda um componente convulsivo — em meio a ele, a lembrança da miséria no mundo vem como um quase vômito. A sensação física da injustiça da desigualdade se descobre, pois, para a personagem, no âmago do Jardim Botânico — esse lugar de poder cujas intensidades desencadeadas antecipam, aliás, as do quarto de Janair em *A paixão segundo G.H.* Aquilo a que ela aspira dizendo-se impotente, em "Literatura e justiça" — aproximar a "coisa social" da "veemência da arte" —, *acontece* de fato, aqui: o mal-estar social coincide com a *coisidade* exposta do mundo, e o faz com a força do inesperado. Em Clarice, isso se dá *sem que se tire o corpo fora*: a existência de crianças e homens famintos bate em cheio nessa mulher que se percebe de repente como que "grávida e abandonada".

Sintomaticamente, a primeira crônica, entre as centenas que ela escreveu durante sete anos para o *Jornal do Brasil*, vai ao nervo da mesmíssima questão:

> Não posso. Não posso pensar na cena que visualizei e que é real. O filho está de noite com dor de fome e diz para a mãe: estou com fome, mamãe. Ela responde com doçura: dorme. Ele diz: mas estou com fome. Ela insiste: durma. [...] Ele insiste. Ela grita com dor: durma, seu chato! Os dois ficam em silêncio no escuro, imóveis. Será que ele está dormindo? — pensa ela toda acordada. E ele está amedrontado demais para se queixar. Na noite negra os dois estão despertos. Até que, de dor e cansaço, ambos cochilam, no ninho da resignação. E eu não aguento a resignação. Ah, como devoro com fome e prazer a revolta. (CR, p. 11)

"Cena que visualizei e que é real", diz ela. Trata-se, bem entendido, de uma projeção imaginária (cena mental, no sentido de que não é *vista*, e sim *visualizada*), mas ao mesmo tempo real (considerando que real é o que não dá pra não ver, mesmo que não se esteja vendo). Cena que salta à mente, incontornável, e que, condenada à "resignação", não desaparece nem se resolve, retornando como espectro. Na passagem, a indignação acaba devorada com volúpia feroz por esta que, negando-se à resignação, mas condenada à impotência, vinga-se da fome refestelando-se na substância da revolta, num ato autofágico.

O livro *A hora da estrela* se escreve todo "em estado de emergência e de calamidade pública", (HE, p. 8) por dentro do mal-estar de classe que é *dele*, *meu* e *teu*, como se infere do pronome na primeira pessoa do plural que termina esta frase: "A dor de dentes que perpassa esta história deu uma fisgada funda em plena *boca nossa*". (HE, p. 10, o destaque é meu) Mesmo nos momentos em que não dói no nervo, o incômodo de fundo não abandona a narrativa, para cuja apreensão importa saber que "esta é acompanhada do princípio ao fim por uma levíssima e constante dor de dentes, coisa de dentina exposta". (HE, p. 21) O narrador, Rodrigo S.M., é convocado "na verdade [por] Clarice Lispector" (HE, p. 7) para dar conta de colocar no papel da página a graça despossuída da moça pobre nordestina que em algumas noites come papel para encher o estômago. Nas palavras do livro: "Às vezes antes de dormir sentia fome e ficava meio alucinada pensando em coxa de vaca. O remédio então era mastigar papel bem mastigadinho e engolir." (HE, p. 28) Nesses dois papéis — o de escrever e o de comer, o papel do escritor ante a narrativa impossível e o da datilógrafa inepta e pobre que o usa para driblar a fome —, projetam-se destinos à primeira vista inconciliáveis, que a narrativa cruzará, ao fazer de cada um o outro do outro: "Vejo a nordestina se olhando ao espelho e [...] no espelho aparece o meu rosto cansado e barbudo. Tanto nós nos *intertrocamos*". (HE, p. 19, o destaque é meu) *A hora da estrela* é a seu modo uma amplificação extremada daquela "primeira verdade" traumática — o mal-estar diante do mal social, a miséria dos mocambos na cidade da infância —, atazanando *ad infinitum* e *ad nauseam* em espasmos intermitentes.

Note-se que, a certa altura de *Água viva*, o espasmo se faz sentir de maneira igualmente flagelante, marcado pela culpa e pela impotência, pela solidão e pela negatividade afirmativa da arte ("canto fosco e negro" [AV, p. 36]), pela adesão desesperada à imanência:

> Mas há os que morrem de fome e eu nada posso senão nascer. Minha lenga-lenga é: que posso fazer por eles? Minha resposta é: pintar um afresco em *adaggio*. Poderia sofrer a fome dos outros em silêncio mas uma voz de contralto me faz cantar — canto fosco e negro. É minha mensagem de pessoa só. A pessoa come outra de fome. Mas eu me alimentei com minha própria placenta. E não vou roer unhas porque isto é um tranquilo *adaggio*.[3] (AV, pp. 35-36)

Em *A hora da estrela,* Rodrigo S.M., o escritor-fantasma da autora (se não for o contrário), identifica-se como um desclassificado que, não se reconhecendo nem sendo reconhecido por sua classe social, só se reconhece nessa outra da qual está radicalmente apartado ("a classe alta me tem como um monstro esquisito, a média com desconfiança de que eu possa desequilibrá-la, a classe baixa nunca vem a mim" [HE, p. 16]). Ao escrever, ele não poderá "enfeitar a palavra", ostentando queira ou não as prerrogativas do estilo, sob pena de, tocando no pão da moça, transformá-lo em ouro — "E a jovem não poderia mordê-lo, morrendo de fome". (HE, p. 13) A relação narrativa com esta *outra* radical não se inicia sem passar por um rito expiatório em que o narrador busca fundar uma periclitante ética da escrita, falando de dentro de um poço de contradições: "Tenho então que falar simples para captar a sua delicada e vaga existência. Limito-me humildemente — mas sem fazer estardalhaço de minha humildade que já não seria humilde — limito-me a contar as fracas aventuras de uma moça numa cidade toda feita contra ela." (HE, p. 13)

Nas crônicas reunidas em *A descoberta do mundo,* Clarice assume, algumas poucas, mas decisivas vezes, o tom declarativo e a manifestação política direta, factual, que, como vimos segundo ela mesma, a ficção literária não comporta. Publicadas de 1967 a 1973, foram escritas durante a ditadura, e acusam esse fato com firmeza e altivez, em pelo menos três situações.

Um dos mais belos textos do livro, sobre o "estado de graça" — essa "dádiva", essa "pequena abertura para uma terra que é uma espécie de calmo paraíso" (CR, p. 95) —, fecha-se com um P.S. que tem data: "Estou solidária, de corpo e alma, com a tragédia dos estudantes do Brasil". (CR, p. 95) A nota se refere ao assassinato do estudante

3 Agradeço a lembrança dessa passagem a Eucanaã Ferraz.

Edson Luís Lima Souto pela repressão militar, ocorrido no restaurante estudantil Calabouço, em 28 de março de 1968, oito dias antes da publicação da crônica, que é de 6 de abril. O acontecimento provocou a histórica "passeata dos 100 mil", em cujas fotos Clarice aparece na linha de frente. Outra crônica, "A matança de seres humanos: os índios", (CR, pp. 106-108) reivindica a criação de parques nacionais, a reforma agrária, e conclui: "Enquanto a terra for objeto de especulação, o Brasil estará em perigo. Se continuarmos a ser objetivos da ambição alheia, o brasileiro será um pobre coitado e continuar-se-á a matar não só índios, mas a nós também." (CR, p. 108) Uma ainda outra crônica é uma carta explícita ao ministro da Educação sobre acesso democrático às universidades públicas, carta que se toma, ela mesma, por um ato político, como uma passeata verbal: "Que estas páginas simbolizem uma passeata de protesto de rapazes e moças". (CR, p. 78)

Mas nada se compara, em matéria de testemunho, ou em termos de uma anatomia política da própria ideia de justiça, à crônica de junho de 1962, (CO, pp. 386-390) encomendada pela revista *Senhor* a propósito da morte de José Miranda Rosa, o bandido conhecido como Mineirinho, caçado e morto com 13 tiros no final de abril daquele ano, conforme amplamente noticiado na ocasião (13 tiros inauditos para a época, embora tão distantes da escala a que fomos obrigados a nos acostumar). Tratava-se, na verdade, da cena inaugural de um novo estágio da violência brasileira, em que o confronto armado entre forças policiais e banditismo urbano ganhava os meios de massa, pendulando entre o registro das ocorrências e o sensacionalismo. De um lado, um banditismo ainda longe de se tornar crime organizado, concentrado na figura individual e algo romantizada do bandido; de outro, uma ação policial que evidenciava adotar métodos parapoliciais mal-disfarçados.

Os principais jornais do Rio (*Diário Carioca*, *Diário de Notícias*, *Correio da Manhã*) reportavam, no primeiro dia de maio de 1962, que Mineirinho fora morto na região central da cidade e *desovado*, para usar a expressão que se tornaria comum anos depois, na estrada Grajaú-Jacarepaguá. Fugira do Manicômio Judiciário no dia 23 de abril prometendo só se entregar morto; baleara dois policiais num entrevero em Tomazinho e, pego de surpresa na rua General Pedra, "nas fraldas do morro do Pinto", fora executado quando tentava reagir, já baleado e tombado sob um ônibus estacionado na rua. "À primeira rajada 'Mineirinho' caíra sob o ônibus, ouvindo-se uma voz ordenar: 'Mate logo.' Três homens portando metralhadoras usadas pelas Forças

Armadas e pela Polícia, identificados pela reportagem como os detetives Daniel, Guaíba e Malvadeza, "apanharam o cadáver e o colocaram dentro de um carro pequeno, tipo 'Volkswagen', de cor amarela, que desapareceu em disparada", segundo testemunho de populares.[4]

Um texto de cunho editorial, publicado na primeira página do *Correio da Manhã* sob o título "A cidade está em paz", dá a medida das questões que embaraçavam a opinião pública diante do atropelamento da justiça formal pelo justiçamento sumário — justiçamento que se escondia sob a capa de uma cena de morte visivelmente forjada. O texto deixa ver, também, um sinal da reação popular à morte do bandido (que portava, segundo os jornais, a aura de Robin Hood do morro, que era devoto de São Jorge e em cujo bolso foi encontrada, segundo informa a reportagem do *Correio da Manhã*, a oração "Cinco minutos diante de santo Antônio"):

> Não foi a justiça quem decretou a morte do mais temível assaltante do Rio de Janeiro [...]. Ele próprio a procurou, desafiando a tranquilidade pública e um aparelhamento policial cujas metralhadoras sabia não lhe dariam trégua. Carregando 104 anos de prisão, o facínora ainda brincou pelas ruas e favelas da cidade durante dias, assaltando e baleando — que estas eram sua razão de viver. Não há pena de morte, muito menos os policiais têm carta de legítima defesa permanente, para matar sem dar as devidas satisfações. Seja a vítima da mais alta periculosidade. Daí seu corpo ter sido manhosamente transportado para local ermo, numa prova de que nem sempre os detetives sabem despistar. Mas isso é outra história. "Mineirinho" acabou para a crônica policial. Seu corpo, como outro qualquer, só mereceu do popular que aparece na foto o gesto de retirar o chapéu de sobre a cabeça, em sinal de respeito. Em sinal de respeito aos leitores, também evitamos focalizá-lo varado pelas balas.[5]

O artigo é bastante sintomático do desconforto provocado pelo duplo movimento de intervenção e despiste que identifica na ação dos policiais, mas que se vê levado a redobrar em seu próprio discurso. Reconhece a ilegitimidade da execução ("não há pena de morte, muito menos os policiais têm carta de legítima defesa permanente, para matar sem as devidas satisfações"), reporta a simulação da cena do

4 "Mineirinho foi crivado de balas e atirado no Grajaú-Jacarepaguá". *Correio da Manhã*, 01.05.1962, p. 5.

5 "A cidade está em paz". *Correio da Manhã*, 01.05.1962, p. 1.

crime, "manhosamente" plantada pelos agentes da lei, mas justifica ao mesmo tempo a necessidade do ato sumário, dado como imposto pelos fatos. A incongruência entre a ordem jurídica e o justiçamento fica na conta da "outra história" ("mas isso é outra história"), que cabe à esfera pública silenciar. Registra ainda o gesto nobre do homem popular na fotografia, que parece dispor da civilidade humilde de um poema de Manuel Bandeira, ao tirar o chapéu em respeito ao morto; e finaliza a matéria evitando estampar o cadáver "varado pelas balas", como se fechasse aos olhos do respeitável público a janela "de frente pro crime" (lembrando aqui a canção de João Bosco e Aldir Blanc).

O pronunciamento jornalístico exemplifica bem a posição dúbia e prenhe de consentimento contra a qual Clarice levantará sua revolta articulada ponto a ponto. Se nele se entremostrava e recalcava o novo real da cena urbana no Brasil — a um só tempo exposto e ocultado —, a crônica é um libelo inequívoco contra a pena de morte tácita contida na execução de um homem acuado, ao mesmo tempo que uma reavaliação radical do sentido de justiça, medida em suas consequências de longo alcance. A argumentação atesta em registro literário a formação da autora em direito, sem deixar uma palavra solta e, mais uma vez, sem tirar o corpo fora. Com "Mineirinho", Clarice Lispector tornava-se provavelmente a primeira pessoa pública a acusar os justiçamentos policiais e parapoliciais que se converteriam em norma na montante da violência brasileira, desmascarando a sua lógica interna.

Por que dói — "está doendo" — "a morte de um facínora"?, (CO, p. 386) pergunta ela, de início. Por que os 13 tiros que o mataram parecem pesar mais, nela, que o número de seus crimes? Como nos dois pratos de uma balança, de um lado encontram-se os crimes evidentes de um marginal matador e, de outro, os tiros de agentes da lei convertidos em bando de matadores. O argumento segue uma dialética vertiginosa: a lei não pode se tornar criminosa ante o criminoso, pois, se sua prerrogativa é a de se contrapor ao crime, exercendo seu poder de punir, o crime dos agentes da lei é ainda mais inadmissível que o do criminoso, ao forjar o lugar do impunível,[6] o que a levará a acusar uma

6 Reflexões agudas sobre o direito e o poder de punir estão contidas em um texto da estudante de direito Clarice Lispector, "Observações sobre o direito de punir", publicado originalmente em *A Época n. 1*, revista da Faculdade Nacional de Direito, 1941-1944, e recolhido em: LISPECTOR, Clarice. *Outros escritos.* Organização de Licia Manzo. Rio de Janeiro: Rocco, 2020.

inversão de sinais, produzida paradoxalmente pela ação policial: "Na hora de matar um criminoso — nesse instante está sendo morto um inocente". (CO, p. 390)

O julgamento se desenrola no foro íntimo da cronista, que se assume como "um dos representantes de nós" (CO, p. 386) — representando esse "nós", por sua vez, a introjeção da esfera pública representada por sua classe. Por isso mesmo, submete a questão ao testemunho de alguém de fora dessa ordem: a cozinheira que trabalha em sua casa, a quem pergunta o que pensa sobre o assunto. Esta, mexida na sua alma pela interrogação difícil, vivendo "a pequena convulsão" íntima de um conflito entre "sensações contraditórias", e o mal-estar por "não saber como harmonizá-las", afirma, com alguma raiva da patroa, que aquilo que sente "não serve para se dizer", pois, se Mineirinho era inegavelmente criminoso, certamente terá entrado a salvo no reino do céu. As duas mulheres, sugere o texto, concordam que "Mineirinho era perigoso e já matara demais"; e, não obstante, "nós [elas] o queríamos vivo". (CO, p. 386) Sofrendo a impossibilidade de decidir a questão no plano terreno, onde a violência se consuma, a mulher pobre encontra a redenção para seu mal-estar no plano da justiça divina, no qual, acrescenta a patroa, devolvendo a questão à terra, o criminoso entraria em glória "mais do que muita gente que não matou". (CO, p. 386)

É sabido, diz ela, que "a primeira lei" — "não matarás" — é "a minha maior garantia: assim não me matam, porque eu não quero morrer, e assim não me deixam matar, porque ter matado será a escuridão para mim". (CO, p. 386) Sob o império dessa lei, que implica inexoravelmente o eu e o outro, escrutina os 13 tiros do fuzilamento numa escalada vertiginosa:

> Há alguma coisa que, se me faz ouvir o primeiro e o segundo tiro com um alívio de segurança, no terceiro me deixa alerta, no quarto desassossegada, o quinto e o sexto me cobrem de vergonha, o sétimo e o oitavo eu ouço com o coração batendo de horror, no nono e no décimo minha boca está trêmula, no décimo primeiro digo em espanto o nome de Deus, no décimo segundo chamo meu irmão. O décimo terceiro tiro me assassina — porque eu sou o outro. Porque eu quero ser o outro. (CO, pp. 386-387)

Indo do alívio de segurança (pela suposta eliminação do perigo) ao estado de alerta, ao desassossego, à vergonha, ao horror, ao tremor, ao espanto prostrado ante o silêncio divino e ao apelo ao irmão ausente, a ira sagrada desemboca na identificação radical com a vítima, o sujeito-objeto da caçada: "O décimo-terceiro tiro me assassina — porque eu sou o outro. Porque eu quero ser o outro."

Muitos anos depois, perguntada, naquela que foi sua última entrevista, sobre o que escolheria destacar entre tudo o que escreveu ao longo da vida, ela cita dois textos: "O ovo e a galinha" (CO, pp. 303-313) e "Mineirinho", lembrando especificamente *desse* parágrafo. Dá um testemunho inequívoco, assim, do alcance de sua "revolta enorme" e do lugar que ocupa, na sua escrita, o ato de converter-se em outro: "Eu me transformei em Mineirinho", diz ela na entrevista. Diz ainda da "prepotência" e da "vontade de matar" mal-disfarçadas no suposto cumprimento da justiça, pensamento que, na crônica, aparece formulado de maneira cristalina e fulminante: "Na hora em que o justiceiro mata, ele não está mais nos protegendo nem querendo eliminar um criminoso, *ele está cometendo o seu crime particular, um longamente guardado*". (CO, p. 390, o destaque é meu)

A argumentação se apoia na distinção cortante entre duas formas de justiça. Uma é a "justiça estupidificada" a que aderimos enquanto "sonsos essenciais" (CO, p. 389) para que ela proteja nossos privilégios e não permita que se abale o chão sobre o qual assenta a nossa casa:

> Para que minha casa funcione, exijo de mim [...] que eu não exerça a minha revolta e o meu amor, guardados. Se eu não for sonsa, minha casa estremece. Eu devo ter esquecido que embaixo da casa está o terreno, o chão onde nova casa poderia ser erguida. (CO, p. 387)

A outra é "uma justiça um pouco mais doida", (CO, p. 389) uma "justiça prévia" (CO, p. 390) que fosse capaz de ir ao erro primeiro que está na fonte da violência, espelho do nosso erro, lá onde se encontram o medo, o amor pisado, a fome de reconhecimento, a falta social de pai, a matéria da vida aberta na carne, em espanto, placenta e sangue:

> Uma justiça que se olhasse a si própria, e que visse que nós todos, lama viva, somos escuros, e por isso nem mesmo a maldade de um homem pode ser entregue à maldade de outro homem: para que este não possa cometer livre e aprovadamente um crime de fuzilamento. (CO, p. 390)

Ao longo do texto, a busca por nomear essa segunda justiça lança mão, repetidas vezes, do recurso à indeterminação da palavra "coisa", indicando algo que só se pode apreender pela borda, algo que precisa ser adivinhado, captado no movimento inapreensível de sua falta e de sua força originárias. É "alguma coisa" que a faz ouvir, por exemplo, a mensagem dos 13 tiros; é "uma coisa pura e cheia de desamparo", "essa coisa que move montanhas", (CO, p. 388) que teria que ter sido resgatada em Mineirinho por um gesto que se antecipasse à perdição; "é uma coisa que em nós é tão intensa e límpida como uma grama perigosa de *radium*", (CO, p. 388) "essa coisa" que "é um grão" ambivalente de violência e amor; "alguma coisa em nós que desorganizaria tudo — uma coisa que entende" (CO, p. 389) — que desorganiza a *coisa social* tal como está posta, "coisa" muito séria diante do homem metralhado, "coisa" que não é "o assassino em mim", mas "o desespero em nós". (CO, p. 389)

Do primeiro tipo de justiça (abençoada por um deus fabricado "à imagem do que eu precisar para dormir tranquila", [CO, p. 389] justiça dos honoráveis "baluartes de alguma coisa" [CO, p. 389]), Clarice tira consequências implacáveis: tal disposição mental, cumpliciada com o morticínio clandestino, converte o sujeito individual, ele mesmo, no equivalente de um bando armado até os dentes ("se eu não fosse doido, eu seria oitocentos policiais com oitocentas metralhadoras, e esta seria a minha honorabilidade" [CO, p. 389]). Em outras palavras, a aceitação do justiçamento camuflado, que se implantava na cena urbana brasileira e que toma para si a prerrogativa de matar a contrapelo de qualquer lei, converte o suposto sujeito *de bem* (isto é, aquele sujeito *sonso* que, precavidamente, *não é doido*) em milícia particular *manhosamente* introjetada. A análise, exposta com extraordinária lucidez, ilumina a atualização histórica dessa vocação miliciana, que se nos apresenta hoje de maneira cabal, no plano real e no plano imaginário, no plano individual e no coletivo, como incubada no pacto sinistro que a execução de Mineirinho selava na vida pública brasileira.[7]

A outra justiça considera que o território de toda casa está disposto sobre a materialidade áspera e difícil do terreno, "o chão onde nova casa poderia ser erguida", (CO, p. 387) território que seria preciso

7 Vale notar que o livro *Primeiras estórias*, publicado por Guimarães Rosa no mesmo ano, dava sinais da migração para a cidade do mundo sem lei do sertão. Ver: WISNIK, José Miguel. "O famigerado". *In Sem receita — Ensaios e canções.* São Paulo: PubliFolha, 2004, pp. 121-156.

desorganizar para entender, ou entender para desorganizar. Recusando os eflúvios do "sublime" e as concessões a uma "caridade vaga", sentimental e autoconciliatória, a coisa social diz respeito à destinação social da habitação, lugar onde assenta a possibilidade de justiça. É isso que entra em jogo na discussão do assassinato social de Mineirinho.

Um último ponto. Em *A paixão segundo G.H.*, a figura da empregada doméstica assume um lugar crucial. No romance, uma mulher rica e independente, morando num apartamento de cobertura em Copacabana e girando na mesmice inautêntica de seu lugar de classe (tal como ela mesma o descreve), adentra o quarto vago de Janair, a empregada que deixara o emprego na véspera, e, na ausência desta, é impactada pela força de sua passagem por ali: o presumido muquifo da mulher negra e pobre estampa na parede um desenho seco e cru que parece radiografar a alma e o corpo da patroa, abalando as estruturas mentais, existenciais e discursivas sobre as quais esta se move. Ali onde supusera reencontrar o "*bas-fond* de [sua] casa" — pardieiro habitacional convivendo com "o amontoado de jornais" e "as escuridões da sujeira e dos guardados" (GH, p. 35) —, G.H. depara na verdade com um "minarete" caiado e impecável, um campo energético poderoso voltado contra ela na forma desse mural quase rupestre no qual se veem os contornos a carvão de um homem nu em tamanho natural, de uma mulher nua e de um cão "mais nu do que um cão". (GH, p. 37)

O quarto, do qual Janair se apossou com "ousadia de proprietária", espoliando-o "de sua função de depósito" (GH, p. 36) e convertendo-o numa clara zona de poder, cava dentro da habitação um avesso que faz da empregada doméstica a senhora de um império: o império da posse contra o da propriedade.[8] Sem ser a detentora legal do apartamento, ela mostra-se a *dona de fato* de seu próprio quarto, enfeitiçando-o.[9] *A paixão segundo G.H.* instaura, assim, um olhar contundente,

8 A *posse contra a propriedade* é um tema, ou lema, do *direito antropofágico* em Oswald de Andrade, recorrente na *Revista de Antropofagia* e dando nome ao primeiro capítulo de *Marco zero I — A revolução melancólica* (São Paulo: Globo, 2008). Ver, a propósito: NODARI, Alexandre. "A única lei do mundo". *In* RUFINELLI, Jorge e ROCHA, João Cézar de Castro. *Antropofagia hoje? — Oswald de Andrade em cena*. São Paulo: É Realizações, 2011, pp. 455-483.

9 Eduardo Viveiros de Castro sugere que as imagens desenhadas por Janair "são, entre outras coisas, um feitiço", e que G.H. foi capturada e "enfeitiçada por essa empregada negra". "Rosa e Clarice, a fera e o fora". *Revista Letras*, Curitiba, n. 98, jul.-dez. 2018, p. 22.

a contrapelo, sobre esse fenômeno arquitetônico e social brasileiro, o apartamento de moradia com cubículo para a criada — quadrilátero levemente irregular, de uma geometria anômala e quase imperceptível, no qual ressaltam o colchão crispado, o guarda-roupa empenado e imprensado contra a cama, exalando um bafo de galinha, do qual emergirá a barata numa casa de resto "minuciosamente desinfetada", (GH, p. 45)[10] tudo manifestando ainda a segregação escravista e a senzala enquistada no prédio de luxo.[11] (Como em "Mineirinho", a questão de fundo é também, aqui, a da destinação social da habitação.)

Ao empreender a luta pela reintegração da posse ultrajada daquele rincão de seu apartamento ("procurando apossar-me um pouco mais daquele enorme vazio" [GH, p. 43]), G.H. se propõe a faxiná-lo, banhá-lo e encerá-lo, mesmo que "sem nenhuma intimidade" (GH, p. 43) com a tarefa braçal, numa purga expiatória que tem como alvo primeiro o guarda-roupa. Mas é justamente ao tentar abri-lo (com dificuldade, pois na estreiteza do cubículo a porta se emperra contra o pé da cama) que G.H. se defronta com a "barata grossa" que se move lentamente dentro dele, "na meia escuridão". (GH, p. 45)

Vale dizer: a *barata* adentra o romance pela fenda da "coisa social", sem prejuízo de abrir-se para a voragem ontológica. Não porque salte para o símbolo ou para a alegoria, mas porque inflete para a força irredutível da coisa. Pois, se se constitui na irrupção da *coisa*, num sentido filosófico, é também "coisa social" investida da "veemência da arte": cifra obscura e metonímica do confronto da patroa com a empregada na disputa pelo território. Dito de outro modo, a ação de *espoliar o quarto de despejo da sua função de depósito*, por Janair, de torná-lo habitável e potente, afrontando a condição da subalternidade, corresponde a elidir a utilização instrumental do outro e a fazer emergir um recalcado social e ontológico do qual a barata será a manifestação suprema, e sem o que não existiria a experiência na qual o romance mergulha. Justamente por isso, impõe-se a G.H. re-

10 *Ibidem*, p. 46.

11 Antonio Risério anota o fato de que, no Brasil, os dormitórios de empregada doméstica em apartamentos, em razão de sua área incompatível com as exigências legais mínimas, costumavam constar falsamente nos processos oficiais de aprovação de plantas como "despensas, depósitos ou rouparias". A informação amplia o entendimento do alcance do ato de Janair, quando *espolia seu quarto da função de depósito, com ousadia de proprietária*. Cf. RISÉRIO, Antonio. *A casa no Brasil*. Rio de Janeiro: Topbooks, 2019, p. 369.

conhecer que "a barata e Janair eram os verdadeiros habitantes do quarto". (GH, p. 47)

A propósito desse ponto, é preciso assinalar o impacto, na cena cultural brasileira, do livro *Quarto de despejo*, lançado em 1960 por Carolina Maria de Jesus, catadora de papel, lavadeira e moradora da favela do Canindé, em São Paulo. Ao escrever o testemunho literário de sua condição de vida, Carolina já *espoliava*, à sua maneira, *o quarto de despejo da sua função de depósito*, fomentando um deslocamento de perspectiva correspondente, em outro sentido, àquele que levaria Clarice, de maneira simétrica e em época próxima, a adentrar o universo da empregada doméstica (*A paixão segundo G.H.* foi publicado em 1964).[12] Uma foto de 1961 mostra as duas escritoras juntas, por ocasião de um evento em que Clarice autografava *A maçã no escuro* e Carolina autografava *Quarto de despejo*.[13] A distância implícita nesse encontro é exponenciada e atravessada, pode-se dizer, por Clarice: o quarto de empregada em *A paixão segundo G.H.*, envolvendo a madame e a serviçal, faz um contraponto sugestivo, intencionado ou não, com o aparecimento literário da escritora negra, que anunciava àquela época uma questão micropolítica que se tornou candente hoje.

Desse encontro fica ainda uma conexão vaga, mas intrigante. É que, num de seus muitos manuscritos, Carolina anota: "Quando eu trabalhava como empregada doméstica, se o patrão me despedia, eu deixava um verso escrito na parede para exasperar as patroas".[14] A anotação ressoa curiosamente na inscrição de Janair na parede de seu quarto. Pode não passar de acaso essa dupla ocorrência, de todo modo surpreendente, de inscrições provocativas deixadas na parede por duas empregadas domésticas, nos textos das duas escritoras — inclusive porque o manuscrito de Carolina permaneceu inédito. Mas pode ser também o sinal de uma conversa entre elas, conversa que

12 Em Carolina Maria de Jesus, o *quarto de despejo* é uma metáfora em escala urbana: "É por isso que eu denomino que a favela é o quarto de despejo de uma cidade. Nós, os pobres, somos os trastes velhos." Depoimento recolhido em *Quarto de despejo — Diário de uma favelada*. São Paulo: Ática, 2014, p. 195.

13 Ver: GOTLIB, Nádia Battella. *Clarice fotobiografia*. São Paulo: Edusp/Imprensa Oficial do Estado de São Paulo, 2008, p. 345.

14 Manuscrito recolhido por Raffaella Fernandez em *A poética de resíduos de Carolina Maria de Jesus*. Edições Carolina, pp. 28-29. Agradeço a informação a Lorenzo Mammì.

não ouvimos e que, mesmo se não tiver havido, é próprio da literatura, à sua maneira, fomentar por outros meios. Não cabe dúvida de que uma ligação entre Clarice e Carolina, em algum nível de manifestação, está inscrita nas paredes de *A paixão segundo G.H.* É essa mesma ligação latente que reverbera em dois poemas de Conceição Evaristo: "Carolina na hora da estrela" ("No meio da noite Carolina corta a hora da estrela./ Nos laços de sua família um nó/ — a fome") e "Clarice no quarto de despejo" ("Clarice no quarto de despejo/ lê a outra, lê Carolina,/ a que na cópia das palavras,/ faz de si a própria inventiva./ Clarice lê:/ — despejo e desejos").[15]

15 EVARISTO, Conceição. "Poemas". *Braziliana — Journal for Brazilian Studies*, v. 3, n. 1. jul. 2014, pp. 569-570.

Em sua introdução ao livro *A legião estrangeira*, Clarice afirma: "Gosto de um modo carinhoso do inacabado, do malfeito, daquilo que desajeitadamente tenta um pequeno voo e cai sem graça no chão." Paralelamente ao seu gosto pelo inacabado — ou ainda, pelo mal-acabado —, assistimos a uma recusa pelo fim. Os questionamentos em relação ao começo da vida, do mundo e da escrita confundem-se com a permanente dúvida em relação ao momento em que as coisas se acabam: a conclusão dos textos ou o fim da própria vida. É eloquente que a autora tenha deixado um livro inacabado: *Um sopro de vida*. Morte e vida cintilam na escrita de Clarice Lispector como fios que se unem num atordoante estado de suspensão: no infinito.

Não posso acabar

WILMA MARTINS

Retorno, 1967
Xilogravura,
100 × 56 cm
Coleção da artista,
Rio de Janeiro

Que há entre nunca e sempre que os liga tão indiretamente e intimamente? **ÁGUA VIVA**

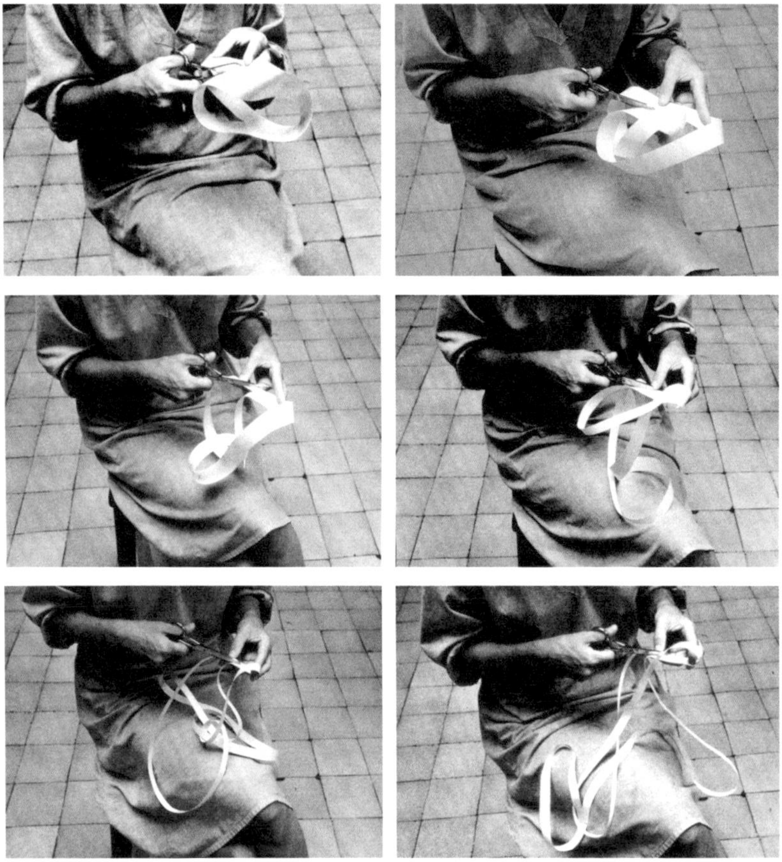

LYGIA CLARK

Caminhando, 1964
Registro fotográfico de performance
Acervo Associação Cultural Lygia Clark

AMELIA TOLEDO

Plano volume, 1959
Lâmina de cobre curvada, recortada e desdobrada, 30 × 32 × 12 cm
Galeria Nara Roesler, São Paulo

Penso que agora terei que pedir licença para morrer um pouco. Com licença – sim? Não demoro. Obrigada. **A HORA DA ESTRELA**

AMELIA TOLEDO

Lucidium, 1973
Nanquim sobre papel,
109 × 74 cm
Coleção Gustavo Nóbrega,
São Paulo

MIRA SCHENDEL

Sem título, da série
Toquinhos, 1972
Papel artesanal tingido
com Ecoline e letraset
sobre papel de arroz,
46 × 22 cm
Coleção Thiago Gomide,
São Paulo

Esta história acontece em estado de emergência e de calamidade pública. Trata-se de livro inacabado porque lhe falta a resposta. Resposta esta que espero que alguém no mundo ma dê. Vós? **A HORA DA ESTRELA**

CLARICE LISPECTOR

Partes do manuscrito de
Um sopro de vida, c. 1976
Papel, medidas variadas
Arquivo Clarice Lispector/
Instituto Moreira Salles,
Rio de Janeiro

"Do pó da terra formou Deus-Jeovah o homem e spprou-lhe nas narinas o fôlego de vida. E o homem tornou-se um ser vivente."

Genesis 2:7

"O sonho é uma montanha que o pensamento há de escalar. Não há sonho sem pensamentos. Brincar é ensinar idéias."

Andréa Azulay

a.

(dez anos de idade)

mirabolante

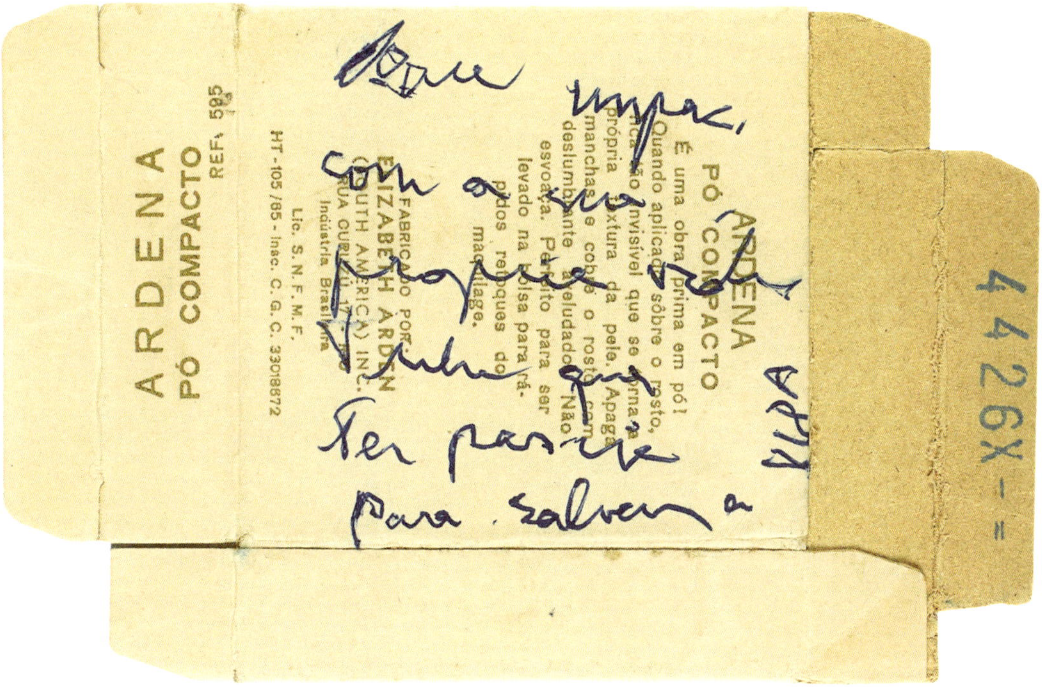
ARDENA
PÓ COMPACTO
4426X-=

Sou uma
pergunta
~~insistente~~ sem que eu
~~...~~ ouça uma
resposta. Nunca ninguém
me respondeu. Tenho
~~...~~ em vão encontrar
era Algebr a resposta:
Ponho-me ~~atento~~ de
ouvido atento ~~de~~ escutar

a resposta.
~~...~~
Como se
~~...~~ pergunta
gritada me
desse mais
do que ~~mais~~
~~...~~ eco da Eu sei.
pergunta. Toda
vida

que
sempre ~~...~~
quase um sinal
Mas meu coração

(Angela)

Estou perdida: eu não tenho hábitos.

Eu vejo tudo
como se eu
já tivesse morrido
e visse tudo
de longe

Rua Eustórgio Sampaio 88/704
Leme / Rio de Janeiro

09 JUN 1976

BRASIL CORREIO 50 Cts

Tem uma passagem
estreita dentro de mim,
tão estreita que suas paredes
me lanham toda, mas essa
passagem desemboca na
largura de Deus. Nem
sempre tenho força para
atravessar esse deserto sangrento,
mesmo sabendo que se me forçar

sem me doer toda entre as paredes
de carne, mesmo sabendo
que desembocarei para
a luz aberta de
um dia trêmulo de
sol macio

— Deixar o livro inacabado: Quanto
a mim estou — É isto mesmo: estou.
Não sou. Estou.
— Ritmo de procura

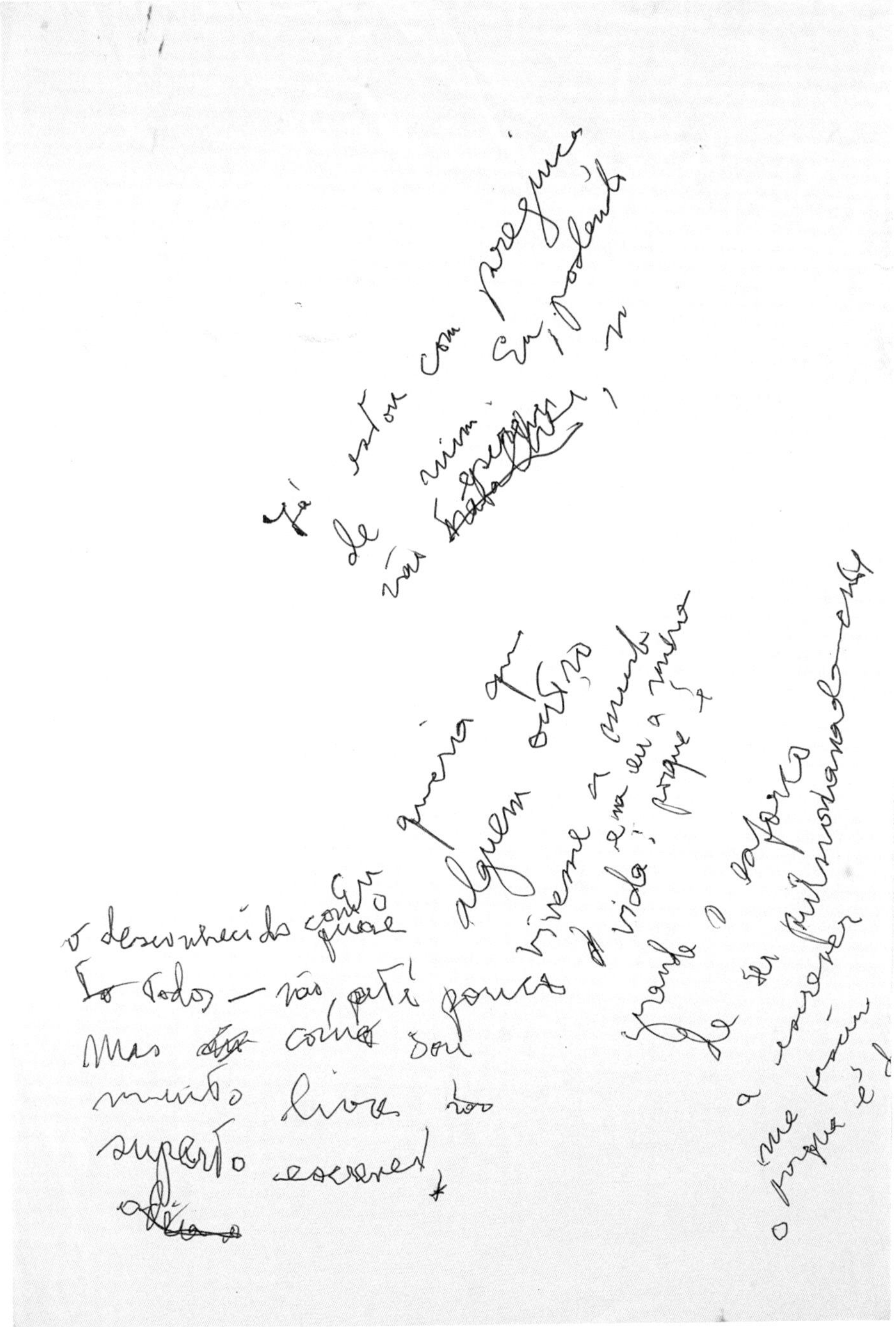

Já estou com preguiça de mim. Eu já podendo não [illegible]

queria que alguém outro vivesse a minha vida; porque é [illegible]

grande o sabor de ser [illegible]

a escrever me fascina porque é [illegible]

o desconhecido como que em todos — não até pouco. Mas como sou muito livre no aspecto escrever *

Deus [significa] é o ~~[illegible]~~ do o si-mesmo peso sem matéria. Deus [significa] é o encontro do do si-mesmo com o próprio mistério do si. Mas o estado de ascese pode vir sem Deus. [quando mais perto me acho do Deus renegado! é] Deus [significa] é o apuramento do sonho; [significa] a capacidade de uma pessoa [de] se livrar do peso do si-mesmo. Minha abstração de mim é Deus.

Eu nasci amalgamada com a solidão deste exato instante e que se prolonga tanto, e tão funda é, que já não é minha solidão mas a Solidão de Deus. Alcancei afinal o momento em que nada existe. Nem ~~eu mesma~~ um carinho de mim para mim: a solidão é esta, a do deserto. O vento contido.

(~~Angela~~ Autor)

É culpa minha se não tenho acesso a mim mesma?

(Autor)

~~[illegible]~~ As palavras de Angela ~~dela~~ são anti-palavras: vêm de um abstrato lugar onde nela não se pensa, esse lugar escuro, amorfo e gotejante como uma primitiva caverna.

Angela, ao contrário de mim, ~~[illegible]~~ não raciocina: / ela só aceita[?]

companhia. Ah mas que frio escuro está fazendo. Embalo-me com a melancolia suave, e balanço-me daqui para lá, daqui para lá, daqui para lá. Assim. É! É assim mesmo.

então quando
vejo num
caminhão uma
placa dizendo:
Inflamável —
então me encho
de glória

QUARTA-FEIRA- 3 SETEMBRO 1975

Há homens que cujo ponto fraco é serem ricos. Eles não resistiram à tentação

O que me atormenta é que tudo é "por enquanto"; nada é "sempre"

AGOSTO						1975
D	S	T	Q	Q	S	S
					1	2
3	4	5	6	7	8	9
10	11	12	13	14	15	16
17	18	19	20	21	22	23
24	25	26	27	28	29	30
31						

SETEMBRO						1975
D	S	T	Q	Q	S	S
	1	2	3	4	5	6
7	8	9	10	11	12	13
14	15	16	17	18	19	20
21	22	23	24	25	26	27
28	29	30				

OUTUBRO						1975
D	S	T	Q	Q	S	S
			1	2	3	4
5	6	7	8	9	10	11
12	13	14	15	16	17	18
19	20	21	22	23	24	25
26	27	28	29	30	31	

SETEMBRO

3

quarta

Escrevi isso não sei
porque, acho que
é para não deixar
de anotar alguma
coisa.

Lygia 93.

Os objectos não querem mais
ser objectos. É a revolta
da coisa.

Acá velhos
que morda
vai promover
não aguentará
a arrebentação
da terra!

Eu quero uma
morte
elegante.
Aliás já
morri e
não soube.
Sou o meu fantasma
inquietante!

Macia como voz de mulher após
parto, macia como voz de
homem doce logo depois, macia
como tua pétala de rosa-flor, macia como
sono de nenem dormindo, macia como a morte

(o autor)

— Bem que tentei escrever o que acontece com Angela!

—

—

C1

E eis que vou gritar
no pleno meio da festa

O crepúsculo é uma
iminência. É um bezerro vermelho
e espasmódico. Terror completo.

com festa. Enchi-me de queijo e café. E estava aviltada.

Peculio? não. Prssoa autonoma? não. Casa minha? sim, mas exposta ao faxineiro. E eu pensativa.

Daí a pouco chegou S. a quem contei o que Geni me tinha feito. Ficou espantada com aa audacia. Ent ão tomei um calmante. E quando Geny veio, eu lhe disse : estou bem calma, quero lhe falar. Olhe -- disse-lhe eu -- foi a primeira vez que você entregou minha casa e meu abrigo a um estranho. Mas foi a última vez também. Você entendeu? e não me respo nda. Ela disse: está bem, sim, senhora.

Olhei para a cara bonita dela: e vi que ela estava decepcionada. O homem diblara a morte: ela fôra à toa.

E eu vivo à toa.

Monha vida é um grqnde desastre, é um desencontro cruel, é u ma casa va,ia. Mas tem um cachorro dentro latindo. E eu -- só me resta latir para Deus. Vou voltar para mim mesma. É lá que eu encontro uma menina morta sem peculio. Geny riu de gozo. Sei perder. Perdi.

Mas uma noite vou à Secção de Cadastro e ponho fogo em tudo e nas identidades das pessoas sem peculio. E só então fico tão autonoma que só paro de esnobar depois de morrer.

Mas é inutil: o fogo azul da eternidade não pega fogo.

editôra artenova ltda.

LAUDA

PRODUÇÃO

TÍTULO DO LIVRO	TRADUTOR	DATA	VISTO
AUTOR	CAPA	REVISÃO	
N.º PÁG. TRADUÇÃO	OBSERVAÇÕES	COMPOSIÇÃO	

Usei só sépia até chegar aos tons quentes, onde amarelos e vermelhos ~~predominam~~.

O INACABADO

CARLOS MENDES DE SOUSA

Fino, estranho, inacabado, é sempre o destino da gente.
JOÃO GUIMARÃES ROSA

1

Em novembro de 1947, Clarice Lispector escreve a João Cabral de Melo Neto uma carta que começa assim: "Você veio me trazer graves problemas: sua tipografia mágica vai ou não imprimir coisas minhas? Acho que não." Como se perceberá, trata-se da resposta a uma missiva que lhe fora enviada de Barcelona pelo amigo. João Cabral iniciara nessa cidade sua missão diplomática no estrangeiro, e é conhecido o fato de a estada na capital catalã se encontrar associada à criação de uma pequena editora, à qual o poeta dedicou todo seu empenho, na sequência da aquisição de uma impressora manual. Com efeito, iria compor aí, nesse período, algumas "coisas portáteis", assim se refere João Cabral aos seus projetos tipográficos, na carta endereçada a Clarice, convidando-a a inaugurar uma coleção com o nome O Livro Inconsútil. Após receber a resposta de Clarice, João Cabral não perde a esperança de a editar. Na carta seguinte, dá conta disso mesmo, convocando a caução do poeta de *Libertinagem* à novel escritora: "Só lamento é não começar com alguma coisa sua. O próprio Manuel Bandeira, de quem estou fazendo os versos de circunstância, me havia escrito: 'Se sua impressora começa com Clarice Lispector, que melhor começo pode desejar?'."

Volto à carta de Clarice acima referida para assinalar um gesto. Diz ela que quando recebeu o convite do amigo despejou "todas as gavetas da casa no chão", acrescentando que manteve sempre "as esperanças de ter escrito, pela mão de Deus, uma coisa maravilhosa". A dúvida apontada na abertura da missiva ("acho que não") decorre precisamente do fato de essa busca do fundo de gaveta apenas ter revelado coisas inacabadas: "Mas que joia, que nada. Esboços e esboços, maus esboços." Clarice tinha chegado a Berna há cerca de um ano e meio. O marido diplomata havia sido ali colocado, depois da primeira missão em Nápoles, a que se seguiu um breve intervalo de três meses no Rio de Janeiro. Essa passagem pelo Rio coincidiu com o lançamento do seu segundo livro, *O lustre*. Muitos anos mais tarde, escreveria duas belíssimas crônicas (numa espécie de contraponto de ordem musical) que dão conta das suas primeiras impressões sobre a chegada à

Suíça, em abril de 1946. De um desses textos, com o sugestivo título "Suíte da primavera suíça" (CR, pp. 34-35), publicado no *Jornal do Brasil*, em outubro de 1967, destaco uma imagem na qual Clarice se autorretrata. Na interpelação à primavera distante, caldeada pela memória, impõe-se o lugar das hesitações, motor criativo que traz consigo a sensação de incompletude. Diante da primavera, empunha numa mão um livro e na outra "tanta hesitação". (CR, p. 34) Assim se daria o reconhecimento: "Pararei ofegante só onde me bater o coração, único marco no teu vazio, primavera: eu de preto e tu de ouro, eu com uma flor no cabelo, tu com mil flores nos cabelos e assim nos reconheceremos. Ainda para nos reconhecermos, segurarei um livro na mão e na outra tanta hesitação, sou alta e resfriada: me reconhecerás pelo lenço e pelos espirros. E no meio deste odioso céu vazio, que respiro, que respiro — te reconhecerei pelo teu cego vento e pela minha orgulhosa floração de espirros." (CR, p. 34) De alguma forma, refletem-se aqui retrospectivamente os anseios que acompanharam o modo como lhe foram chegando os ecos da recepção do seu segundo livro, longe do impacto que teve *Perto do coração selvagem*.

Quando recebeu o convite de João Cabral, Clarice já se encontrava embrenhada na escrita do terceiro romance, um dos seus mais absorventes e minuciosos trabalhos, segundo testemunhos apresentados por ela mesma posteriormente em diversos lugares. Esclareceu numa entrevista a Paulo Mendes Campos: "*A cidade sitiada* foi o que me deu mais trabalho, levei três anos e fiz mais de 20 cópias. Rosa ficava escandalizada com o monte de originais; um dia me disse que achava melhor ser cozinheira, porque, se pusesse sal demais na comida, não havia mais remédio." O que procurava? Uma dada forma de acabamento, aquilo que presidiu afinal à sua motivação de escrita, desde o início, coisa nem sempre compreendida por leitores e críticos, o que lhe causaria "tanta hesitação". Mais tarde, em síntese admirável, Antonio Candido esclareceria: "Ela é provavelmente a origem das tendências desestruturantes, que dissolvem o enredo na descrição e praticam esta com o gosto pelos contornos fugidios". O que não significa de modo algum ausência de estruturação. Mesmo em *Perto do coração selvagem*, a configuração estilhaçada e fragmentária tinha por trás um admirável sentido ordenador, submetido à ideia central de ritmo, visível, por exemplo, nas intitulações dos capítulos das duas partes do romance e no modo como esses títulos estabelecem conexões entre si e com o todo. Mas foi sobretudo em relação a *O lustre* que alguma crítica colocou reservas a aspectos relacionados com a organicidade do romance. E não se pode dizer que a autora tenha permanecido alheia a essas observações.

Talvez por isso, no período de Berna, a entrega obsessiva à escrita de *A cidade sitiada* não lhe deixasse espaço para interrupções, como seria o caso da elaboração de um texto novo para enviar a João Cabral. E, no entanto, o diálogo literário que manteve com o poeta de *A educação pela pedra*, mesmo que não imediatamente perceptível, foi dos que mais fundo repercutiram na sua obra. O que é curioso é o fato de João Cabral nessa altura provavelmente não ter tido a noção do modo como essa interlocução frutificava na obra de Clarice. Numa carta do final da década de 1950, ao sublinhar "o reconhecimento de que distintas coisas [buscavam] realizar", Cabral reafirma os princípios programáticos que passariam a ser centrais na sua arte: "Porque sou um sujeito tão envenenado por 'construção', montaje, arquitetura literária, etc. (coisas que também já conversamos), que forçosamente construiria mais o romance (do que V.)". Assinalando essas diferenças, valoriza a *prosa* de Clarice, contrapondo-a à ideia que ele tem de *romance*: "V. sabe perfeitamente que escreve a única prosa de autor brasileiro atual que eu gostaria de escrever. Não digo que V. escreve os únicos romances que eu gostaria de escrever." O ponto de referência de João Cabral aqui é o segundo livro de Clarice: "Creio que nenhum romance brasileiro reli em minha vida além do *Lustre* e dos do Zé Lins (este último bastante também por pernambucanismo etc.). Ainda aqui, há pouco tempo, voltei a ler pedaços enormes dele." Diz mesmo que não possui o primeiro e que emprestou o terceiro, numa das diligências que ele estabeleceu para que Clarice fosse traduzida. Na verdade, a marca cabralina, até onde se pode adivinhar, encontra-se sobretudo em *A cidade sitiada*. Do conjunto da obra de Clarice, pode dizer-se que será este o livro onde é mais claro o fato de ali se partir "de fora para dentro", para utilizar os termos de Cabral, numa reflexão, em carta enviada à amiga, a propósito dos princípios que presidiram à concepção de *Psicologia da composição* — "um livro construidíssimo [...] que nasceu de fora para dentro". E, a despeito das distintas coisas que buscavam realizar, perceber-se-á como a elaboração do romance *A maçã no escuro*, acabado em Washington, em 1956, também não deixou de ter presente a lição de João Cabral. Este é sem dúvida um dos seus mais acabados romances, do ponto de vista arquitetural. Clarice referiu que bateu integralmente à máquina 11 cópias do texto.

Um livro desmesurado, cuja composição cuidada dá conta do modo como nele foram integradas as franjas, os restos, o transbordamento.

A leitura desse romance, mais do que qualquer outro texto, ajuda-nos a entender o sentido das palavras de Hélio Pellegrino sobre a arte de Clarice. Creio que foi ele quem, em síntese, captou o mais profundo e o mais certeiro retrato da escritora. Em particular quando contrapôs as águas em que ela literariamente se moveu e quando nos ajudou a ver como na sua obra a escrita da forma extensa coabitou tensivamente com a forma breve: "Vidente e visionária, Clarice era fustigada — crucificada — pelo excesso de estímulos, conscientes e inconscientes, que tinha de domar. Nadadora exímia, manteve-se à tona através do seu gênio literário. [...] Ela se espantava, se admirava, perdia-se na inesgotável trama de estranhezas que compõem o real. Por essa razão, o conto terá sido o gênero literário que dominou com maior perfeição. O conto implica uma crise — e uma lise — a curto prazo, e tal limite ajudou-a a disciplinar a pletora de intimidade com a inumerável riqueza de tudo o que existe."

Contudo, para Clarice a configuração breve, por si admiravelmente plasmada, em concentração e densidade, nos seus contos, não a satisfazia plenamente. E repetiu-o: "Creio que me realizarei sempre mais integralmente no romance. Este me oferece, muito mais do que o conto, campo para aquilo que me interessa exprimir. A história curta apresenta melhores condições para a manufatura do autor, que aí pode chegar até o virtuosismo, sem maior prejuízo do conteúdo. Mas para mim, em particular, creio realizar-me melhor dentro do contorno largo do romance. E isso de um modo tal que, quando penso no futuro, não me imagino nunca como autora de contos, e sim de outras longas novelas." Essa resposta é dada numa entrevista a Alexandre Eulalio, em 1961, o ano em que foi publicado o romance *A maçã no escuro*. Afinal, não é difícil encontrarmos no interior desse livro partes que, seccionadas, funcionam autonomamente, como se de contos se tratassem. A tensão permanente entre a irrupção, sob a forma de excesso ou de lampejo (transbordamento ou estilhaçamento), e o propósito totalizador constitui um dos eixos nucleares da obra de Clarice. Jamais o ser se libertará das raízes ilógicas do mundo. São essas zonas que Clarice persegue sem cessar. E é o largo fôlego que melhor guarida dá a essa busca. Noutra entrevista da mesma época concedida a Jurema Finamour, reporta-se a essa dicotomia com grande precisão: "Nos meus contos sinto que sou mais tranquila, mais clara.

Nos romances, sim, acontecem coisas que às vezes escapam à minha própria compreensão."

Parecerão improváveis as aproximações entre estes dois autores a partir da questão do inacabamento. Pelo menos no plano formal. Em João Cabral, toda a poeira é purificada, não se sentindo nunca o trabalho da purificação, como afirma Clarice na carta em que acusa a recepção de *Psicologia da composição*: "Apesar de se sentir a poeira 'purificada', não se sente o trabalho de purificação". No entanto, no plano da sua concepção de mundo, aí sim, a obra de João Cabral acolhe as visões sobre o incerto grau da coisa não definitiva. Talvez existam muito mais pontos de contato do que poderíamos supor. Como não lembrar a esse respeito dois textos, do início da década de 1960, tantas vezes convocados pelos leitores. Sublinho alguns versos de "O ovo de galinha", de João Cabral, em *Serial* (1961): "O ovo revela o acabamento/ a toda mão que o acaricia/ daquelas coisas torneadas/ num trabalho de toda a vida.// [...] No entretanto, o ovo,/ e apesar da pura forma concluída,/ não se situa no final:/ está no ponto de partida." Em Clarice, "O ovo e a galinha", (CO, pp. 303-313) em *A legião estrangeira* (1964), constitui uma das mais fabulosas interrogações à volta da criação. Lugar de uma inscrição de totalidade e deriva, no ovo encontrar-se-ia a possibilidade de um modelo onde simultaneamente se concebesse a abertura e o fechamento. O modo extraordinário de apresentar o mundo, em seu pendor onírico e alógico, apoiado no estilhaçamento sintático, vai permitir as mais intrigantes pressuposições que expõem permanentemente a incompletude do ser.

1964 é um ano assinalado na trajetória definida pela obra de Clarice Lispector. Desde logo, a referência imediata que registramos é a edição da obra-prima *A paixão segundo G.H.* Mas essa data encontra-se igualmente associada à publicação de uma das suas obras mais notáveis, *A legião estrangeira*. A própria Clarice, mais tarde, em 1969, referirá numa carta ao filho, Paulo Gurgel Valente, que esse livro "quase não foi vendido porque saiu quase ao mesmo tempo que o romance, e preferiram este". Em vários planos, importa considerar a referência ao livro *A legião estrangeira* como um marco, no que diz respeito à abertura de novos caminhos e experimentações (o que a escritora sempre foi fazendo), e, nesse sentido, "O ovo e a galinha", nele incluído, por si só bastaria. Mas há ainda um outro aspecto que importa considerar, em diálogo com João Cabral. Regresso à primeira carta de Clarice que comecei por citar. Ela refere aí que, depois de esvaziar as gavetas, além dos mencionados esboços, encontrou um texto acabado: "Descobri mesmo uma peça de teatro em um ato! minha alegria foi grande. Imediatamente comecei a ler, cheia de curiosidade e de grande benevolência. Mas, sabe, acontece que a peça não presta mesmo." E não torna a falar mais do assunto nas cartas seguintes, ainda que João Cabral volte à carga com alguma insistência: "Já temos alguma colaboração, só faltando o seu 'coro de anjos' que me deixou de orelhas em pé." (s/d); "Creio que proximamente teremos ocasião de conversarmos [...] e de convencê-la a ceder o 'Coro de anjos' às rarefeitas edições inconsúteis." (08.12.1948); "Fico esperando o *coro dos anjos*. Você me fala dele tão fabulosamente que minha expectativa aumenta. Estou certo de que V. gostará dele, quando impresso num bom papel." (15.02.1949). Ora, a peça em causa é o texto intitulado "A pecadora queimada e os anjos harmoniosos", (CO, pp. 366-377) que apenas será publicada justamente em 1964, em "Fundo de gaveta", (CO, pp. 366-390) a segunda parte de *A legião estrangeira*. Com essa repescagem, Clarice opera uma revisão relativamente ao modo de avaliar escritos seus que anteriormente lhe suscitaram dúvidas. O mais curioso é que os termos de que se serve na nota que antecede a apresentação desses textos são praticamente os mesmos usados na carta de 1947: "O que presta" *vs.* "o que não presta". Lemos na nota: "Por que tirar do fundo da gaveta, por exemplo, 'a pecadora queimada', escrita apenas por diversão, enquanto eu esperava o nascimento do meu primeiro filho? Por que publicar o que não presta? Porque o que presta também não presta. Além do mais, o que obviamente não presta sempre me interessou muito. Gosto de um modo carinhoso do inacabado, do malfeito, daquilo que desajeitadamente tenta um pequeno voo e cai sem graça no chão."

Abre-se aqui um caminho para concepções diversas, como as que estão presentes na elaboração de *Uma aprendizagem ou O livro dos prazeres* e *Água viva*, no que toca à recuperação e colagem de textos já publicados, posicionamentos decisivos e extremamente fecundos para a leitura da obra, que envolvem as tensões entre a parte e o todo, o fragmentarismo e o propósito totalizador. Ou ainda questões que dizem respeito à mescla de registros, onde coabitam a dicção mais elevada e os gaguejos, aquilo que é apresentado pela própria como "a escrita com a ponta dos dedos", isto é, um trabalhar as superfícies, convencionalmente entrevisto como modo menos literário de escrever.

E, no entanto, devemos interrogar-nos sobre um novo gesto à volta dessas questões, de que só teríamos conhecimento postumamente.

Clarice decidira autonomizar a segunda parte de *A legião estrangeira*, que iria ser editada com outro nome: *Para não esquecer*. A publicação só ocorreu em 1978, a seguir à morte de Clarice. E do livro já não consta, por vontade sua, "A pecadora queimada e os anjos harmoniosos". Equivale o gesto a dizer o inacabamento?

2

Num dos fragmentos de *Um sopro de vida*, lemos a seguinte nota: "Deixar o livro inacabado: Quanto a mim estou — É isto mesmo: estou. Não sou. Estou./ — Ritmo de procura". Noutro manuscrito, uma fala que se destinaria ao final do livro, pois apresenta a indicação "[FIM]", que aparece em algumas folhas, retoma parte dessa enunciação. "Quanto a mim, estou. Sim." (SV, p. 175)

O inacabado em Clarice Lispector tem a sua expressão mais nítida justamente em *Um sopro de vida*, obra publicada postumamente em 1978. Deve-se a Olga Borelli a transcrição dos manuscritos inéditos e a sua ordenação em formato de livro. Em nota de edição, a amiga deu conta do fato de ter acompanhado de perto o processo criativo da autora: "Eu anotava pensamentos, datilografava manuscritos e, principalmente, partilhava dos momentos de inspiração de Clarice". Atente-se numa afirmação de Olga Borelli, nesta nota: "Iniciado em 1974 e concluído em 1977, às vésperas de sua morte, este livro, de criação difícil, foi, no dizer de Clarice, 'escrito em agonia', pois nasceu de um impulso doloroso que ela não podia deter". Na verdade, pela leitura dos manuscritos percebe-se a força do impulso. Alguns intérpretes da obra levaram à letra a afirmação sobre o fecho e reproduziram a ideia de que o livro foi, de fato, finalizado "pouco antes de sua morte". A finalização nesse caso deve ser lida como interrupção. Também é certo que, mal foi publicado, o livro suscitou reservas da parte de alguns críticos, justamente em função daquilo que foi visto como incompletude. A ele assim se referiu, por exemplo, Leo Gilson Ribeiro: "São frases desenterradas, lascas de uma intenção inteiriça que a depauperação orgânica impediu de realizar melhor. É um rascunho, um esboço que retrataria globalmente as suas mais fundas preocupações finais." E o crítico não deixou de se pronunciar sobre a insatisfação que lhe provocou esse texto que, enquanto leitor de Clarice, entreviu em claro distanciamento face a outras obras da autora publicadas em vida: "Permanece a insatisfação diante da obra a ser revista, podada, enxertada para alcançar a perfeição altíssima dos momentos anteriores". Por conseguinte, uma das primeiras questões que se colocam em relação a esse último livro prende-se com essa sua intrínseca condição de obra inacabada. Como se nos fosse dado a ver um estágio embrionário: matéria a ser retomada, reavaliada. E, no entanto, obra plena de vida própria.

Já referi o *modus operandi* de Clarice nalguns dos seus romances, em concreto *A cidade sitiada* e *A maçã no escuro*, que lhe exigiram reescritas continuadas. Um exemplo mais próximo no tempo relativamente ao romance póstumo, e de que existem registros, é o caso de *Água viva*. Dir-se-ia que *Um sopro de vida* surge na obra de Clarice da mesma forma que o datiloscrito "Objeto gritante" surgia para *Água viva*, isto é, esperar-se-ia uma versão de *Um sopro de vida* que desse conta de um similar trabalho de depuração e concatenação. Sim, em parte esse quadro aplica-se, mas só em parte. Os enquadramentos são outros. No caso de "Objeto gritante", uma das versões que está na origem do livro saído em 1973, o procedimento era distinto, pois se partia dominantemente de uma colagem de textos bastante diferenciados, muitos deles já publicados, textos marcados por um registro de pendor cronístico a que a autora acrescentara uma forte dimensão confessional, especialmente visível nas conexões. Nada disso será por fim a obra editada que, na verdade, passará a estar mais próxima de uma dada face abstratizante: "Com *Água viva* passei três anos cortando e tirando, lutando, lutando até que saiu o livro" (entrevista a *O Pasquim*, 1974). Interessa aqui, sobretudo, captar as marcas de um processo, patente nos imensos cortes efetuados, e interpretar algumas linhas de sentido, oferecidas a partir do confronto de versões, aquilo que não se pode ver em relação ao processo de *A cidade sitiada* ou de *A maçã no escuro*, visto terem desaparecido as cópias que antecederam as versões finais desses romances.

Assinale-se outro dado importante relativamente ao qual não existem dúvidas: o tempo da escrita de *Um sopro de vida*. Muitos elementos nos conduzem à constatação de que sua concepção terá sido simultânea à de *A hora da estrela*. Temos desde logo o testemunho de Olga Borelli na nota proemial: "Simultaneamente à sua criação, ela escreveu nesse período *A hora da estrela*, sua última obra publicada". Noutros lugares, encontramos informações sobre o início da elaboração de *Um sopro de vida*, em 1974. Por exemplo, precisamente nesse ano, na entrevista ao semanário *O Pasquim*, à pergunta sobre as ideias que estava tendo para futuros trabalhos, contrariamente ao que era habitual, Clarice respondeu com o anúncio de um título: "Trata-se de um romance chamado *Sete semanas*". A confirmação de que este era efetivamente o nome inicial dado ao projeto de *Um sopro de vida* encontra-se em alguns dos seus manuscritos, onde, a encabeçar as folhas, aparecem indicações como "2ª semana" e "7ª semana". Além disso, em relação à simultaneidade da escrita dos dois últimos livros, a análise dos manuscritos (depositados no Instituto Moreira Salles) também nos conduz a essa comprovação. Encontramos, em alguns casos, numa mesma folha, frases com a indicação de pertença ao romance *A hora da estrela*, a par de frases que se destinam a *Um sopro de vida*. O arco temporal comum à escrita dos fragmentos dos dois livros terá tido implicações no aparecimento de algumas semelhanças significativas que entre eles se verificam. As afinidades mais diretas prendem-se, por exemplo, com pontos de contato encontrados nas intervenções do Autor em *Um sopro de vida* e nas do narrador Rodrigo S.M., em *A hora da estrela*. Idêntica visão da parte dessas duas personagens é entrevista no que diz respeito aos respectivos processos de escrita. Rodrigo S.M. como que escreve *na hora mesma em que é lido*, assim o afirma ele próprio, no relato. Para a personagem Autor, em *Um sopro de vida*, "cada anotação é escrita no presente. O instante já é feito de fragmentos. Não quero dar um falso futuro a cada vislumbre de um instante. Tudo se passa exatamente na hora em que está sendo escrito ou lido." (SV, p. 19)

A presença da autora Clarice Lispector como sujeito da escrita também se dá a ver naquilo que nos manuscritos aparece como registro da voz. A sala onde as anotações são feitas por Clarice é a sala onde também muitas delas são ditadas a Olga Borelli, que, como nos diz, "anotava pensamentos". A letra de Olga revela uma transcrição da espantosa dicção criadora de Clarice. Um lugar de escuta que acolhe um dizer continuamente fragmentado, um estado de vigília que é morada de palavras ditas. Muitas vezes, numa mesma folha são-nos oferecidas frases com a letra de Clarice ao lado de frases com a letra de Olga. Ficamos com a ideia de que Clarice voltava ocasionalmente a essas folhas onde Olga tinha registrado os seus "momentos de inspiração". Mais do que nunca, a oficina é-nos aqui apresentada, na sua mais direta expressão, como se estivéssemos diante da escritora, testemunhando o seu processo criativo. *Um sopro de vida* é o livro da pura anotação, da pura dicção. Ver-se-á no texto inacabado um imenso reservatório de coisas, extraordinário laboratório, livro de frivolidades e de funduras inapreensíveis.

Uma das evidências daquilo que nos é apresentado em *Um sopro de vida* (aqui em diferença com o que aparece em *A hora da estrela*) tem a ver com o fato de não estarmos apenas perante um criador em diálogo com a figura criada. Também a figura criada aparece como ser potencialmente criador de um texto, um diário ou um inacabado livro de fragmentos. Tanto o diário que o Autor escreve como o diário que ele faz Ângela escrever mostram as fissuras, as costuras, os próprios restos incorporados. É justamente o Autor que fala da incompletude da escrita de Ângela: "Escusado dizer que Ângela nunca vai escrever o romance cujo começo todos os dias ela adia. Não sabe que não tem capacidade de lidar com a feitura de um livro. Ela é inconsequente. Só consegue anotar frases soltas." (SV, p. 110)

A ligação das personagens de Clarice à escrita, a maior parte das vezes em um nível figurado, leva a um entendimento delas como forças de um devir. Veremos que é sobretudo num plano de intensidades que essas figuras se afirmam como energia, devêm escrita. No caso de Ângela, ela é a mais explícita e a mais pura das afirmações da escrita em processo. A invenção de Ângela é o princípio — "O que a nossa imaginação cria se parece com o processo que Deus tem de criar." (SV, p. 146) À semelhança do relato do Gênesis, o criador molda a criatura e dá-lhe vida com o seu sopro: "Também eu uso o meu sopro e invento Ângela Pralini e faço-a mulher. Mulher linda." (SV, p. 79) Ângela nasce de uma urgência. Ela impõe-se ao Autor, mas no fundo é ele que necessita absolutamente desse desdobramento para se entender a si mesmo, para se reconduzir ao um.

A própria visão dos manuscritos de *Um sopro de vida* coloca permanentemente a questão do impossível acabamento. Um amontoado de folhas soltas, em suportes muito variados, sem qualquer indicação de ordem, vem assinalar, na disseminação de traços, uma importante contribuição para a reflexão sobre a escrita de Lispector. Um arquivo que dá a ver uma abertura geradora de sentidos. Da deslocação e da errância ao estado de uma absoluta imanência, o livro póstumo aparece, assim, simultaneamente como ponto de chegada e como ponto de partida — com todos os problemas que decorrem do fato de ser um livro incompleto. Por outro lado, também se pode dizer que um dos sentidos do inacabamento como que valida uma dada ideia de literatura que a autora defendeu enquanto *continuum*, coisa que não para. Próximo do corpo do sujeito da escrita, esse livro é, ao mesmo tempo, o mais distanciado da concepção totalizadora do texto-corpo-fechado. É a vertigem do inacabado que nos lança no contínuo, enquanto afirmação do devir-escrita. Era assim o modo de não fechar *Água viva* ("O que te escrevo continua e estou enfeitiçada" [AV, p. 79]), mas haviam sido sempre assim as declarações de continuidade. Vejam-se os finais que explicitam essa ideia: os travessões, em *A paixão segundo G.H.*; os dois pontos, em *Uma aprendizagem ou O livro dos prazeres* etc.

Pode dizer-se que o inacabado se encontra no mesmo plano do inalcançado? A vastidão e o menor — e aquilo que fica entre — tudo isso sempre Clarice procurou alcançar, sabendo que a palavra é imperfeita. Como o homem na sua intrínseca incompletude, toda criação é incompleta. A escrita será sempre um projeto inacabado. Clarice teve essa funda presciência, deixando-nos por testamento a visão da procura que contém em si mesma a impossibilidade:

> Eu queria escrever um livro. Mas onde estão as palavras? Esgotaram-se os significados. Como surdos e mudos comunicamo-nos com as mãos. Eu queria que me dessem licença para eu escrever ao som harpejado e agreste e sucata da palavra. E prescindir de ser discursivo. Assim: poluição. (SV, p. 13)

> Cada vez mais eu escrevo com menos palavras. Meu livro melhor acontecerá quando eu de todo não escrever.[1]

Como preciosa imperfeição, incumbência última, o potencial livro de Clarice é o lugar do livro nunca feito, o "não livro" de que fala Berta Waldman: "Ao contrário do discurso da lei que se inscreve definitivamente, o livro de Clarice nunca é o que já está escrito, nem mesmo o que está se escrevendo, mas 'outra coisa' que não se chega a dizer: ele é sempre para mais tarde. Esse futuro para o qual aponta, entretanto, não é acalentado como um projeto realizável, estando inevitavelmente fadado ao fracasso: o não livro será seu melhor livro."

Caberá ao leitor, repetidamente convocado em *A hora da estrela* e *Um sopro de vida*, o desígnio de completar o livro inacabado? Poderá ele algum dia resgatar uma possível reordenação de lugares? Talvez o seu maior recurso seja o de se juntar simplesmente, em corpo e voz, à concentração de forças oferecidas no texto para, com Clarice, celebrar o próprio inacabamento da ofuscante luz que o atravessa.

1 *In* BORELLI, Olga. *Clarice Lispector: esboço para um possível retrato*. Rio de Janeiro: Nova Fronteira, 1981, p. 85.

O apartamento me reflete

Encontra-se aqui uma parte essencial do apartamento de Clarice Lispector: os retratos dela realizados por artistas como Giorgio de Chirico, Carlos Scliar, Alfredo Ceschiatti. A esses retratos, somam-se fotografias de seus álbuns familiares, muitas delas nunca antes exibidas, entre as quais está aquela realizada por seu amigo Erico Verissimo na década de 1950, em Washington.

CARLOS SCLIAR

Sem título, 1972
Guache sobre papel,
36,5 × 27 cm
Coleção Paulo Gurgel
Valente, Rio de Janeiro

GIORGIO DE CHIRICO

Sem título, *c.* 1945
Óleo sobre cartão,
24 × 18 cm
Coleção Paulo Gurgel
Valente, Rio de Janeiro

JERONYMO RIBEIRO

Retrato da senhorita Clarice Lispector,
Paris, 1942
Carvão sobre papel,
62 × 43 cm
Coleção Paulo Gurgel Valente, Rio de Janeiro

Caderneta de anotação de Clarice Lispector com desenho de Rui Ribeiro Couto, Lisboa, 1944
16 × 10,5 cm
Arquivo Clarice Lispector/ Instituto Moreira Salles, Rio de Janeiro

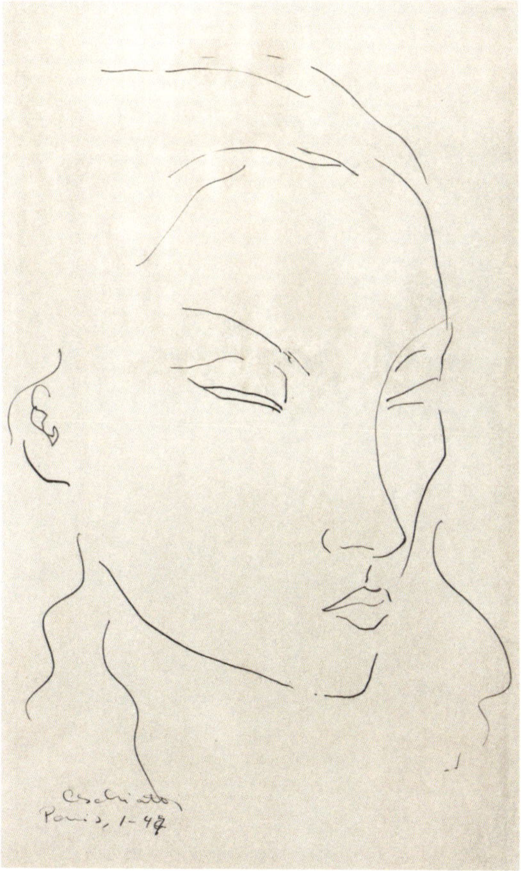

ALFREDO CESCHIATTI

Sem título, Paris, 1947
Nanquim sobre papel,
29 × 18 cm
Coleção Paulo Gurgel
Valente, Rio de Janeiro

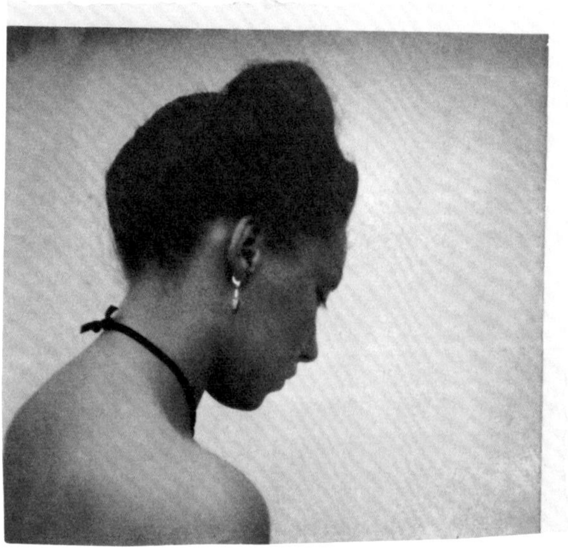

Foto de autor não identificado,
Rio de Janeiro, *c.* 1930
8,8 × 6 cm
Acervo Clarice Lispector/ Fundação Casa de Rui Barbosa, Rio de Janeiro

---

Foto de autor não identificado, Nápoles, Itália, 1945
8 × 7,5 cm
Arquivo Clarice Lispector/ Instituto Moreira Salles, Rio de Janeiro

Foto de autor não identificado, local não identificado, *c.* 1945
6 × 8,8 cm
Acervo Clarice Lispector/ Fundação Casa de Rui Barbosa, Rio de Janeiro

Foto de autor não identificado, Rio de Janeiro, *c.* 1935
17,5 x 11,8 cm
Acervo Clarice Lispector/ Fundação Casa de Rui Barbosa, Rio de Janeiro

Foto de autor não
identificado,
Rio de Janeiro, 1944
Arquivo Clarice Lispector/
Instituto Moreira Salles,
Rio de Janeiro

Foto de autor não identificado, Rio de Janeiro, 1944
Acervo Clarice Lispector/ Fundação Casa de Rui Barbosa, Rio de Janeiro

PÁGINAS SEGUINTES
Foto de Erico Verissimo, Virginia, EUA, *c.* 1955
9 × 12,5 cm
Acervo Literário de Erico Verissimo/Instituto Moreira Salles, Rio de Janeiro

EM CASA COM CLARICE

PAULO GURGEL VALENTE

Acredito que Clarice e eu compartilhávamos uma sensação comum: os objetos não são inanimados, ao contrário, têm uma vida secreta.

Não sei se o leitor já fez a experiência de, à noite, desligar as luzes de sua sala e, aos poucos, observar que seus olhos se adaptam ao escuro e finalmente você consegue perceber a presença viva das coisas.

Mais de um conto de fadas ou de ficção já mostrou que numa loja de brinquedos à noite eles tomavam vida, ou mesmo as estátuas e pinturas de um museu se transformam, e de dia voltam para suas funções realistas. Talvez o Pinóquio de Gepeto seja um dos primeiros.

Os quadros e objetos de Clarice eram seu *setting*, o cenário de sua vida que fazia de sua casa um lugar aconchegante e reconhecível, seu ninho de onde voava e para onde voltava.

Da "fase italiana", referente ao período em que Clarice e Maury chegaram a Nápoles em 1944, ele como vice-cônsul no sul de uma Itália que começava a ser libertada, há os quadros nus de Savelli e Fazzini, e especialmente a *Anunciação* de Savelli, quadro várias vezes citado e descrito em crônicas de Clarice, de um colorido a toda prova e até hoje impressionante, como em "Anunciação", publicada em 21 de dezembro de 1968:

> Tenho em casa uma pintura do italiano Savelli — depois compreendi muito bem quando soube que ele fora convidado para fazer vitrais no Vaticano.
>
> Por mais que olhe o quadro não me canso dele. Pelo contrário, ele me renova.
>
> Nele, Maria está sentada perto de uma janela e vê-se pelo volume de seu ventre que está grávida. O arcanjo, de pé ao seu lado, olha-a. E ela, como se mal suportasse o que lhe fora anunciado como destino seu e destino para a humanidade futura através dela, Maria aperta a garganta com a mão, em surpresa e angústia.
>
> O anjo, que veio pela janela, é quase humano: só suas longas asas é que lembram que ele pode se transladar sem ser pelos pés. As asas são muito humanas: carnudas, e seu rosto é o rosto de um homem. (CR, pp. 179-180)

E, num dos quadros de Savelli (1942), lê-se a dedicatória "*a la Signora Valente, comme cordiale ricordo*".

Esses quadros aparentemente foram comprados para uma primeira coleção do casal, também com finalidade decorativa e de recordações.

Dessa "fase italiana", o destaque é seu retrato por Giorgio de Chirico, cuja descrição deixamos para a própria Clarice em carta às suas irmãs, Elisa e Tania, datada de Roma, 9 de maio de 1945:

> Minhas queridas:
>
> [...] Hoje de tarde posei a última vez para De Chirico (pronuncia-se De Quírico). Ele é famoso no mundo inteiro. Tem quadros em quase todos os museus: certamente vocês já viram reproduções dos quadros dele. O meu é pequeno; está ótimo, uma beleza, com expressão e tudo. Ele cobra muito caro como é natural, mas cobrou menos. E enquanto ele estava pintando apareceu um comprador. Ele naturalmente não vendeu... Mas veio com uma história de fazer dois quadrinhos para eu escolher. De outra vez que eu estiver em Roma, se o excelentíssimo marido permitir posarei então para ele mesmo, quer dizer, para o quadro ficar dele (ele venderia então). O meu retrato é só da cabeça, pescoço e um pouquinho de ombros. Tudo diminuído. Posei com aquele vestido de veludo azul da Mayflower, lembra-se Tania? Quando tirar a fotografia do quadro, mandarei. Mas não se poderá talvez ver bem por causa das cores que não saem.
>
> [...] Eu estava posando para De Chirico quando o jornaleiro gritou: É finita la guerra! Eu também dei um grito, o pintor parou, comentou-se a falta estranha de alegria da gente e continuou-se.
>
> Daqui a pouco eu perguntei se ele gostava de ter discípulos. Ele disse que sim e que pretendia ter quando a guerra acabasse... Eu disse: mas a guerra acabou! Em parte, a frase dele vinha do hábito de se repeti-la, e em parte do fato de não ter mesmo a impressão exata de um alívio. (CA, pp. 167-168)

Outra referência ao mesmo episódio aparecerá no depoimento sonoro que concedeu ao Museu de Imagem e do Som do Rio de Janeiro, em 1976:

> Eu estava em Roma e um amigo meu disse que o De Chirico na certa gostaria de me pintar. Aí, perguntou e ele disse que só me vendo. Aí me viu e disse: "Eu vou pintar o seu retrato". Em três sessões ele fez e disse assim: "Eu poderia continuar pintando interminavelmente esse retrato, mas tenho medo de estragar tudo". (OE, p. 165)

De Chirico não precisa de apresentações, já que é um dos maiores nomes do surrealismo na sua época; visitei sua casa-museu na *piazza di Spagna*, em Roma, onde Clarice posou para o retrato.

Não mais da "fase italiana", mas ainda no grupo de retratos de Clarice, está o de Jeronymo Ribeiro — a princípio retratista desconhecido. Há um carvão sobre papel de 1942, época das primeiras publicações de Clarice: contos em revistas e o romance de estreia, *Perto do coração selvagem*. Considero o retrato muito fiel, até mesmo comparando com fotografias do período.

Um pouco posterior é o retrato feito pelo poeta e diplomata Ribeiro Couto num pequeno caderno de anotações da própria Clarice em 1944. O encontro ocorreu em Lisboa, onde Clarice parara a caminho de Nápoles. No dia 2 de agosto, ela registra a conversa com Couto a respeito do breve retrato a lápis sobre o papel pautado:

> Disse que era difícil me desenhar. Tinha alguma coisa que não se pegava, e a doçura. Que eu tinha três coisas: infância, vida profunda e alguma coisa áspera. Disse: animalidade banhada de luar. Queixo saudável.[1]

Também notáveis são os retratos do casal Clarice e Maury por Alfredo Ceschiatti, realizados num encontro em Paris em janeiro de 1947. O retrato de Clarice, definido com pouquíssimas linhas, ficou célebre como uma das melhores interpretações. No retrato de Maury, o próprio artista anotou no final "(*un dessin mal réussi*)", apesar de ser bem fiel. Ceschiatti ficou mais famoso como escultor, depois de criar vários monumentos em Brasília, e foi amigo do casal.

Objeto de toda a vida é o galo em porcelana, o que sobrou de um par — registrado como florentino — que tem intensa relação com as histórias de Clarice com galinhas — como o conto "Uma galinha" e o conto/livro infantil *A vida íntima de Laura*.

1 A caderneta encontra-se no acervo do Instituto Moreira Salles desde 2012, e está disponível para leitura no site claricelispector.ims.com.br com o título *Caderno de bordo*.

Nesse contexto está a fotografia de um cavalo, com uma história curiosa: Clarice viu na página de turfe do *Jornal do Brasil* essa foto e imediatamente pediu à redação que a mandassem para ela, e da foto fez um pôster. A imagem transmite uma sensação de liberdade e, como no caso das galinhas, cavalos estão em toda a obra com admiração, tanto em *A cidade sitiada* como no "Seco estudo de cavalos", de *Onde estivestes de noite*, crônica notável.

Clarice teve grandes amigos artistas, Lúcio Cardoso, Maria Bonomi, Carlos Scliar, Fayga Ostrower e Bruno Giorgi, que muitas vezes a presenteavam no contexto da amizade.

O quadro de Lúcio Cardoso merece uma nota à parte. Lúcio foi possivelmente um dos primeiros amores de Clarice, que não foi em frente; havia uma grande afinidade intelectual entre os dois no início das carreiras de ambos, embora ele fosse mais velho e experiente. Ele ajudou a dar título ao primeiro livro de Clarice, *Perto do coração selvagem*, tirado de uma frase de James Joyce. Ela recebeu do amigo pelo menos dois quadros: um primeiro que era muito escuro e triste, praticamente todo negro, da fase de seu acidente vascular cerebral, que Clarice passou adiante, e, finalmente, um outro muito luminoso que reflete o momento em que Lúcio estava se recuperando na Associação Brasileira Beneficente de Reabilitação (ABBR). É muito alegre e ficou como recordação desse grande amigo e mentor. Em crônica datada de 11 de janeiro de 1969, Clarice fala do último encontro dos dois:

> Algumas pessoas amigas dele estavam na antessala de seu quarto no hospital e a maioria não se sentiu com força de sofrer ainda mais ao vê-lo imóvel, em estado de coma.
>
> Entrei no quarto e vi o Cristo morto. Seu rosto estava esverdeado como um personagem de El Greco. Havia a Beleza em seus traços.
>
> Antes, mudo, ele pelo menos me ouvia. E agora não ouviria nem que eu gritasse que ele fora a pessoa mais importante da minha vida durante a minha adolescência. Naquela época ele me ensinava como se conhecem as pessoas atrás das máscaras, ensinava o melhor modo de olhar a lua. Foi Lúcio que me transformou em "mineira": ganhei diploma e conheço os maneirismos que amo nos mineiros. (CR, p. 189)

Maria Bonomi foi amiga de toda a vida, além de comadre (Clarice foi madrinha de Cássio, filho de Maria e Antunes Filho), desde que estudante de artes em Washington, DC, quando pediu emprestado a

Clarice, então esposa de Maury como secretário da Embaixada, e por sugestão da embaixatriz Alzira Vargas, um vestuário adequado, luvas, vestido longo, sapatos para ir a um jantar na Casa Branca. Daí em diante, por toda a vida trocaram opiniões sobre os respectivos processos criativos, o que, em minha opinião, se consolidou em *Água viva*, no qual a personagem é uma artista plástica. Em edição especial desse livro, Teresa Montero assina o ensaio "*Água viva*: antilivro, gravura ou *show* encantado", no qual aborda esse diálogo artístico.[2]

Carlos Scliar foi também grande amigo, ele pracinha na FEB na campanha da Itália conheceu Clarice nessa época, mas já levava *Perto do coração selvagem* em sua mochila. Lembro também dos dois na passeata dos 100 mil em 1968, há boas fotos ilustrativas desse momento, e também recordo que Clarice passou um final de semana na casa estúdio de Scliar em Cabo Frio. Ambos eram descendentes de judeus russos, perseguidos praticamente na mesma época.

Fayga Ostrower foi outra grande amiga, e havia identificação com sua obra, possivelmente também pelas origens eslavas semelhantes, e Clarice guardou seus quadros recebidos desde a época em que morou em Washington, com destaque para a gravura da mãe abraçando seu bebê com muita ternura (*Maternidade*, 1950).

Bruno Giorgi fazia parte dos artistas da "república do Leme" — quase no mesmo quarteirão moravam Aloisio Magalhães, Burle Marx e Bruno Giorgi, este numa pequena vila que saía da rua Gustavo Sampaio, e na época casado com Mira Engelhardt — o casal era bem amigo e fui algumas vezes à casa de Bruno Giorgi, sem ter a noção da sua importância. As esculturas que Clarice recebeu são versões de tamanho reduzido de monumentos importantes de Brasília.

Uma parte do trabalho de Clarice, muito bem descrito em *Clarice jornalista*, de Aparecida Nunes, foi entrevistar pessoas notáveis, para quem sempre levava de presente livros seus. Ocorre que alguns dos entrevistados, como Djanira da Motta e Silva e Grauben, retribuíram com quadros. É claro como Clarice nessas entrevistas, quase sempre pela admiração e percepção e interesse pelo "outro", desenvolvia uma relação afetiva com essas pessoas. No caso de Djanira, o afeto estava definido antes do encontro, e voltava-se tanto para a pessoa

2 LISPECTOR, Clarice. *Água viva — Edição com manuscritos e ensaios inéditos*. Organização de Pedro Vasquez. Rio de Janeiro: Rocco, 2019.

quanto para a obra, como se lê nas linhas que iniciam a transcrição da entrevista: "Como não amar Djanira, mesmo sem conhecê-la pessoalmente? Eu já amava o seu trabalho, e quanto — e quanto".[3] Quanto ao encontro com a pintora Grauben, está retratado em crônica na qual Clarice descreve a tela que trouxe para casa:

> Escolhi um quadro que tem tudo da Grauben: um grande pássaro azul entre águia e pavão, uma enorme borboleta, uma flor toda aberta, plantas e todos os pontilhados que ela usa como fundo do quadro e que dão a impressão de uma moita de alegria. (CR, p. 142)

É fácil ver que o "cenário" de Clarice — a partir do qual criava e, por que não, levitava — foi sendo criado pela sua afetividade, fosse pelos objetos em si ou pelas pessoas neles implicadas, ao longo da vida e da obra, em permanente entrelaçamento.*

3 WILLIAMS, Claire (org.). *Entrevistas — Clarice Lispector*. Rio de Janeiro: Rocco, 2007, p. 198.

* Agradeço a colaboração de Teresa Montero, autora da biografia *Clarice Lispector — Eu sou uma pergunta* (Rio de Janeiro, Rocco, 2021).

“RESPONDO CADA VEZ QUE ALGUÉM DISSER: EU”

CRONOLOGIA DE
CLARICE LISPECTOR
**POR BRUNO
COSENTINO**

1920

Nasce Clarice, chamada Haia, no dia 10 de dezembro, em Tchetchélnik, pequena aldeia da Ucrânia. O nome de batismo tem origem hebraica e significa "vida", "animal". É a terceira filha do casal Pinkouss e Mania Lispector, que já tinha duas meninas: Leia, a mais velha, e Tania. O nascimento ocorre durante a viagem de emigração da família para o Brasil. Os pais, judeus foragidos, deixam a Ucrânia durante as violentas perseguições a seu povo decorrentes da instabilidade política instaurada na região após a Revolução Russa de 1917.

1922

A família Lispector chega a Maceió em março. No Brasil, adotam novos nomes: Pinkouss passa a se chamar Pedro; Mania, Marieta; Leia, Elisa; e Tania, nome usado também em português, permanece o mesmo. A escolha do nome Clarice se deveu à semelhança sonora com Haia.

1925

Muda-se com a família para o Recife. Vivem em um sobrado na praça Maciel Pinheiro, na Boa Vista, bairro habitado pela comunidade judaica, onde já residiam tios e primos do lado materno de Clarice.

1930

Morre sua mãe, em 21 de setembro, aos 41 anos. Ela sofria de uma doença degenerativa; com o passar dos anos, perdera progressivamente os movimentos do corpo e, no fim da vida, locomovia-se em cadeira de rodas.

> Fui preparada para ser dada à luz de um modo tão bonito. Minha mãe já estava doente, e, por uma superstição bastante espalhada, acreditava-se que ter um filho curava uma mulher de uma doença. Então fui deliberadamente criada: com amor e esperança. Só que não curei minha mãe. E sinto até hoje essa carga de culpa: fizeram-me para uma missão determinada e eu falhei. Como se contassem comigo nas trincheiras de uma guerra e eu tivesse desertado. Sei que meus pais me perdoaram eu ter nascido em vão e tê-los traído na grande esperança. Mas eu, eu não me perdoo. Quereria que simplesmente se tivesse feito um milagre: eu nascer e curar minha mãe. Então, sim: eu teria pertencido a meu pai e a minha mãe. Eu nem podia confiar a alguém essa espécie de *solidão de não pertencer* porque, como desertor, eu tinha o segredo da

fuga que por vergonha não podia ser conhecido.
["Pertencer", CR, pp. 116-117]

1932

Ingressa no 1º ano do tradicional Ginásio Pernambucano. É nessa época que toma gosto pela escrita: lê com paixão *Reinações de Narizinho*, de Monteiro Lobato, e envia contos (jamais publicados) para a seção "O 'Diário' das Crianças", do *Diário de Pernambuco*.

1935

Aos 14 anos, muda-se com a família para o Rio de Janeiro.

1939

Começa o curso superior na Faculdade Nacional de Direito, no Rio de Janeiro.

1940

Trabalha como redatora e repórter da Agência Nacional. Frequenta com colegas jornalistas e escritores o bar Recreio, na Cinelândia, ponto de encontro de autores como Vinicius de Moraes, Cornélio Penna e Rachel de Queiroz. Nessa época, conhece Lúcio Cardoso, por quem se apaixona, sem ser correspondida. Na ocasião de sua morte, em 1968, Clarice escreverá sobre o amigo:

> Lúcio e eu sempre nos admitimos: ele com sua vida misteriosa e secreta, eu com o que ele chamava de 'vida apaixonante'. Em tantas coisas éramos tão fantásticos que, se não houvesse a impossibilidade, quem sabe teríamos nos casado.
> ["Lúcio Cardoso", CR, p. 190]

Publica seu primeiro conto, "Triunfo", no semanário *Pan*. A história trata de tema recorrente em sua ficção: a relação amorosa descrita a partir da sensibilidade feminina e da posição ocupada pela mulher na sociedade.

Morre o pai, em 26 de agosto, aos 55 anos, em decorrência de uma cirurgia de vesícula malsucedida. Pedro Lispector tinha vocação para a matemática e, segundo Clarice, dava "para coisas do espírito", mas, na condição de imigrante, teve uma vida de dificuldades. Cuidou da mulher doente até a morte e criou três filhas adolescentes sozinho. Poucos anos depois de sua morte, em carta ao amigo Fernando Sabino, a filha caçula lembra do pai:

> Uma vez ele disse: se eu escrevesse, escreveria um livro sobre um homem que viu que se tinha perdido. Não

> posso pensar nisso sem que sinta uma dor física insuportável.
> [*Cartas perto do coração*]

1943

Casa-se com o colega de faculdade Maury Gurgel Valente, seu namorado desde o ano anterior, em cerimônia civil, no dia 23 de janeiro.

Publica *Perto do coração selvagem*, seu primeiro livro, pelo qual recebeu o prêmio Graça Aranha. O romance obteve um imediato sucesso de crítica. Conforme Antonio Candido, que à época escreveu para a *Folha da Manhã*, o livro "é uma *performance* da melhor qualidade. A autora — ao que parece, uma jovem estreante — colocou seriamente o problema do estilo e da expressão. Sobretudo desta."

1944

Muda-se para Belém com o marido, então cônsul de terceira classe. Lá permanecem por seis meses — de janeiro a julho.

No dia 19 de julho, partem para Nápoles, onde Maury servirá como vice-cônsul. A viagem dura aproximadamente um mês e, partindo do Rio de Janeiro, inclui passagens por Natal, Lake Piso, Bolama, Dacar, Lisboa, Casablanca, Argel e Taranto. Parte do trajeto é documentado por Clarice no "Caderno de bordo", em que também se pode encontrar um retrato seu feito a lápis pelo poeta Ribeiro Couto, que a recebe em Portugal.

1945

Posa para Giorgio de Chirico, em Roma. É o primeiro de uma série de retratos seus feitos por pintores. Do estúdio, localizado na *piazza di* Spagna, ouve de um jornaleiro ambulante a notícia do fim da guerra:

> Dei um grito, o pintor parou, comentou-se a falta estranha de alegria da gente e continuou-se.
> [Carta às irmãs, Roma, maio de 1945, em *Correspondências*, p. 72]

Publica seu segundo livro, o romance *O lustre*.

1946

Em abril, muda-se para Berna, na Suíça, onde permanecerá com Maury durante três anos. Acha a cidade entediante:

> É uma pena eu não ter paciência de gostar de uma vida tão tranquila como a de Berna. É uma fazenda. [...] Dá vontade de ser uma vaca leiteira e comer durante uma tarde inteira até

vir a noite um fiapo de capim. O fato é que não se é tal vaca, e fica-se olhando para longe como se pudesse vir o navio que salva os náufragos.
[Carta a Elisa Lispector e Tania Kaufmann, 5 de maio de 1946, em *Correspondências/Clarice Lispector*]

1947

De passagem por Paris, onde celebra o ano novo com Maury e o casal Samuel e Bluma Wainer, conhece o escultor brasileiro Alfredo Ceschiatti, então estudante bolsista na capital francesa. Ele faz um retrato seu.

1948

Nasce Pedro, seu primeiro filho, em Berna, Suíça.

1949

Publica seu terceiro romance, *A cidade sitiada*, escrito durante os anos de residência em Berna.

1950

Muda-se para Torquay, Inglaterra, em setembro, acompanhando o marido. Permanecem na cidade durante seis meses. Escreve contos e faz as primeiras anotações de um novo romance, *A maçã no escuro* (então chamado de *A veia no pulso*).

1952

Publica o livro *Alguns contos*, na coleção Os Cadernos de Cultura, editada pelo Ministério da Educação e Saúde. As seis histórias — "Mistério em São Cristóvão", "Os laços de família", "Começos de uma fortuna", "Amor", "Uma galinha" e "O jantar" — integrarão, acrescidas de outras, o futuro livro *Laços de família*.

Muda-se para Washington, nos Estados Unidos, onde permanecerá por sete anos, com breves retornos ao Rio, de férias. Retoma as notas de *A maçã no escuro*, iniciadas em Torquay.

1953

Nasce seu segundo filho, Paulo, em Washington, Estados Unidos, no dia 10 de fevereiro.

1959

Passa a publicar contos na revista *Senhor*: "A menor mulher do mundo", "Feliz aniversário", "Mineirinho" e "Uma galinha" são alguns deles. A colaboração se estenderá até 1964. Até então, as histórias estavam à espera de publicação pelo editor Simeão Leal.

> Há quatro anos os originais dos contos estão em suas mãos para serem publicados. [...] Recebi dois ou três mil cruzeiros em pagamento prévio. Com a demora de publicação, e com a falta de resposta às minhas cartas, considerei-me desobrigada de meu acordo com Você. [...] A proposta continua a mesma: estou pronta a devolver os dois ou três mil cruzeiros, em troca do direito de dispor de meus originais. Estou precisando de dinheiro, e quero vender os contos separadamente, a jornais e revistas. [Carta a José Simeão Leal, 10 de março de 1959, em *Correspondências*]

Separa-se do marido e volta ao Brasil com os dois filhos.

1960

Após anos de negociação, publica finalmente o livro de contos *Laços de família*. A capa e as ilustrações são do cenógrafo Cyro del Nero. Segundo o crítico Carlos Mendes de Sousa, Clarice teria pedido ao artista para "não estar com a ideia das imagens tão rentes ao texto, que elas não interviessem no segredo dos mesmos". Antes da diagramação final, após encontro entre os dois, algumas ilustrações teriam sido alteradas por sugestão da escritora. O evento de lançamento do livro em São Paulo é acompanhado de uma exposição do artista.

1961

Publica seu quarto romance, *A maçã no escuro*.

1964

Publica o romance *A paixão segundo G.H.*, considerado pela crítica sua obra-prima.

Publica o volume de contos *A legião estrangeira* (com ele, de acordo com José Miguel Wisnik, conclui-se uma trilogia: a centralidade da figura paterna e as relações familiares de *Laços de família* perdem espaço no livro *A legião estrangeira* até atingir a experiência solitária da mulher em contato com o extremo da matéria — a "massa branca" da barata — em *A paixão segundo G.H.*).

1965

Passa a residir na rua Gustavo Sampaio, 88, no Leme, onde viverá até o fim da vida.

1966

Adormece com o cigarro aceso, provocando um incêndio em sua casa. Sofre graves queimaduras no corpo e passa dois meses hospitalizada na Clínica Pio XII, de onde sai com sequelas, principalmente na mão direita.

1967

Publica seu primeiro livro para crianças, *O mistério do coelho pensante*, escrito para o filho, Paulo, quando moraram em Washington, nos Estados Unidos.

A convite de Alberto Dines, passa a escrever crônicas para o *Jornal do Brasil*. A princípio, sente-se insegura com o gênero, que nunca havia praticado. Mas, ao longo de sete anos de colaboração, habitua-se à nova função e alcança popularidade junto aos leitores.

> Escrevi nove livros que fizeram muitas pessoas me amar de longe. Mas ser cronista tem um mistério que não entendo: é que os cronistas, pelo menos os do Rio, são muito amados. E escrever a espécie de crônica aos sábados tem me trazido mais amor ainda. Sinto-me tão perto de quem me lê.
> ["Adeus, vou-me embora!", CR, p. 98]

1968

Passa a colaborar na revista *Manchete*, na seção "Diálogos possíveis com Clarice Lispector", em que entrevista personalidades do mundo político, esportivo e artístico. Nas conversas, Clarice coloca-se pessoalmente, sem deixar de expor a seus interlocutores pensamentos singulares em relação à arte e à vida, pintando assim um autorretrato imprevisto.

Participa da Passeata dos Cem Mil junto a colegas artistas e intelectuais.

Lança seu segundo livro infantil, *A mulher que matou os peixes*, com ilustrações do amigo e pintor Carlos Scliar.

1969

Publica o romance *Uma aprendizagem ou O livro dos prazeres*, que diz ter escrito em nove dias.

1971

Lança *Felicidade clandestina*, reunião de textos publicados anteriormente na imprensa, incluindo o conjunto deles em que relembra a infância no Recife.

1972

Posa para o pintor e amigo Carlos Scliar.

> Passei um fim de semana inesquecível em Cabo Frio, hospedada por Scliar, que pintou dois retratos meus. [...] Contei-lhe de quando posei para De Chirico. Ele disse que aparentemente é fácil me pintar: basta pôr maçãs salientes, olhos um pouco oblíquos e lábios cheios: sou caricaturável. Mas a expressão é difícil de pegar. Scliar retrucou: todo quadro é difícil.
> ["Scliar em Cabo Frio", *Jornal do Brasil*, 28 de outubro de 1972]

1973

Publica o livro *Água viva*, depois de três anos de elaboração. De acordo com o crítico José Américo Motta Pessanha, em carta à autora, é difícil categorizá-lo, pois parece reunir anotações, pensamentos, trechos autobiográficos, diário, tudo ao mesmo tempo. Para Clarice, o livro tampouco é uma novela ou um romance; ela o classifica apenas como "ficção".

> Minha ambição era essa coisa quase impossível: captar o instante que passa. Para isso, quase nunca me referi ao passado ou ao futuro. Tinha que ser um livro, por assim dizer, do momento sempre atual.
> [*Jornal do Commercio*, 9 de setembro de 1973]

Publica *A imitação da rosa*, reunindo contos já editados anteriormente.

1974

É retratada por Dimitri Ismailovitch, artista também nascido na Ucrânia e que emigrou para o Brasil em 1927, após passar por países da Europa e pelos Estados Unidos.

Publica o livro de contos *Onde estivestes de noite*.

Concede entrevista ao periódico *Pasquim*, em seu apartamento, no Leme. Ziraldo, que estava entre os entrevistadores, ao observar na parede da sala retratos de Clarice feitos por pintores célebres, pergunta-lhe como tinha sido posar para Di Cavalcanti. Ela conta que houve três tentativas, porém sem sucesso.

> Ele começou a me fazer com duas asas verdes, lindas. Me parece que a mulher dele teve uma crise de cólera e rasgou o quadro.

> [Entrevista concedida ao *Pasquim*, 3 a 9 de junho de 1974]

Publica *A via crucis do corpo*, encomendado pelo editor Álvaro Pacheco, que lhe propusera escrever histórias sobre sexo.

> Uma pessoa leu meus contos e disse que aquilo não era literatura, era lixo. Concordo. Mas há hora para tudo. Há também a hora do lixo. Este livro é um pouco triste porque eu descobri, como criança boba, que este é um mundo cão.
> ["Explicação", CO, p. 528]

Publica seu terceiro livro infantil, *A vida íntima de Laura*.

1975

Acompanhada por Olga Borelli, sua secretária, viaja à Colômbia como convidada do I Congresso Mundial de Bruxaria, realizado em Bogotá.

Como passatempo, dedica-se com mais assiduidade à pintura, atividade que continuará no ano seguinte.
No total, produzirá 18 quadros em técnica mista, sendo 15 em óleo sobre madeira e um sobre tela. Seus quadros, quase sempre abstratos, buscam, entretanto, a materialidade do suporte, aproveitando com frequência os desenhos próprios da madeira.

> O que me 'descontrai', por incrível que pareça, é pintar, e não ser pintora de forma alguma, e sem aprender nenhuma técnica. Pinto tão mal que dá gosto e não mostro meus, entre aspas, 'quadros' a ninguém. É relaxante e ao mesmo tempo excitante mexer com cores e formas, sem compromisso com coisa alguma. É a coisa mais pura que faço.
> ["Literatura de vanguarda no Brasil", OE, p. 112]

Publica *Visão do esplendor*, que reúne crônicas, e *De corpo inteiro*, que compila entrevistas que ela fez com personalidades da cultura brasileira.

1976

Recebe, pelo conjunto de sua obra, o Prêmio Brasília de Literatura, oferecido pela Fundação Cultural do Distrito Federal, em Brasília.

Por ocasião de uma palestra no auditório do Banco do Estado de Pernambuco, visita o Recife e fica hospedada no Hotel São Domingos, localizado na praça Maciel Pinheiro, a mesma em que passara a infância. Revê o casarão onde morou com os pais, além de encontrar os primos e a tia Mina.

1977

Concede sua última entrevista, a Júlio Lerner, para o *Panorama Especial*, da TV Cultura. O programa é seu único registro audiovisual e só será transmitido postumamente.

Publica a novela *A hora da estrela*.

> É a história de uma moça tão pobre que só comia cachorro-quente. A história não é só isso, não. A história é de uma inocência pisada, uma miséria anônima. [Entrevista a Júlio Lerner, TV Cultura]

Toma notas para um novo romance, intitulado *Um sopro de vida*, publicado postumamente sob organização de Olga Borelli.

É submetida a uma cirurgia, na qual se detecta um câncer de ovário, irreversível. Os amigos e a família não lhe revelam a verdade sobre sua situação terminal e lhe fazem companhia no hospital.

Morre no dia 9 de dezembro, uma sexta-feira, véspera de seu aniversário, às 10h30. Em observância ao *shabat,* não pode ser sepultada no dia 10 (sábado). É enterrada no domingo, dia 11, no Cemitério Comunal Israelita. Tinha 56 anos.

REFERÊNCIAS BIBLIOGRÁFICAS

GOTLIB, Nádia Battella. *Clarice: uma vida que se conta.* São Paulo: Ática, 1995.

___. *Clarice fotobiografia*. São Paulo: Edusp, 2014.

___. "Memória seletiva — A descoberta do mundo". *In: Cadernos de Literatura Brasileira: Clarice Lispector (n. 17 e 18)*. São Paulo: Instituto Moreira Salles, 2004.

MOSER, Benjamin. *Clarice, uma biografia.* São Paulo: Cosac Naify, 2011.

SOUSA, Carlos Mendes de. *Clarice Lispector: pinturas.* Rio de Janeiro: Rocco, 2013.

Produção de Exposições
Camila Goulart (Supervisão), Lívia Ferraz, Márcia Vaz, Maria Paula Ribeiro Bueno, Marina Marchesan.

Rádio Batuta
Luiz Fernando Rezende Vianna (Coordenação), Joaquim Ferreira dos Santos (Consultoria), Filipe Di Castro, Mário Tavares.

Recursos Humanos
Sirlei Marinho Paulino (Coordenação), Raquel Aparecida Barbosa Santos Correa.

Revista ***serrote***
Paulo Roberto Pires (Coordenação), Guilherme Freitas.

Tecnologia da Informação
Eliane de Castro Lima (Coordenação), André Roberto Felipe, Maurício Adriano Oliveira dos Santos.

Estagiáries
Alanis Batista dos Reis Santos, Arian Carvalho de Alcântara, Beatriz Carvalho Schreiner, Carlos Eduardo Silva Marques Ferreira, Cintia Mechler de Carvalho, Danilo de Oliveira Bresciani, Guilherme dos Santos Silva, Laura Mie de Azevedo Nicida, Luana Rios Mauricio Oliveira, Lucas Esteves Ururahy Rodrigues, Manuela Dantas Coelho, Marcia Farias de Souza, Marina Rigoletto, Suzane Mayer Varela da Silva.

Aprendiz
João Carlos de Souza Brito.

Publicado por ocasião da exposição *Constelação Clarice*, no Instituto Moreira Salles de São Paulo, de 23 de outubro de 2021 a 27 de fevereiro de 2022.

EXPOSIÇÃO

Curadoria
Eucanaã Ferraz e Veronica Stigger
Tiê Higashi (assistência)
Pesquisa curatorial
Elizama Almeida
Projeto expográfico
Isa Gebara
Programação visual
Luciana Facchini
Iluminação
Fernanda Carvalho
Ampliações e impressões
Kelly Polatto e Núcleo Digital IMS

CATÁLOGO

Organizadores
Eucanaã Ferraz e Veronica Stigger
Produção editorial
Núcleo Editorial IMS
Projeto gráfico
Luciana Facchini
Preparação e revisão de textos
Lia Fugita e Luisa Destri
Digitalização e tratamento de imagens
Núcleo Digital IMS

O IMS envidou todos os esforços para contatar os detentores de direitos de imagens e agradece toda informação suplementar a respeito.

CRÉDITOS DE FOTOGRAFIAS
Vicente de Mello pp. 27, 33-35, 37-39, 41, 43, 44-47, 49-53, 77-82, 86-97, 120-121, 124, 127, 149, 175, 178-179, 206-209, 234-237, 264, 267, 269, 291-292, 352-357, 359 | **Everton Ballardin** pp. 71, 75, 83, 118-119, 122-123, 129, 147, 150, 152-153, 156-157, 176-177, 181-185, 203, 205, 233, 238-239, 262-263, 287, 289, 313, 315-316 | **Romulo Fialdini** pp. 29, 260-261 | **Marcílio Gazzinelli** pp. 125, 128 | **Cristiane Isidoro** p. 72 | **Jaime Acioli** p. 73 | **Pedro Oswaldo Cruz** p. 74 | **Ding Musa** p. 317

AGRADECIMENTOS

André Lara Resende, André Parente, Anna Bella Geiger, Anna Maria Maiolino, Antonio Bernardo, Antonio Carlos Secchin, Antonio Celso Ribeiro, Associação Cultural Lygia Clark, Banco Itaú, Dan Galeria, Fundação Casa de Rui Barbosa, Fundação Edson Queiroz (Universidade de Fortaleza), Fundação José e Paulina Nemirovsky, Fundação Vera Chaves Barcellos, Gabriela Greeb, Galeria Jaqueline Martins, Galeria Luisa Strina, Galeria Nara Roesler, Galeria Vermelho, Gustavo Nóbrega, Heitor Martins e Fernanda Feitosa, Instituto Casa Roberto Marinho, Instituto Fayga Ostrower, Instituto Hilda Hilst, Joaquim Marçal, Jones Bergamin, Jornal do Brasil, Júlio Diniz, Lili e João Avelar, Luciana Brito Galeria, Luciana e Luis Antonio de Almeida Braga, Luiz Áquila, Lurixs: Arte Contemporânea, Marcelo Guarnieri e Silvia Velludo, Maria Bonomi e Maria Helena Peres, Marta e Paulo Kuczynski, Marta Fadel, Miguel Jubé, Museu da Imagem e do Som (Rio de Janeiro), Museu de Arte Contemporânea da Universidade de São Paulo, Museu de Arte Contemporânea de Niterói, Museu de Arte de São Paulo Assis Chateaubriand, Museu de Arte Moderna de São Paulo, Museu de Arte Moderna do Rio de Janeiro, Nádia Battella Gotlib, Paula Sattamini, Paulo Gurgel Valente, Pinacoteca do Estado de São Paulo, Pinakotheke, Rafael Cardoso, Regina Silveira, Ricardo Ventura, Rose e Alfredo Setúbal, Thiago Gomide, TV Cultura, Valéria Lamego, Vânia e José Roberto Marinho, Vic Adler, Vicente de Mello, Vilma Arêas, Wilma Martins e Frederico Morais

C769

Constelação Clarice / curadoria
Eucanaã Ferraz e Veronica Stigger.
São Paulo: IMS, 2021.
384 p.: il., fots.

ISBN 978-65-88251-04-1

1. Exposições. 2. Literatura brasileira.
3. Artes plásticas. 4. Lispector, Clarice,
1920-1977. I. Ferraz, Eucanaã (curadoria).
II. Stigger, Veronica (curadoria).

CDD C069.5
Bibliotecária responsável: Katya de Sá Leitão
Pires de Moraes — CRB-7/6143.

Este catálogo foi impresso em outubro
de 2021, na Ipsis Gráfica e Editora,
com tiragem de 2.000 exemplares, nos
papéis Munken Lynx Rough 120 g/m² e
Masterblank 270 g/m². Foram utilizadas
as fontes Fleya e White.